'내 고향 서울 이야기'를 쓰며

2022. 10. 25.

유 홍 준

나의 문화유산답사기

12

일러두기

1. 이 책에 사용된 기호는 다음과 같다.
   〈〉: 그림(화첩), 글씨, 조각 등의 작품 제목
   「」: 글과 시 등의 제목
   『』: 책 제목

2. 2021년 11월부터 문화재 등급과 이름만 표기하고 문화재 지정번호를 붙이지 않는 방침이 시행 중이지만, 독자들이 오랜 관행에 익숙해 있는데다 문화재 관리번호는 특정한 유물을 지칭하는 고유번호의 성격을 갖고 있기 때문에 이 책에는 번호를 표기했다.

나의 문화유산답사기

12

서울편 4 강북과 강남

한양도성 밖 역사의 체취

유홍준 지음

창비

한양도성 밖의 넓이와 깊이

1

서울은 넓다. 평수로 약 2억 평(605제곱킬로미터)이나 된다(참고로 제주도는 약 6억 평). 조선왕조의 수도 한양이 왕조의 멸망 이후 근현대에도 수도로서의 지위를 유지하게 된 것은 한양도성 밖으로 팽창할 수 있는 넓은 들판을 갖고 있기 때문이었다. 이는 아테네, 로마 같은 고대도시들과는 사뭇 다른 지형적 이점이다. 특히 한강 남쪽의 드넓은 강남 지역으로 인구가 대이동하면서 서울의 넓이와 깊이가 크게 확장되었다.

이런 이유로 서울 사대문 밖의 역사문화 유적은 대부분 양주군·광주군·고양군·양천현 등 옛 조선시대 경기도 군현(郡縣)이 그대로 편입된 것이어서 '서울적(的)'이지 않은 것이 많다. 그 대표적인 예가 유네스코 세계유산에 등재된 조선시대 왕릉이다. 신덕왕후의 정릉, 태종의 헌릉, 순조의 인릉, 성종의 선릉, 중종의 정릉, 문정왕후의 태릉, 명종의 강릉, 경종의 의릉 등 여덟 능이 서울에 있고, 여기에 서오릉의 다섯 능과 서삼릉의 세 능 등 여덟 능이 서울 근교인 경기도 고양시에, 동구릉의 아홉 능이 구리시에 있다. 이 왕릉들의 답사기를 쓰자면 미상불 별도의 한

권이 될 것이다.

이에 여기서는 대표적인 예로 강남구의 선릉과 정릉을 소개했다. 특히 이 두 능은 조선 왕릉 중 임진왜란 때 일본인 '범릉적(犯陵賊)'에게 도굴되는 아픔이 남아 있는 곳이어서 각별한 해설이 필요했기 때문이다. 다른 왕릉의 답사 때는 여기에 실린 왕릉의 기본 구조에 대한 해설이 나름의 길잡이가 될 수 있으리라 생각한다.

강남의 봉은사는 본래 한강 뚝섬 너머 경기도 광주에 있던 조선시대의 대표적인 사찰로 '선종종찰(禪宗宗刹)'이라는 명성을 갖고 있는 고찰이다. 강남 개발로 주변의 자연 경관을 다 잃었지만 지금도 도심 속의 녹지 공간으로 시민과 외국인 관광객의 사랑을 받고 있다.

특히 봉은사는 문정왕후가 보우 스님을 앞장세워 불교를 중흥시킬 때 승려들의 과거 시험인 승과가 치러지던 사찰이다. 이때 제1회에 서산대사 휴정, 제4회에 사명당 유정이 배출되었고 두 분이 모두 봉은사의 주지를 역임했던 명찰이다. 그뿐 아니라 많은 불교 문화재가 지금도 전해지고 있고 추사 김정희의 절필(絶筆)이자 명작인 〈판전〉이 남아 있는 곳이어서 서울의 대표적인 사찰로 삼아 답사기에 쓴 것이다.

강서구 가양동은 본래 경기도 양천현으로 지금도 양천향교와 소악루가 옛 모습을 전하고 있다. 『동의보감』의 저자인 구암 허준의 관향인 이곳에는 '허준박물관'이 있고, 겸재 정선이 노년에 5년간 양천현령을 지내면서 〈경교명승첩〉을 비롯한 많은 명작들을 남겨 '겸재정선미술관'이 세워져 있다. 우리나라의 의성(醫聖)인 허준과 화성(畵聖)인 정선의 기념관이 있으니 답사처로 빼놓을 수 없었다. 특히 이곳은 겸재 정선의 진경산수를 통해 그 옛날의 한강 풍광을 복원해볼 수 있는 아주 각별한 답사처다.

2

성북동은 여느 유적지와 다른 근현대사 답사처다. 이곳은 근대사회로 이행하는 과정에서 새로 형성된 동네로 사대문 안의 북촌, 서촌과는 또 다른 독특한 성격을 지니고 있다. 본래 한양도성 밖 10리 지역은 '성저십리(城底十里)'라고 해서 사람이 살지 못하게 했고, '선잠단' 등을 제외하고는 자연녹지 그대로 남겨두었다. 그러다 18세기 영조 때 둔전(屯田)이 설치되면서 비로소 사람들이 들어와 살기 시작했다. 이때 둔전 주민들이 비단 표백과 메주 생산으로 생계를 유지하면서 집 주위에 복숭아를 많이 심어 이곳은 '북둔도화(北屯桃花)'라는 명승의 이름을 얻었다. 조선 말기가 되면 '성북동 별서' 등 많은 권세가들의 별장이 성북동 골짜기를 차지했다.

1930년대 들어 경성(서울)의 인구가 폭증하면서 일제가 택지 개발을 적극 추진할 때 성북동은 신흥 주택지로 각광을 받게 되었는데 이때 많은 문화예술인들이 들어와 살았다. 만해 한용운의 심우장, 상허 이태준의 수연산방, 근원 김용준의 노시산방, 간송 전형필의 북단장, 인곡 배정국의 승설암, 조지훈의 방우산장, 구보 박태원의 싸리울타리 초가집, 수화 김환기의 수향산방 등이 있었다.

한국전쟁 이후에도 시인 김광섭, 작곡가 윤이상, 화가 김기창과 서세옥, 박물관장 최순우 등이 들어와 살면서 전국 어디에서도 볼 수 없는 '근현대 문화예술의 거리'를 형성했다. 거기에다 백석 시인의 영원한 사랑 김자야의 요정 대원각이 법정 스님의 길상사로 다시 태어나고, 간송미술관과 함께 한국가구박물관, 우리옛돌박물관, 성북구립미술관이 들어서면서 품격 높은 문화예술의 동네가 되었다.

그런가 하면 서울 성곽 비탈진 곳으로는 한국전쟁 때 피란민들이 형성한 북정마을이 있고 1970년대 삼청터널이 뚫린 이후로는 각국 대사관저들과 대저택들이 들어서 있어 한국 근현대사의 모든 것을 느낄 수 있는 곳이다. 나는 여기에 살았던 문화예술인들의 자취를 따라가며 우리 근현대 예술의 향기를 담아보고자 성북동 답사기를 세 장에 걸쳐 실었다.

3

'망우리 별곡'은 망우리 공동묘지 답사기다. 망우리 공동묘지 역시 1930년대에 일제가 주택지를 확보하기 위하여 경성 근교 이태원, 미아리, 노고산, 신사동(은평구 고택골) 등에 있던 기존의 공동묘지들을 멀리 이장시키기 위하여 마련한 공간이다. 1933년부터 시작되어 1973년까지 40년간 4만 7,700여 기가 들어섰다. 1973년에 매장이 종료되고 이후 이장과 폐묘만 허용하면서 현재 약 7천 기의 무덤이 남아 있다.

여기에는 만해 한용운, 위창 오세창, 호암 문일평, 소파 방정환, 죽산 조봉암, 설산 장덕수, 종두법의 지석영, 독립운동가 유상규, 소설가 계용묵, 화가 이중섭과 이인성, 조각가 권진규, 시인 박인환, 가수 차중락 등 많은 역사문화 인물들의 묘가 산재해 있다. 이태원 공동묘지를 이장할 때 무연고 묘지의 시신을 화장하여 합동으로 모신 '이태원묘지 무연분묘 합장묘'에는 유관순 열사의 넋이 들어 있기도 하다.

망우리 공동묘지는 폐장된 이후 '망우묘지공원'으로 명칭을 바꾸었고, 1990년대 들어서는 이곳을 역사문화 위인들을 기리는 묘원공원으로 가꾸려는 움직임이 시작되었다. 마침내 만해 한용운 선생의 묘가 국가등록문화재 제519호로 지정되고, 독립유공자 여덟 분의 묘가 국가등록문화재 제691호(1~8)로 일괄 지정되었다. 금년(2022) 4월 방문자 센터 '중랑망우공간'이 개관하면서 이름도 '망우역사문화공원'으로 바꾸었다.

공동묘지라는 어두운 이미지가 역사문화공원으로 다시 태어난 것이다. 파리의 페르라셰즈 묘지(Cimetière du Père-Lachaise)는 작곡가 쇼팽, 소설가 발자크, 화가 쇠라, 가수 에디트 피아프 등이 묻혀 있는 명소다. 무덤이 아름다워서가 아니라 거기 그분들이 있기 때문에 찾아가는 것이다. 한강이 내려다보이는 망우산에 위치한 우리 망우역사문화공원도 역사인물들의 넋이 그렇게 서려 있는 귀중한 공원묘지다.

나는 자랑스러운 마음으로 이 모든 유적들을 이야기하면서 서울 답사기를 엮어갔다.

4

이번에 서울 답사기 두 권을 펴냄으로써 서울편은 4권으로 완결되었고, 『나의 문화유산답사기』 국내편은 총 12권이 되었다. 돌이켜보건대 『나의 문화유산답사기』 1권이 나온 때가 1993년이었으니 그로부터 장장 30년이 지나도록 끊이지 않고 이어가 이제 12권째를 펴냈는데도 아직 수많은 답사처를 남겨놓고 있다. 그러나 나는 이제 이 답사기 시리즈를 마감할 준비를 하고 있다. 당장 여기에서 끝내지 못하는 것은 경주 남산, 남도의 산사, 경상도의 가야고분 등 시리즈 전체로 보았을 때 빠져서는 안 되는 유적들을 그대로 남겨두고 마침표를 찍을 수 없기 때문이다. 이에 다음 답사기는 '국토박물관 순례'라는 제목으로 그간 다루지 않은 유적들을 시대순으로 펴내고 이 시리즈를 끝맺을 계획이다. 첫 번째 꼭지는 '전곡리 구석기시대 유적'이고, 마지막 장은 '독도'가 될 것이다. 그때 가서 독자 여러분께 마지막 인사를 드리겠다.

2022년 10월
유홍준

차례

한국가구박물관
우리옛돌박물관
길상사
꿩의바다마을
대사관로
선잠로
북악산로
서울 성북동 별서
무송재
수연산방
수향산방
승설암(국화정원)
성북구립미술관
운우미술관
박태원 집터
일관정
덕수교회
간송미술관
선잠단
심우장
성북초등학교
방우산장
윤이상 집터
최순우 옛집
김광섭 집터
북정마을
성북로
와룡공원
성균관로
나폴레옹과자점
5
6
혜화문

성저십리 마전골의 북둔도화

서울 성북동 / 성저십리 / 선잠단 / 성북둔의 설치 /
성북동 주민의 마전과 메주 / 북둔도화의 복사꽃 마을 /
채제공의 성북동 유람기 / 성북동의 별서들 /
'성락원'에서 '서울 성북동 별서'로 / 춘파 황윤명 /
의친왕 이강의 별서로 / 1930년대 '성북의 향기' /
성북동 문인촌의 형성

서울 성북동

성북동은 한양도성 북쪽 성곽과 맞붙어 있는 산동네로 북악산(백악산) 구준봉에서 발원한 성북천의 산자락에 성격을 전혀 달리하는 집들이 무리 지어 들어서 있다. 타동네 사람들은 성북동이라고 하면 번듯한 외국 대사관저와 높직한 축대 위의 대저택들이 들어서 있는 부촌을 먼저 떠올릴 것이다. 드라마에서 부잣집 사모님이 전화를 걸 때 "여기는 성북동인데요"라는 대사가 나오곤 한다. 그러나 이 집들은 1970년 12월 30일, 삼청터널이 개통된 이후 양지바른 남쪽 산자락을 개발해 '꿩의 바다'라는 길을 중심으로 들어선 신흥 저택들이다. 성북동에는 이곳 외에도 오랜 시간을 두고 형성되어온 묵은 동네들이 따로 있다.

역사적으로 일별해보면 성북동은 본래 혜화동에서 고개를 넘거나 삼선교에서 천변길을 따라 들어오는 막힌 골짜기로 한양도성 축조 당시엔 자연 그대로의 산림녹지였다. 그러다 약 300년 전, 영조시대에 둔전이 설치되면서 비로소 사람이 들어와 살기 시작했다. 둔전이란 병사들이 농사를 지으면서 주둔하는 군사제도로, 처음에는 이곳에 30여 가구의 둔전 주민들이 베와 모시를 표백하는 마전 일을 하면서 살았다.

둔전 주민들이 성북동 골짜기에 유실수로 복숭아를 많이 심어 이곳은 봄이면 복사꽃이 만발하는 꽃동네가 되었다. 장안에 이 소문이 퍼져 봄철이면 많은 문인 묵객들이 유람을 오는 한양의 대표적인 명승 중 하나가 되었다. 이를 '마전골의 북둔도화(北屯桃花)'라고 예찬했다.

그리고 조선 말기가 되면서 이 풍광 수려한 골짜기에 권세가들의 별장과 별서들이 곳곳 들어섰다. 지금은 '서울 성북동 별서'와 학교법인 보인학원을 세운 이종석의 '일관정'만 남아 있지만 과거에는 '오로정' 등 10여 채의 별장이 있었다.

일제강점기 초기에도 마전골은 여전히 복사골로 유람객들이 끊이지 않았으나 1930년대에 서울이 급속히 팽창하면서 사대문과 가까운 이곳이 새로운 주택가로 떠오르게 되었다. 이때 많은 문화예술인들이 성북동으로 들어와 문인촌을 형성했다. 상허 이태준의 '수연산방', 만해 한용운의 '심우장', 백양당 출판사 사장인 인곡 배정국의 '승설암', 근원 김용준의 '노시산방'과 이를 물려받은 수화 김환기의 '수향산방'이 지금도 남아 있고 비록 터만 남아 있지만 구보 박태원의 싸리울타리 초가집도 있어서 이곳이 우리나라 근대문학의 산실임을 증언하고 있다.

그런가 하면 성곽 아래 응달진 북쪽 산자락에는 한국전쟁 때 피란민

| 성북동 부촌, 성북동길, 북정마을 | 성북동은 세 부류의 주택지로 나뉘어 있다. 삼청터널 쪽에는 대저택의 부촌이 있고, 한양도성 북쪽 성곽과 맞붙어 있는 산동네에는 한국전쟁 때 피란민들이 판잣집을 짓고 모여 살면서 형성된 달동네인 북정마을이 있고 옛 성북천변에는 일제강점기부터 형성된 문인촌이 있다.

| 1910년대의 성북동 | 1910년대에 서울 성곽에서 바라본 성북동의 풍광이다. 민둥산이 황량한 인상을 자아낸다.

들이 판잣집을 짓고 모여 살면서 형성된 북정마을이 있다. 주로 함경도에서 내려온 피란민들이 자리 잡은 곳인데 서울에 남아 있는 거의 마지막 달동네이기도 하다.

그후에도 성북동은 여전히 도심과 멀지 않은 한적한 주택가여서 1950년대부터 1970년대까지 문화예술인들이 계속 모여들었다. 청록파 시인 조지훈, 「성북동 비둘기」의 시인 김광섭, 세계적인 작곡가 윤이상, 『친일문학론』의 임종국, 화가 윤중식, 조각가 송영수, 한국화가 운보 김기창과 우향 박래현의 집터에는 표지석이 세워져 있고, 영원한 박물관장인 혜곡 최순우의 '최순우 옛집', 최근(2020)에 타계한 한국화가 산정 서세옥의 집은 지금도 그대로 남아 있다.

그리고 성북동은 시내와 가깝고 자연 풍광이 살아 있다는 유리한 입지를 가지고 있어 간송미술관, 한국가구박물관, 우리옛돌박물관, 변종

| 성북동 한양도성 성곽 | 1394년 한양도성을 쌓을 때 성곽 바깥쪽 10리(약 4킬로미터)는 자연녹지로 보존했다. 조선 시대 그린벨트 격이다. 이를 '성저십리(城底十里)'라고 했다.

하미술관 같은 유수한 사립 미술관들이 들어서 있고, 백석 시인의 영원한 연인인 김자야가 자신이 운영하던 대원각이라는 요정을 법정 스님에게 부탁해 아름다운 절집으로 다시 탄생시킨 '길상사'도 있다. 이리하여 2013년, 성북동은 서울시 최초로 '역사문화지구'로 지정되었다.

오늘날 성북천은 복개되어 삼선교에서 삼청터널로 이어지는 성북동길이 되었다. 이 대로변에 일찍부터 기사식당 쌍다리 돼지불백을 비롯해 게장백반의 국화정원, 국밥집 마전터, 국시집, 누룽지백숙 등 고만고만한 단품요리 맛집들이 들어섰고 근래에는 아기자기한 카페와 양식당들이 하나둘씩 생겨나면서 이곳은 마이카 시대의 유람객들이 편하게 들렀다 가는 서울의 명소가 되었다. 성북동은 이처럼 근대와 현대가 공존하는 공간으로 우리나라 어디에서도 달리 예를 찾아볼 수 없는 대표적인 '근현대 문화예술의 거리'가 되어 우리 같은 답사객들의 발길을 부르고 있다.

성저십리

조선왕조가 한양에 도읍을 정하기 전 성북동은 북한산의 여러 골짜기와 마찬가지로 푸른 숲의 자연녹지였다. 이곳에 있던 성북천은 백악산(북악산)에서 동쪽으로 뻗어내린 산줄기인 응봉과 구준봉 사이에서 흘러내린 약 5킬로미터 길이의 자연 하천으로 수량이 풍부하여 삼선교, 돈암동, 보문동, 안암동 일대를 지나 동대문구 용두동에서 청계천과 합류해 중랑천으로 흘러들었다. 지금은 거의 다 복개되었고 한때는 안암천이라 불리기도 했다.

1394년 한양도성을 쌓을 때 성곽 바깥쪽 10리(약 4킬로미터) 이내는 자연녹지로 보존했다. 조선시대의 그린벨트 격이다. 이를 '성저십리(城底十里)'라고 했는데, 세종 때는 여기에 분묘와 벌목을 금지하는 금표(禁票)를 여러 곳에 설치했고, 세조 7년(1461)에는 성저십리 전 지역을 한성부 산하의 방(坊)으로 관리하도록 했다.

당시 한양의 인구는 세종 10년(1428) 때 기록에 호구(戶口) 1만 6,921가구, 인구 10만 3,328명으로 나와 있다. 그 때문에 한양 주변 국토 관리에 다소 녹지의 여유가 있었다. 성저십리 중 답십리 지역부터 농사를 짓게 한 것은 훨씬 후의 일이다.

선잠단

한양의 성저십리 지역에는 국가의 중요한 의례를 행하는 2개의 제단이 있었다. 하나는 동대문 밖 제기동의 선농단(先農壇, 사적 제436호)으로 역대 왕들은 해마다 친히 밭을 경작하며 농경을 장려했다. 이를 친경(親耕)이라고 한다. 또 하나는 이곳 성북동의 선잠단(先蠶壇, 사적 제83호)이

| 선잠단 | 선잠단은 국가의 중요한 의례를 행하는 제단이었다. 정종 2년(1400)부터 매년 3월 초사일 선잠단에서는 양잠을 보살피는 선잠제가 행해졌다.

다. 선잠은 인간에게 양잠을 처음 가르쳐준 서릉씨(西陵氏)를 지칭하는 것이다. 선잠단에서는 왕비가 직접 참여하는 선잠제가 열렸다. 이를 친잠(親蠶)이라고 한다. 두 제단은 국가가 백성들의 먹는 것과 입는 것을 보살피어야 함을 확인하는 의례였던 것이다.

세종 때는 각 도마다 적합한 지역을 골라 뽕나무를 심고 잠실(蠶室)을 설치해 누에를 키우게 했으며, 단종 2년(1454)에는 호조에서 누에 종자를 받아 여러 읍에 나누어주고 양잠을 하게 한 뒤 그 실태를 살펴서 수령을 포상하거나 문책했다고 한다.

선잠단이 성북동 지금의 위치에 설치된 것은 태종 연간(1414~30)으로 추정되고 있다. 선잠단의 형태는 『국조오례의(國朝五禮儀)』에 다른 제단의 예와 함께 자세히 나와 있다. 단은 길이 사방 2장 3척(약 7미터), 높이 2척 7촌(약 0.8미터)의 석축으로 네 방향 모두에 계단이 나있고 단 주

| **1910년대 혜화문** | 1910년대 혜화문 밖 성북동의 모습이다. 멀리 서울 성곽을 낀 혜화문이 보이고 가까이 초가집에는 한 남자가 문밖으로 몸을 반쯤 내밀고 있다.

위에는 상하 2단의 담장이 둘러 있는데 길이는 25보로 되어 있다. 1보는 6척(약 1.8미터)이므로 45미터 정도 된다.

선잠제는 정종 2년(1400)부터 매년 3월 초사일(初巳日, 첫 번째로 巳자가 들어간 날)에 행해졌다. 선잠제를 행할 때 왕비가 직접 뽕잎을 따는 의식이 있는데 이를 채상의(採桑儀)라고 한다. 이를 위해 선잠단 서쪽에는 채상단(採桑壇)이 축조되어 있었고 뽕나무는 단의 동쪽에 심겨 있었다.

선잠제는 대한제국의 멸망과 함께 더 이상 행해지지 않았고, 선잠단의 신위는 1908년 7월, 선농단의 신위와 함께 사직단으로 옮겨졌다. 이후 선잠단은 폐허가 되었고 단 주위로 민가들이 들어서면서 오직 석축만 초라하게 남게 되었다. 그러다 100년도 더 지난 2016년에 와서야 선잠단 터를 『국조오례의』에 의거해 다시 복원하고 나라의 건조물임을 알려주는 홍살문도 세워놓았다. 그러나 채상단과 주변의 뽕나무 밭까지는 아직 복원하지 못했고 그 대신 가까이에 '성북선잠박물관'을 세워 선잠단의 역사를 시각 자료로 보여주고 있다.

선잠단은 삼선교에서 들어오는 길과 혜화동에서 경신고등학교 고개 너머 내려오는 길이 만나는 삼거리에 위치해 여기가 성북동 역사의 출발점임을 말해주고 있다. 따라서 성북동 답사의 출발은 선잠단이 있는 성북동 삼거리에서 시작하게 된다.

성북둔의 설치

성저십리의 성북동 자연녹지에 정식으로 사람들이 들어와 살게 된 것은 영조 41년(1765)에 선잠단 근처에 성북둔(城北屯)이라는 둔전을 시행하면서부터였다. 둔전이란 군사들이 주둔하면서 그곳에서 농사를 지으며 정착생활을 하게 하는 국방제도의 하나로 평안도, 함경도 국경선 가까이에서는 일찍부터 시행되었다. 그러나 수도권에 둔전을 설치한 것은 성북둔이 처음이다. 본래 조선왕조는 강력한 중앙집권제를 실시하여 지방의 호족들이 다투는 내전이 없는 나라였다. 임꺽정, 장길산 같은 도적의 준동이 있는 정도였기 때문에 특별히 둔전을 두지 않았다.

그러다 영조 4년(1728) 3월에 일어난 이인좌의 난으로 인해 수도권의 국방체제를 새로 정비할 필요를 느끼게 되었다. 이에 영조 27년(1751)에는 도성 방위의 기본 계획인 「수성절목(守城節目)」을 세워 한성부의 사서(士庶)들을 삼군문(三軍門, 훈련도감·어영청·금위영)에 소속시켜 평상시에는 군사훈련을 받고 유사시에 소속 부대의 지휘를 받게 했다. 그러나 이 예비군 동원체제는 날이 갈수록 긴장감이 떨어지면서 과연 난리 때 실효가 있을까 의문이 일기 시작했다. 이에 영조 41년 영의정 홍봉한은 성북동에 둔전을 설치하는 방안을 다음과 같이 건의했다.

| 성북둔 지도 | 18세기 후반에 제작된 〈한양도성도〉를 보면 성 바깥동네에 북사창(北寺倉)이라는 이름이 표시되어 있다.

북성(北城) 주맥의 동북쪽에 빈 골짜기가 하나 있어 땅이 제법 평평하고 넓은데, 나무꾼들이 함부로 들어가 벌채하여 민둥산이 되어 나무가 별로 남지 않았습니다. 지금 만일 수십 호의 인가를 두어 살게 한다면, 가히 도성을 수호할 수가 있을 것입니다. 또 거친 밭 약간이 선잠단 근처에 있는데, 군사(軍士)로서 급료를 받는 자로 하여금 그곳에 살면서 밭을 경작하게 하고 세금을 감해주어 정착하게 한다면, 농사를 짓게 하는 실효까지 있을 것입니다(『조선왕조실록』 영조 41년 4월 17일자).

그러자 영조는 지형을 그려 진달하라고 명했고 홍봉한이 손가락으로 지점을 집어가며 조목조목 아뢰었다. 이에 영조는 어영청에 창고를 설치하고 백성을 모집하라고 명했다.

이리하여 성북둔을 설치하게 되었다. 성북둔에는 궁궐의 호위를 맡고 있는 어영청에서 군사 수십 명을 모집해 가족들과 함께 이주시켜 정착하게 했다. 이때부터 이곳을 성북동이라고 불렀다. 성북둔의 둔사(屯舍)

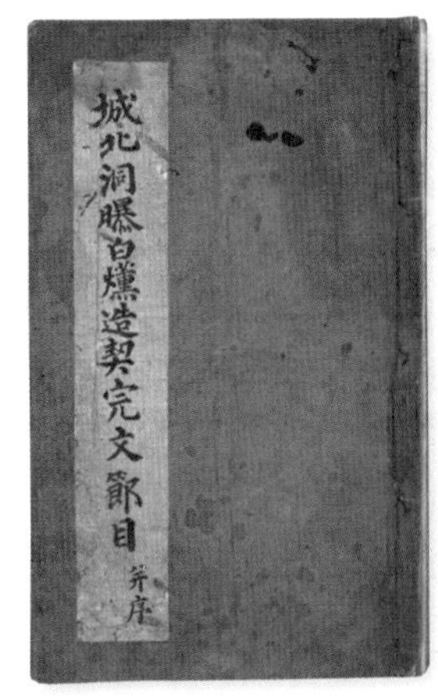

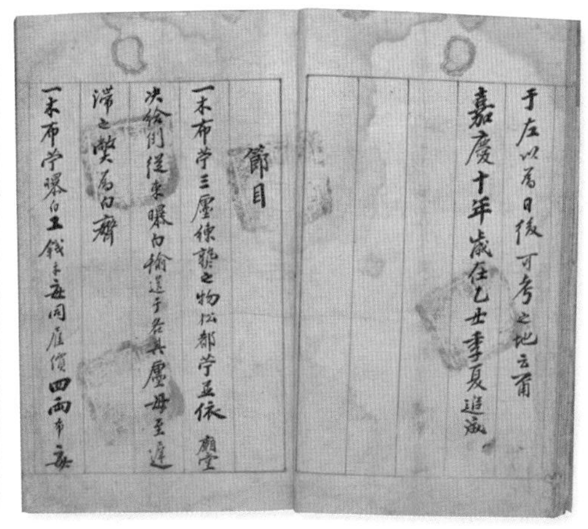

| 성북동 포백훈조계 완문절목 | 성북둔의 둔전 주민들은 포백과 훈조로 생계를 유지하며 성북동에 정착해 살아갔다. 「성북동 포백훈조계 완문절목」에는 둔전 주민들의 권리와 의무가 구체적으로 밝혀놓았다.

인 성북창(城北倉)은 선잠단 가까이에 있는 지금의 성북초등학교 자리(혜화로 88 부근)에 있었다.

성북동 주민의 마전과 메주

성북둔의 설치로 30여 호의 집이 들어서면서 성북동은 비로소 사람 사는 골짜기로 바뀌게 되었다. 그러나 이곳은 산비탈의 골짜기인데다 오랫동안 버려둔 거친 땅이어서 농사에 적합하지 않았다. 둔전 사람들의 생계를 위해서는 별도의 일감을 찾아주어야 했다. 이에 물이 맑고 풍부하다는 이점을 이용해 베나 무명을 빨아 볕에 말리는 마전 일을 맡기게 되었다. 마전은 희게 표백하는 작업으로 포백(曝白)이라고도 한다. 내용인즉 도성 안에 있는 점포의 무명, 베, 모시 전부와 송도(개성)의 모시 전부를 독점적으로 마전하는 권리를 준 것이다.

그러나 포백만으로는 수요를 충족시킬 수 없었다. 이에 세검정 일대

| 1935년 성북동에서 마전하는 광경 | 둔전 주민들은 마전과 메주 일을 하며 살아갔다. 그 흔적으로 성북초등학교 길 건너 횡단보도 한쪽에는 '마전터'라는 표지석이 세워져 있다. 마전은 1930년대에도 계속되었다.

의 주민들이 궁중 메주를 도맡아 납품하던 일을 일부 떼어 맡겼다. 메주 만드는 일을 훈조(燻造)라고 한다. 이리하여 성북둔의 둔전 주민들은 포백과 훈조로 생계를 유지하며 성북동에 정착해 살아갔다.

이들의 생활상은 서울역사박물관에 소장된 「성북동 포백훈조계 완문절목(城北洞 曝白燻造契 完文節目)」이라는 문서를 통해 자세히 알 수 있다. 이 문서에는 둔전 주민들의 권리와 의무가 구체적으로 밝혀져 있다.

도성 안에 있는 무명, 베, 모시 등 세 종류 점포의 물건과 송도의 모시 전부를 마전하는 데 매 50필마다 무명은 4냥, 베는 6냥 5전, 모시는 10냥씩 노임을 준다는 것이다. 그리고 메주 담는 일은 숙련자를 보내 콩을 삶아 담그는 법을 가르치게 하고 훈조막을 설치하여 훈조막 1개소마다 솥 2개씩 걸고 일꾼 5명을 두어 교대로 콩을 삶게 하여 콩 1석당 노임은 6전으로 쳐 돈 대신 쌀 2말을 지급한다고 되어 있다.

이리하여 둔전 주민들은 마전과 메주 일을 하며 비로소 안정된 삶을 살 수 있게 되었다. 성북초등학교 길 건너 횡단보도 한쪽에는 '마전터'라는 표지석이 세워져 있다.

북둔도화의 복사꽃 마을

마전과 메주 일로 일상을 살아가던 성북동 주민들은 산비탈 곳곳을 개간해 유실수로 복숭아를 많이 심었다. 이에 성북동 둔전 고을은 복사꽃이 만발하는 장관을 이루게 되었다. 성북동에 마을이 들어서기 시작한 모습은 김구주(金龜柱)의 「다시 성북둔을 찾다(再訪城北屯)」라는 시에 잘 나타나 있다(『가암유고(可菴遺稿)』 수록).

북둔을 처음 설치할 때 여러 반론 물리쳤으니	北墩初設擯羣言
궂은 날 성황의 지극한 계책이 보존해주었음이라	陰雨城隍至計存
지난날엔 그저 평범하고 긴 골짜기였을 뿐인데	往者尋常一長谷
어느새 촌가 몇 호가 늘어서 있구나	居然排列幾家村

또 정조가 1792년에 규장각 학사를 비롯한 여러 신하에게 명해 당시 한양의 풍경을 읊은 시를 지어 바치게 했을 때 박제가(朴齊家)는 「성시전도(城市全圖)」라는 장시에서 성북동을 이렇게 노래했다.

혜화문 밖에서는 무엇을 보았는가	惠化門外何所見
푸른 숲이 흰 모래밭에 연하였네	點綴青林白沙嘴
북둔의 복사꽃 천하에서 가장 붉고	北屯桃花天下紅
푸른 시냇가엔 울타리 작은 집들	短籬家家碧溪沚

이처럼 마침내 성북동의 '북둔도화'가 봄이면 많은 사람들이 유람 오는 한양의 명소 중 하나로 꼽히기에 이르러, 『동국여지비고(東國輿地備考)』에서는 성북동을 다음과 같이 말하고 있다.

> 북저동(北渚洞)은 혜화문 밖 북쪽에 있다. 골짜기 가운데 복숭아나무를 벌여 심었고 봄철에 복사꽃이 한창 피면 도성 사람들이 다투어 나가 놀며 구경한다. 민간에서는 도화동(桃花洞)이라 부르며, 어영청의 성북둔(城北屯)이 있다.

또 조선 후기 여항문인인 추재 조수삼(趙秀三)의 『추재집(秋齋集)』에서는 "도성 안팎으로 꽃을 심은 곳이 많지만 필운대의 육각정과 도화동 성북둔이 갑을을 다툰다"고 했다. 그리고 조선 말기 서울의 옛 모습을 자세히 알려주는 유본예(柳本藝)의 『한경지략(漢京識略)』에서는 한양의 명소를 말하면서 성북동을 다음과 같이 말했다.

> 어영청의 북창(北倉)이 있어서 또 북둔이라고 하는데 맑은 계곡의 좁은 기슭에 사람이 살면서 복숭아 재배하는 것을 생업으로 했다. 매년 늦봄이면 유람객의 수레와 말이 늘어서서 산과 계곡 사이에 가득하였으며 또한 정연하고 깨끗한 초가집이 많았다.

채제공의 성북동 유람기

당시 사람들이 북둔도화를 유람한 모습은 정조의 깊은 신뢰를 받은 번암(樊巖) 채제공(蔡濟恭, 1720~99)의 기행문에서 여실히 엿볼 수 있다.

정조 8년(1784) 봄, 당시 잠시 벼슬에서 물러나 있었던 65세의 채제공은 아들 채홍원을 데리고 벗과 친지 5~6명과 도성 안팎의 경치 좋은 곳을 노닐고는 네 편의 기행문을 썼는데, 그 마지막을 장식하는 것이 『유북저동기(遊北渚洞記)』라는 성북동 유람기다.

> 북성을 돌아 몇 리 안 되어 골짜기가 입을 벌리듯 열려 있다. 여기가 이른바 북저동이라는 곳이다. 골짜기 안으로 들어서니 제단이 하나 있는데 (…) 여기서 춘삼월에 선잠에게 제사 지낸다고 한다. 백 보쯤 더 가니 (…) 다리 아래로 여러 물길이 모이고 있어 물소리가 우렁찼다. (…) 복사꽃 무더기가 비단으로 장막을 친 듯 물가 이편 저편이 온통 붉었다. (…)
>
> 또 다리를 건너니 어영둔(御營屯, 성북둔)이 나왔다. 정원과 건물이 제법 넉넉해 보였다. 둔사 밖에는 작은 연못에 돌담이 둘러져 있는데 (…) 꽃이 물에 거꾸로 비쳐 꽃 그림자가 아물거리고 줄기가 구부러져 암벽과 맞닿아 활 모양으로 구부러져 있어 병풍이나 장막 같았다. (…)
>
> 혹 가다가 혹 앉아 있다가 하면서 내려다보니 촌가가 점점이 산기슭에 흩어져 있는데 대체로 복사꽃으로 울타리를 삼았다. 창호과 처마의 모서리가 언뜻언뜻 울타리 밖으로 드러나 보였다. 도성의 인사들은 고관에서 여항의 서민에 이르기까지 놀고 구경함을 시간이 모자란 듯이 열중하였다. 수레와 말이 요란한 소리를 내며 지나가고 노랫소리 번갈아 일어나며 사이사이 생황과 퉁소 부는 소리가 들려왔다.

그러나 채제공은 유흥객들의 시끄러운 소리를 참지 못해 다른 곳으로 발걸음을 옮겨 절벽에 자라는 소나무 아래에 부들자리를 펴고 나란히 앉아 성안에서 가져온 떡과 밥을 먹은 뒤 신시(오후 3~5시) 무렵 다시

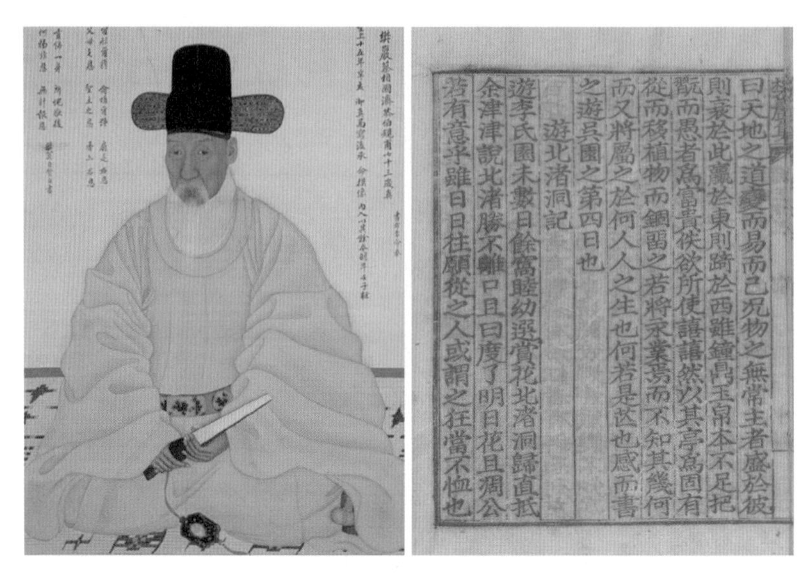
曰天地之道變而易而已况物之無常主者處於彼
則衰於此嬴於東則踦於西雖鐘鼎玉帛本不足把
翫而愚者爲富貴佚欲所使譊譊然以其亭爲固有
從而移植物而錮留之若將永業焉而不知其幾何
而又將屬之於何人人之生也何若是㦲也感而書
之遊兵園之第四日也

遊北渚洞記

遊李氏園未數日餘窩睦幼選賞花北渚洞歸直抵
余津津說北渚勝不離口且曰度了明日花且凋公
若有意乎雖日日往願從之人或謂之狂當不恤也

| 채제공과 『유북저동기』 원문 | 당시 사람들이 북둔도화를 유람한 모습은 번암 채제공의 기행문 『유북저동기』에 여실히 나타나 있다.

성북둔으로 와서 잠을 잤다고 하며 유람의 소회를 이렇게 말했다.

나와 더불어 세 사람이 각각 시 한 편씩을 지었다. 싸늘한 산기운을 머금고 석양을 마주하니 (…) 낮에 놀던 사람들은 돌아가고 흰 달만이 텅 빈 하늘에 홀로 떠 있었다. 연못 위에 호젓하게 앉아 있노라니 잠자는 것도 잊었다. 달은 색이고 꽃은 향일 뿐이어서 눈으로 보고 코로 맡아도 무엇이 많고 적은지 알지 못했다. (…) 잠자리가 향기의 나라에 있는 것만 같았다.

성북동의 별서들

이처럼 아름답고 그윽한 풍광을 갖게 된 성북동 골짜기에는 자연히 권세가들의 별장(別莊)과 별서(別墅)가 들어서게 됐다. 별장과 별서는 혼용되지만 대개 별장은 이따금 드나드는 곳이고, 별서는 본가에서 떨어져 있는 살림집을 말한다. 그렇기에 별장은 정자를 중심으로 하고, 별서는 아름다운 정원(庭園), 정확히 말해서 원림(園林)으로 꾸며져 있다.

정원과 원림은 개념이 다르다. 중국과 일본에서는 정원과 원림을 같은 의미로 사용하고 있지만 정원은 주택 울타리 안에서 자연을 가꾼 것이고 원림은 풍광 수려한 곳에 살림집·서재·정자 등 건물을 적절한 곳에 배치한 것이다. 자연과 인공의 관계가 정반대인 셈이다.

이처럼 조선시대에 별장·별서가 발달한 것은 우리나라의 자연 풍광이 수려하기 때문이었는데 북둔도화의 성북동에도 자연히 문인 묵객과 권세가들이 경영하는 별장·별서들이 들어서게 되었다. 기록에 의하면 유득공(柳得恭)의 '북둔초당'을 비롯해 '오로정' '성북정' '백운정사' 등이 이곳에 있었다.

그중 오로정(五老亭)의 모습은 정조·순조 연간의 유명한 여항시인인 장혼(張混)이 어느 날 이곳에 와서 지은 「북저동에서 놀다(遊北渚洞)」라는 시에 잘 묘사되어 있다. 이 시의 부제는 '마을 서북쪽 성곽의 그늘에 기대어 새로 지은 정자가 있는데 편액은 오로(五老)라 되어 있고 심히 맑고 깨끗하였다. 이에 벽 위에 붓을 달려 썼다'이다.

무성한 송림 사이로 흘러내리는 한 줄기 시냇물	一流水夾萬株松
몇 리를 가도 사람 하나 만나지 못하네	數里行過人未逢
연기 피어 올리는 집 몇 채는 어디에 숨어 있는가	烟火幾家隱何處
천 길 절벽 위 망루 하나 외로운 봉우리에 기대 있네	城譙千仞倚孤峰

이 오로정에 대해서는 정조·순조 때 문신인 극옹(屐翁) 이만수(李晩

秀)가 지은 「오로정」이라는 시도 있어 자못 많은 문인들이 찾아왔던 모양이다. 오로정의 위치는 덕수교회와 심우장 부근의 산자락에 있었던 것으로 추정되고 있다.

'성락원'에서 '서울 성북동 별서'로

성북동에 있던 많은 별장·별서 중 유일하게 옛 모습을 지니고 있는 것은 '서울 성북동 별서'다. 이 별서는 오랫동안 일반에게 공개되지 않은 채 '철종 때 이조판서를 지낸 심상응의 별장인 성락원(城樂園)이며, 담양 소쇄원, 보길도 세연정과 필적할 정도로 아름다운 서울의 대표적인 원림'이라는 소문만 자자한 채 1992년에 사적 제378호로 지정되었다. 이후 2008년에는 국가 사적 중 주변 자연 풍광의 경관적 가치를 극대화한 정원, 즉 원림은 '명승'으로 재분류하면서 명승 제35호로 재지정되었다.

그런데 2019년 이 별서의 역사적 유래가 거짓이라는 의견이 제기되었다. 성락원을 경영했다는 이조판서 심상응을 조사해보니 역대 이조판서 중 그런 인물이 없다는 것이다. 이것이 사회적 문제로 언론에 크게 부각되면서 급기야 그해 8월 23일에는 '성락원 명승 지정, 무엇이 문제인가'를 주제로 국회 문화체육관광위원회 김영주 의원 주관 아래 공개 토론회까지 열렸다.

그 결과 많은 전문가들이 참가하여 이 별서에 대한 종합적인 검토가 이루어졌다. 성락원이라는 명칭과 심상응이라는 인물의 실체가 불분명하다는 이의제기는 그대로 받아들여졌다. 그리고 전문가들의 종합검토 과정에서 이 별서는 고종 때 내관(內官)이자 문인인 춘파(春坡) 황윤명(黃允明, 1844~1916)이 살던 곳으로 1884년 이전에 조성되었다는 사실이 새

| 성북동 별서 | 성북동에 있던 많은 별장·별서 중 유일하게 옛 모습을 지니고 있는 것은 '서울 성북동 별서'다. 영벽지를 중심으로 건물을 위쪽으로 배치해 창밖으로 이 못 풍경을 즐기게 되어 있다.

로 알려지게 되었고, 또 고종의 다섯째 아들인 의친왕(義親王) 이강(李堈, 1877~1955)의 별서였다는 것이 문헌과 토지대장으로 확인되었다. 그리하여 2020년 9월 2일, 명승 제35호 성락원은 문화재 지정이 해제됨과 동시에 '서울 성북동 별서'(명승 제118호)로 재지정되었다.

이 일련의 과정을 보면 1992년에 처음 문화재로 지정될 때 주로 구전에 의지했던 보고서와 약 30년 뒤 이의가 제기되어 재지정에 이르기까지 활용되었던 문화재 조사·연구 능력 간에는 현격한 차이가 있음을 여실히 알 수 있다. 그리고 이의를 제기한 황평우(한국문화유산정책연구소장), 전문가회의에 참여한 안대회(당시 성균관대 대동문화연구원장), 박철상(한국문헌문화연구소장), 정기호(전 문화재위원), 이영이(상명대학교 박사) 등의 연구 발표는 결론적으로 문화재학·미술사·조경학·역사학·한문학·서예사·서지학·금석학 등 학제 협력의 산물이어서, 문화유산의 가치는 이런 학문

| 영벽지의 가을 | 영벽지는 '푸른빛이 비치는 연못'이라는 뜻이다. 이 아름다운 인공 못이 별서의 핵심 공간이며 가을날의 단풍이 아주 아름답다.

적 통섭을 통해 총체적으로 규명할 때 제빛을 발한다는 귀한 교훈을 얻었다.

서울 성북동 별서

성북동 삼거리 선잠단에서 길상사로 올라가는 선잠로에 위치한 서울 성북동 별서는 약 4,360평(주변 경관을 포함하면 약 3만 평) 규모로 가파른 산비탈에 자리하고 있다. 산에서 내려오는 두 줄기 급한 물살이 하나로 합쳐지는 골짜기로 초입 벼랑에는 '쌍류동천(雙流洞天)'이라는 글자가 굳센 글씨체로 크게 새겨져 있다.

여기서 계류를 따라 거슬러 올라가다보면 '청산일조'(靑山壹條, 푸른 산 한 줄기)라는 멋진 전서체의 암각 글씨가 새겨져 있고 이내 영벽지(影碧

| 쌍류동천(위)과 청산일조 암각글씨(아래) | 가파른 산비탈에 자리한 이 별서에는 계곡가에 여러 암각글씨가 있다. 벼랑에는 '쌍류동천', 영벽지 근처에는 '청산일조'라는 글씨가 새겨져 있다.

池)라는 아름다운 인공 연못이 나온다. 영벽지란 푸른빛이 비치는 연못이라는 뜻이다. 계곡을 원림으로 경영한 이 별서의 핵심 공간으로 모든 건조물이 여기를 중심으로 하여 배치되어 있다. 보길도 원림의 세연정, 소쇄원 계곡의 광풍루에 해당하는 곳이다.

영벽지 서쪽으로는 연못을 넓게 조망할 수 있는 높은 곳에 낮은 기와 돌담으로 감싸인 사랑채와 안채가 있고, 동쪽의 집채만 한 바위 위로는 원림 위쪽으로 올라가는 길이 나 있다. 그리고 맨 위쪽에는 송석정(松石亭)이라는 정면 7칸, 측면 2칸의 제법 큰 누각형 건물이 있다. 이것이 서울 성북동 별서의 기본 구조다.

영벽지에는 아담한 초서체로 '영벽지(影碧池)'라고 깊게 새겨져 있고 그 아래에 단정한 해서체로 다음과 같은 글귀가 얕게 새겨져 있다.

| 장빙가 암각 글씨 | 영벽지 물가 바위 한쪽에는 또 하나의 암각 글씨로 '장빙가'라는 아주 개성적인 글씨가 새겨져 있다. 장빙가는 고드름집이라는 뜻이다.

온 시냇물 모아 흐르지 못하게 막고서	百泉會不流
연못 만들어 푸른 난간 둘렀어라	爲沼碧欄頭
나는 이 못을 얻은 뒤로는	自吾得此水
강호를 유람하는 발길이 뜸해졌다네	少作江湖遊

이 오언절구는 춘파 황윤명의 문집인 『춘파유고(春坡遺稿)』에 '인수위소지'(引水爲小池, 시냇물 끌어다 작은 연못을 만들다)라는 제목으로 실려 있어 그가 이 별서를 경영했다는 사실을 말해주고 있다. 영벽지 글씨 옆에는 황윤명의 호인 '해생(海生)'이라는 낙관이 새겨져 있다. 그가 강원도 평해(平海) 태생이기 때문에 호로 삼은 것이다.

그리고 영벽지 물가 바위 한쪽에는 또 하나의 암각 글씨로 '장빙가(檣氷家)'라는 아주 개성적인 글씨가 새겨져 있다. 장빙가는 고드름집이라

| 송석정의 가을 | 별서 위쪽에는 송석정이라는 제법 큰 건물이 있어 연회장으로 사용되었다. 이 송석정은 특히 늦가을 단풍잎들이 붉게 물들 때가 아름답다.

는 뜻인데 그 옆에는 추사의 또 다른 호인 '완당(阮堂)'이라는 낙관이 새겨져 있어 김정희의 글씨임을 말해주고 있다. 뜻도 그렇고 추사체의 파격미를 보여주는 멋진 글씨인데 이것이 추사 당년 그의 글씨인지, 후대에 그의 글씨를 빌려와 새긴 것인지에 대해서는 이견이 있다(장빙가를 장외가檣外家로 보는 견해도 있다).

영벽지에는 용두가산(龍頭假山)이라는 인공 조산이 있으며 주위에는 수령이 200~300년 되는 느티나무·소나무·참나무·단풍나무·다래나무·엄나무·말채나무 등이 울창한 숲을 이루어 철마다 다른 빛으로 그윽한 풍광을 자아낸다. 봄철 신록이 연두빛으로 피어날 때도 아름답지만 특히 늦가을 단풍잎들이 영벽지 물 위에 수북이 쌓여 있을 때, 그리고 얼음장 위에 흰 눈이 쌓이고 벼랑에 고드름이 달려 있을 때는 가히 환상적이다.

춘파 황윤명

새로 밝혀진 이 별서의 주인인 황윤명은 1844년 평해 출신으로 호는 춘파 또는 해생이라고 했으며, 원래 이름은 황종우(黃鍾右)였으나 이후 윤명(允明), 수연(壽延) 등의 이름을 사용했다. 20세에 내관으로 들어가 고종을 모신 호종내관(扈從內官)으로 임금의 총애를 받아 30세 때 종1품 명례궁대차지(明禮宮大次知)를 지낸 내시 고관이었다. 수연은 고종이 내려준 이름이다.

그는 시·서·화에 능해 『근역서화징(槿域書畵徵)』에도 이름이 올라 있고 강위(姜瑋)를 중심으로 한 여항문인 모임인 육교시사(六橋詩社)의 일원이었다. 차손자인 안호영이 그의 시문을 모아 1937년에 『춘파유고』를 간행했다.

그의 생애에 대해서는 1916년 2월 22일자 『매일신보』에 실린 「황춘파(수연)씨의 일생」에 잘 나와 있다. 그는 50세(1893)에 조정이 문란하다고 여겨 동소문 밖 성북동에 머물렀다고 했으며 그의 취미는 고서와 고화, 고적을 모으는 것이며 추성각(秋聲閣)이라는 장서각에는 고금의 명필이 보관되어 있다고 했다.

공개토론회 때 발표된 서지학자 박철상의 토론문에 의하면 황윤명은 일찍이 중국과 우리나라의 명적들을 모아 『난운관 법첩(爛雲館法帖)』 3책을 목판으로 간행했는데, 여기에는 중국 명가들의 글씨뿐만 아니라 추사 김정희의 글씨도 여러 폭 수록되어 있다고 하며, 광무 2년(1898) 1월 29일 이토 히로부미가 고종을 알현할 때 호피(虎皮)·은사초합(銀絲草盒)·단선(團扇)·세렴(細簾) 등과 함께 『난운관법첩』 3책을 하사했다는 기록이 남아 있다고 한다.

이런 사실들은 황윤명의 위상과 함께 서울 성북동 별서가 그의 원림

| 황윤명의 『춘파유고』 | 황윤명은 내시였지만 시서화에 능했고 여항문인 모임인 육교시사의 일원이었다. 그의 문집으로는 1937년에 간행한 『춘파유고』가 전한다.

이었음을 더욱 명확히 증언해주는 것인데 정선군수를 지낸 오횡묵(吳宖默)의 『총쇄록(叢瑣錄)』에는 그가 황윤명의 성북동 별서를 방문했을 때의 인상을 다음과 같이 말했다.

> 1887년 4월 25일, 북쪽 시내로 방향을 돌려 시냇가로 난 오솔길을 따라 1리쯤 들어갔다. 길이 구불구불 돌고 아름다운 나무가 무더기로 빽빽하며 기이한 새와 꽃들이 세속 사람의 이목을 번쩍 뜨이고 기쁘게 하였다. 걸음걸음 앞으로 나아가자 소나무 숲이 우거져 있고 취병(翠屛) 하나가 있는데 제도가 매우 오묘하고 아름다웠다. 나는 듯한 하나의 정자가 걸음을 따라 모습을 드러내니 바로 황춘파 선생의 별서이다.

『춘파유고』에는 쌍괴당(雙槐堂)·쌍괴누옥(雙槐陋屋)·쌍괴실(雙槐室) 등이 나오고 있어 이 별서의 이름이 쌍괴당이 아니었을까 추정되기도 한다.

의친왕 이강의 별서로

황윤명이 세상을 떠난 것은 1916년 2월 15일이었다. 그 뒤 서울 성북동 별서는 고종의 다섯째 아들인 의친왕 이강의 별궁이 되었다. 이는 1915년 조선총독부에서 발행한 토지 대장에 당시 성북동 5번지, 1917년에는 성북동 12번지 별서 일대 전부가 의친왕의 소유로 되어 있는 데서 확인할 수 있다. 또 1915년 조선총독부 발행 지형도에는 이곳이 '이강공 별저(李堈公 別邸)'로 표기되어 있으며, 영벽지와 3동의 건조물, 노거수 등도 나와 있다.

의친왕은 고종과 귀인 장씨 소생으로 처음에는 의화군(義和君)에 책봉되었다가 나중에 의왕(義王), 다시 의친왕이 되었고 1910년 대한제국이 일제에 의해 강제 병합되면서 왕에서 공(公)으로 격하되어 '이강 공'으로 불리게 되었다. 의친왕은 왕손으로 청나라 보빙대사, 영국 등 유럽 6개국 특파대사 등을 지내고 일본 게이오대학〔慶應義塾〕과 미국 로어노크(Roanoke)대학 등에서 수학했다. 스무 살 아래 동생인 영친왕 이은이 순종의 황태자로 결정된 뒤 타의로 해외 망명생활을 했다.

의친왕은 독립투사들과 교류해 공(公)의 지위가 박탈되기도 했고 일제의 감시를 피해 주색에 빠진 광인으로 가장하면서 끝내 창씨개명을 거부했다. 그리고 해방 후에는 한국독립당 최고위원을 역임하기도 했으나 정부수립 후 이승만 정권의 황실 배척 정책으로 황족으로서 어떤 예우도 받지 않는 조건으로 국내에 거주하다 1955년 안국동 별궁에서

| 사자루 현판(왼쪽)과 의친왕 이강(오른쪽) | 황윤명 사후 서울 성벽동 별서는 의친왕 이강의 별궁이 되었다. 의친왕 이강은 망국의 왕손으로서 수난받은 일생이었으나 끝까지 일제에 굴하지 않았고, 글씨를 잘 써서 부여 부소산성의 '사자루'라는 현판을 쓰기도 했다.

78세로 세상을 떠났다.

망국의 왕손으로서 수난받은 일생이었으나, 그는 끝까지 일제에 굴하지 않은 기개로 높이 평가받고 있다. 의친왕 시절 성북동 별서의 일은 별로 알려진 것이 없고 『동아일보』 1927년 12월 23일자에는 '이강공 별저 화재'라는 다음과 같은 기사가 나온다.

> 20일 오후 12시 경에 시외 숭인면 성북리 이강공 전하 별저에 불이 나서 오전 1시까지에 안채 열네 간이 전소하고 부속 건물 한 채가 반소하였는데 원인은 온돌불을 너무 지나친 것이라 하며 손해는 건물 2,000원에 가구 100원, 합이 2,100원이라더라.

그 외에 의친왕의 다섯째 딸인 이해경이 『마지막 황실의 추억』(유아이

북스 2017)이라는 저서에서 자신이 성북동 별장에서 태어났으며 어린 시절을 의친왕비와 이곳에서 보냈다고 증언한 바 있다.

성락원 관광개발 계획

서울 성북동 별서의 1932년 토지대장에는 필지 소유주가 이강공에서 그의 장남인 이건(李鍵)공으로 바뀌어 있다. 그리고 1945년에는 박용하의 소유로 되어 있는데 그는 납북되었고 1950년부터 1991년까지는 당시 제동산업 대표였던 심상준으로 나와 있다.

미술 애호가이기도 했던 심상준은 1954년 송석정을 짓는 등 이 별서를 새로 가꾸어 관광 자원으로 활용할 계획이 있었다. 그때 '성락원'이라 명명한 것으로 보인다. 이런 사실은 『동아일보』 1961년 6월 2일자에 실린 「현대식 종합공원 시범 관광 지역으로 한창 공사중 의친왕 별장 자리에」라는 기사로 알 수 있다. 기사의 일부를 인용하면 다음과 같다.

> 성북동 산 5번지의 깊숙한 골짜구니, 의친왕 별장이었던 고옥을 중심으로 대규모의 시범 관광 지역 건설 공사가 진행되고 있다. (…) 개인의 땅인 이 3만 평의 산등성이 밖에는 7만여 평의 존치보안림이 병풍처럼 둘러져 있어 총 부지는 10만여 평, 이 안에 '성락원'이란 이름의 종합적인 관광 시설을 갖춘 현대식 공원을 만든다는 것이다.

이런 계획에 의해 별서 대문에서 송석정 위까지 승용차가 다니는 길이 만들어진 것이다. 2008년부터 이 별서의 복원사업을 시행해 도로를 제거하자 원래의 길이 드러났는데 바위를 반듯하게 깎아 가마꾼이 다닐 수 있는 넓은 길이었다.

이 별서는 심씨 집안에서 세운 한국가구박물관이 관리하면서 일시적으로 일반인 관람을 받아들였는데 일련의 '성락원 파동' 이후 다시 폐쇄하고 문화재청의 주도로 새로운 개방을 준비하고 있다. 이것이 현재의 서울 성북동 별서 상황이다.

성북둔의 폐지 이후 성북동 주민들

1900년 무렵이면 성북동에 큰 변화가 일어난다. 1897년 조선왕조가 막을 내리고 대한제국이 선포된 것은 우리 사회가 구시대에서 신시대로 넘어가는 하나의 상징이기는 하지만, 성북둔이 폐지되면서 여기에 근거를 둔 70여 호의 원주민들은 이로써 생활의 기반이 흔들렸다. 성북둔이 폐지된 정확한 연도는 확인되지 않지만 광무 5년(1901)에 둔사를 허물었다는 대한제국 정부의 기록이 남아 있다. 그러나 주민들은 이후에도 여전히 마전과 메주 일을 하며 일상을 살아갔다. 이런 사실은 『매일신보』 1917년 7월 5일자에 나오는 다음의 기사에서 알 수 있다.

> 동소문 밖 성북동은 호수가 70여 호에 생업되는 바는 다만 포백 장사뿐으로 (…) 요사이 가뭄으로 인하여 동리 우물이 29개소나 말라버리고 또는 시냇물이 또한 말라서 포백을 할 수 없으므로 부득이 그 업을 폐지하다시피 전부 중지하고 그 대신 짚신과 미투리를 삼아서 겨우 호구하기 때문에 동민의 생활난을 부르짖는 소리가 창천하던바, 요사이로 가끔 비가 시작되어 다시 시냇물이 회복되었으므로 전과 같이 포백업을 시작하고 동민들은 매우 낙관을 하는 모양이라 하더라.

| 혜화문 | 1900년 무렵 혜화문 모습으로 성문 밖의 초가집과 소달구지가 그 옛날의 정취를 보여준다.

마구 들어서는 성북동의 별장들

성북동 주민들은 이처럼 생활고를 겪고 있었지만, 한편으로는 근대 사회의 새 바람을 타고 신흥 부호들과 권세가들의 별장들이 이 그윽한 풍광의 복사꽃 고을에 우후죽순으로 들어섰다. 『동아일보』 1930년 4월 6일자에 실린 김동섭(金東燮)의 「성북의 향기」는 이런 사실을 다음과 같이 보도했다.

성북동에 별장이 많다. 그것은 예전 일이려니와 요새는 없던 집이 들어서곤 또 들어선다. 늙은 울송(鬱松) 밑에 양관(洋館)이 있는가 하면 좌청룡 우백호를 서로 응하고 화해서 네 귀를 든 조선식 건물이 있다. 그 뒤로 빠근히 내다뵈는 아담한 모던 빌딩이 보인다. 성북동은 이렇게 기(氣)를 피우고 있다. 어떤 사람은 십 년 뒤 평(坪) 값까지 구구(九九)를 치기도 한다. 집거간(부동산 중개업자)이라는 새 직업이 마전으로 먹고 사는 이 동리에 생기기 시작한 것이다.

1935년 6월 『삼천리』(7권 5호)에 실린 「부호의 별장지대 풍경, 성북동 일대」라는 글에서는 총 14곳의 별장을 열거하고 있다. 가장 넓게 자리 잡은 것은 금융인 백인기(白寅基)의 별장이었다. 이 별장은 약 10만 평에 이르는 것으로 알려졌다. 전주 대부호의 아들인 백인기는 무관으로 정3품 통정대부에 올랐는데 대한제국 군대 해산 이후 금융인으로 변신해 옛 조흥은행의 전신인 한일은행 전무 취체역, 조선식산은행 상담역 등을 역임하고 조선총독부 중추원 참의를 지낸 인물이다.

충정공(忠正公) 민영환(閔泳煥)의 별서도 있었다. 민영환은 명성황후의 조카로 여흥 민씨 권세가이기도 하여 내부·군부·외부대신을 역임했고, 특명대사로 러시아를 다녀오기도 하며 서구 열강과 일제의 침략에 맞서 고군분투하다 결국 을사늑약 때 자결하며 최후를 마친 분이다. 그의 별서는 꿩의 바다에 있던 한옥 대저택으로 청나라에서 파견된 위안스카이(袁世凱)도 다녀갔다고 한다.

민영환이 죽은 후 이 별서는 동생 민영찬(閔泳瓚)의 소유가 되었다가 1931년 가옥 임대업을 하던 일본인에게 소유권이 이전되었다. 그리고 1934년에는 한말 참정대신인 한규설(韓圭卨)의 아들(한양호)과 손자(한택수)에게로 넘어가 이들이 여기서 음벽정(飮碧亭)이라는 유명한 요정을 운영했다. 이 요정은 크게 번성해, 좁은 도로에 차량이 일으키는 먼지와 심야 영업을 이유로 주민들의 원성을 사서 마을자치회인 '성북정회(町會)'에서 관청에 민원을 제기하기도 했다. 이 음벽정은 한국전쟁 때 불에 타서 없어졌고, 현재 그 자리에는 '연화사'라는 사찰이 들어서 있다.

제2대 국회의원을 지낸 백상규(白象圭)의 별장도 있었다. 그는 미국에서 영문학을 전공하고 귀국 후 보성전문학교 교수를 지내다 해방 후 정계에 투신해 여운형의 인민당계 인사로 활동하며 대한적십자사 부총재를 지냈다. 이 집은 양관으로 당시로서는 거액인 몇 만 원에 이르렀다고 알려져 있다. 백상규는 한국전쟁 때 납북되어 북한에서 1957년에 사망한 것으로 확인된다.

또 이종석(李鐘奭)이 지은 별장(서울특별시 민속문화재 제10호)도 있었다. 이종석은 마포에서 새우젓 장사로 큰돈을 번 대지주로 육영사업에 힘써 보인학교(현 보인고등학교)를 설립한 인물이다. 이 별장의 건물은 현재 덕수교회의 영성수련원으로 사용되고 있는데 1900년 무렵에 지은 것으로 추정되고 있다. 일각대문 안에 안채와 행랑채로 이루어져 있으며 안채는 제법 큰 한옥으로 잘 다듬어진 세벌축대 위에 늠름하게 올라서 있다. 대청을 중심으로 왼쪽에 안방, 오른쪽에 사랑방을 겸한 누마루가 있는 개량 한옥인데 누마루에는 '일관정(一觀亭)'이라는 현판이 붙어 있다.

이 건물의 문화재 명칭은 재고할 필요가 있다. 한때 주택을 문화재로 지정할 때 집주인 이름을 붙이곤 했다. 그래서 어떤 기록에는 1960년에 이 집을 매입한 대림산업 창업자의 이름을 따서 '이재준 가옥'으로 나오기도 한다. 국가지정문화재는 오래전부터 당호나 역사인물의 이름으로 바꾸어 부르고 있는데 시·도지정문화재는 아직도 이처럼 옛 관행을 따르는 모양이다. 지금이라도 당호대로 '일관정'이라고 하는 것이 옳을 것이다. 아무튼 성북동 쌍다리 건너편 산자락에 자리 잡고 있는 일관정은 그 당호가 말해주듯 '한번 볼 만한' 아름다운 전망이 펼쳐지는 자리에 위치해 있다.

이외에 1900년대 초반에 지어진 별장으로는 약재상인 이유선(李有善)의 별장, 해동은행 김연수(金季洙)의 별장, 경성에서 알아주는 부호이던 김동규(金東圭)의 별장 등이 있었다. 간송 전형필이 간송미술관의 '보화

城北町料亭村化에
住民이蹶起陳情
既設된飮碧亭에七個條件提出
道路改修、時間遵守

성북정(城北町)은 이상적 주택지라고 하여서 너도 나도하고 만히 나가살게 되엇는데 최근에 요리점이 생긴이후로 여러가지 불편한점이 만타고 마침내 정회에서 궐기하엿다。

성북정에 음벽정(飮碧亭)이 생긴이후 도로는 좁은데 자동차의 왕래가 심하여 통행상불편만 아니라 학교、유치원、레배당、야하등이잇고 그외에 千五百여명의 학생이 유하고잇다。선생 연구가등 八十여명이 사는데 주야로 풍기상 자미롭지 못한일이 만허 우려되며 위생상견지에서두 영향이 적지안허 은근히불만이 만튼중 최근에 들리는바에 의하면 또 료정이 설치된다는

|『동아일보』에 게재된 주민 항의(왼쪽)와 음벽정 광고(오른쪽)| 요정인 음벽정은 크게 번성해 좁은 도로에 차량이 일으키는 먼지와 심야 영업으로 주민들의 원성을 사서 마을자치회인 '성북정회'에서 민원을 제기하기도 했다.

각(寶華閣)'을 세우게 될 '북단장(北壇莊)'을 성북초등학교 옆에 마련한 것은 1934년이었다.

1930년대 '성북의 향기'

1930년대 성북동은 100여 호의 민가와 10여 곳의 별장이 들어선 서울 교외의 한적한 복사골 고을로 여전히 경성 사람들의 나들이 장소였다. 이제는 언어가 바뀌어 유람이 아니라 '피크닉'이라고 했다. 성북동의 이러한 변화는 『동아일보』에 1930년 3월 27일부터 4월 6일까지 4회에 걸쳐 실린 김동섭의 「성북의 향기」에 잘 묘사되어 있다.

점, 점, 점 보이는 집들이 있는 곳이 성북동이라나! (…) 그 곡선 그

| 이종석 별장 | 이종석 별장은 1900년 무렵에 지은 것으로 추정되고 있다. 안채와 행랑채로 이루어져 있으며 안채는 제법 큰 한옥으로 잘 다듬어진 세벌축대 위에 늠름하게 올라서 있다.

고저 그리고 아늑한 초가지붕이 무한감을 광문시킨다. (…) 이끼가 낀 폐허의 성 아래에 소녀들의 나물바구니를 어떻게 표시해야 좋을까? 달래도 캐고 냉이도 캐고 씀바귀도 캐고 꽃다지도 캔다. (…) 소 모는 소리도 오래간만에 들어서 그런지 조춘 정경이 심금을 때리는 바 적지 않다. (…) 상추도 심고요. 시금치도 심고 며칠 지나면 오이도 심겠고 호박도 심으렵니다. 이랑 옆에 이른 옥수수도 심고 감자 구멍도 파렵니다. 이것은 밭 가는 것을 구경하는 사람과 채마전 가는 사람과의 친절한 대화다.

이어서 북둔도화의 복사꽃을 예찬한다.

처마 저쪽엔 앵두나무가 아직도 감감한 채로 몇 그루 있는가 하면

진달래나무의 꽃매듭과 복사나무의 꽃매듭은 금방에 그만 봉오리가 피려는 듯이 볼록볼록! 하고 있다. (…) 이리하여 성북동엔 꿀벌도 모이고 나비는 날고 노고지리(雲雀)는 잔디밭 위 상공에서 한껏 울고 노래를 부를 때가 돌아온 것이다.

그러나 필자 김동섭에게는 이내 눈살을 찌푸리게 하는 것이 있었다. 그것은 '샌드위치 피크닉'을 온 일본 여자와 남자 들의 모습이었다.

벌써 '산도휫치 픽닉'이 시작된다. 일본 여자의 능청거리는 걸음과 그녀 옆에 병정 같은 사나이의 두 볼엔 산도휫치를 미어질 듯이 씹는다.

그러나 성북동의 그윽한 서정은 여전했다고 한다.

"산이 고요해서 태고와 같다!"라는 말은 성북동을 두고 이름이 아닐는지. 문을 활짝 열어 젖히고 저녁밥을 먹으면 산사에 와서 이 세상에 둘도 없이 가장 친한 벗과 오붓이 밥 사 먹는 느낌이 난다. 그 고요함, 그 어둠, 그 바람, 그 정취. (…) 그믐밤이 되면 절벽과 같이 깜깜하고 그와 반대로 달밤이 되면 진세(塵世)가 아니라는 듯이 교교(皎皎)하다. 멀리 개 짖는 소리만이 들린다 할까. 성북동! 그렇다. (…) 봄이 행진하면 할수록 성북동은 성북동의 천재(天才)를 발휘하리라, 자신의 분장(扮裝)한 갖은 교태(嬌態)를 자랑하리라. 그러고 한없는 예찬과 끝없는 감탄을 받으리라.

隨筆

城北의 香氣

金東燮

| 김동섭의 「성북의 향기」 | 『동아일보』에 1930년 3월 27일부터 4월 6일까지 4회에 걸쳐 실린 김동섭의 「성북의 향기」에는 1930년대 성북동 모습이 잘 묘사되어 있다.

성북동 삼산의숙

성북동의 이러한 변화 속에서 일어난 참으로 뜻깊은 일 하나는 오늘날 성북초등학교의 모태인 삼산의숙(三山義塾), 통칭 삼산학교의 건립이다. 미국 하버드대학의 동양학 교수인 에드윈 O. 라이샤워(Edwin O. Reischauer)는 『동양문화사』(*East Asia, Tradition and Transformation*)에서 한국이 식민지배를 받았으면서 반세기 만에 경제화·민주화를 이룰 수 있었던 이유로 교육열을 첫손에 꼽았다. 조선왕조가 폐망하자 실제로 기성세대는 못나서 나라를 잃었지만 후손들은 그렇게 둘 수 없다는 마음에서 1905년 을사늑약 이후 전국에 수많은 근대식 학교가 건립되었다. 이 육영사업은 국가 제도의 틀 밖에 있는 민간에서 추진되었는데 삼산의숙 또한 성북동 주민인 시인 김수영(金洙榮)과 황윤명의 발의로 1908년 7월에 개교했다.

마전과 메주로 일상을 살아가는 이 낙후된 동네에 사립학교를 세울 수 있었던 것은 마을 주민회인 '성북정회'의 단결력과 성북동 별서의 주인인 춘파 황윤명의 전폭적인 지원 덕분이었다고 한다.

그러나 1916년 황윤명이 타계하면서 삼산의숙은 심각한 운영난을 겪게 되었다. 『동아일보』 1928년 12월 13일자에는 혹독한 겨울에 200명이나 되는 학생과 선생 들이 불도 피우지 못한 교실에서 수업하고 있다며 성북동에 별장을 갖고 있는 부호들이 삼산학교의 실태에 냉담한 것을 신랄하게 비판한 기사가 실렸다.

삼산의숙은 6년제 보통학교가 아니라 4년제 사립각종학교였기 때문에 졸업 후 상급학교 진학을 위해서는 별도의 검정시험을 거쳐야 했다. 이에 1930년 와세다대학 출신으로 보성고보 선생이던 하윤실(河允實)이 교장으로 취임하면서 6년제로 바꾸기 위해 건물을 증축했고, 훗날 스님이 되어 『청춘을 불사르고』를 펴낸 아내 김일엽(金一葉)도 교편을 잡게 했다. 그러나 그의 바람은 빨리 이루어지지 못하고 1939년에야 결실을 보게 된다.

1939년 1월 29일자 『동아일보』는 30년 역사를 갖고 있는 무산아동의 유일한 교육기관 삼산학교의 교주인 강진구(姜振九)가 오랜 숙원인 학교 승격을 위해 경성부 학무과를 방문했다고 보도했다. 그리고 1942년 3월에 공립국민학교가 되었고, 해방 후 1946년 9월에 경성성북공립초등학교가 되었다. 이것이 오늘날 성북초등학교의 모태이다.

성북동 문인촌의 형성

일제강점기로 들어오면서 성북동은 행정구역상에도 변화가 생겼다. 1914년 조선총독부는 행정구역을 대대적으로 개편하면서 옛 한성부 성저십리의 대부분 지역을 경기도 고양군에 편입시켰고 이 동네는 고양군 숭인면 성북리(里)가 되었다. 그리고 1936년에는 경성부에 편입되면서 성북정(町)이 되었다. 이것이 8·15해방 후 일본식 이름을 우리말로 고치면서 성북동이라는 이름을 갖게 된 과정이며, 정부수립 후 1949년에 서울특별시에 성북구가 신설되면서 오늘날의 성북구 성북동이 된 것이다.

일제강점기에 일어난 또 하나의 큰 변화는 서울의 인구가 폭증한 것이었다. 광무 8년(1904) 19만 2,304명이던 서울 인구가 1930년대에는 40만, 1940년대에는 100만 명에 육박하게 되어 불과 30여 년 만에 5배로 늘어났다.

그리하여 1930년대에 들어서면 도심과 가깝고 자연 풍광이 아름다운 성북동이 새로운 주택지로 떠오르게 되었는데 이때 특히 문화예술인들이 많이 들어와 자리를 잡았다. 1933년 『삼천리』(5권 10호)에는 '성북동의 문인촌'이라는 제목으로 다음과 같은 기사가 실려 있다. 지금 이 기사를 읽어보자면 한글맞춤법이 다른 데서 오히려 근대의 향기가 묻어나 그대로 옮긴다.

> 서울 부근은 모다(모두) 산자수려(山紫水麗)하여 녯날(옛날) 이곳을 수도로 잡은 무학대사의 선견지명에 누구나 경탄하거니와 그중에도 동소문 밧(밖) 성북리는 천석(泉石)의 미관, 공기의 청정으로 유명하야 근래에 성(城)안 사람들이 이주함이 만타(많다).
>
> 그런데 이러케(이렇게) 한적한 근교인데다가 오리 등주리가치(같이) 지형이 아름다워 예술을 벗 삼는 문인들이 만히(많이) 나가 사라서(살아서) 일종 문인촌(文人村)인 듯한 광경을 이루고 잇다(있다).
>
> 오늘까지 벌서(벌써) 그곳 나가서 집 짓고 영주(永住)하는 시인에 김안서(金岸曙, 김억), 여류문사에 김일엽, 평론가에 김기진(金基鎭), 소설가에 이태준(李泰俊), 평론가에 홍효민(洪曉民), 노논객(老論客) 이종린(李鍾麟) 등의 제씨(諸氏)가 잇다(있다).

이외에도 만해 한용운의 '심우장', 백양당 출판사 사장인 인곡 배정국의 '승설암', 근원 김용준의 '노시산방', 구보 박태원의 싸리울타리 초가집 등등이 뒤이어 들어왔으니 성북동은 과연 우리나라 근대문학의 산실로 전국 어디에서도 볼 수 없는 문예의 향기와 인문정신이 살아 있는 동네가 되었다. 이제 우리는 그곳으로 유람도 아니고, 피크닉도 아니고, 답사를 떠난다.

『문장』과 '호고일당'의 동네

성북동 문인촌의 형성 / 이태준의 수연산방 / 이태준의 상고 취미 / 성장소설 「사상의 월야」 / 이태준의 문학세계 / 「만주기행」 / 배정국의 승설암 / 인곡 배정국의 삶 / 호고일당의 분원 답사 / 해방공간의 백양당 출판사 / 근원의 노시산방 / 『근원 김용준 전집』에 부쳐 / 김용준의 그림과 수필 / 『문장』 전26호

성북동 문인촌의 형성

성북동에 문인들이 들어와 살게 된 것은 1930년대에 들어서이다. 서울 인구가 폭증하면서 한양도성 외곽을 택지로 개발하는 신흥 주택 붐이 일어난 때였다. 서울의 인구는 1900년대에서 1930년대 사이에 2배 늘어났다.

이에 일제는 국유림을 주택지로 개발하는 것이 상책이라고 생각하여 1931년 1차로 서울 남산 뒤쪽(남쪽) 이태원 일대의 방대한 국유림을 불하했다. 이 택지 불하 사업은 정부의 심각한 재정 결핍을 해결하는 데도 큰 도움이 되었다(『동아일보』 1931년 2월 22일자). 그러자 1933년엔 망우리에 공동묘지를 조성해 서울 근교에 있던 이태원·노고산·미아리 등의 공동묘지를 이장시키고 빈 공간을 택지로 개발했다.

이런 추세 속에서 성북동 '성저십리'에도 주택 붐이 일어났다. 그 실상을 이태준은 「집 이야기」(1935)에서 이렇게 말했다.

> 요즘 성북동과 혜화동에 짓느니 집이다. 작년 가을만 해도 보성고보에서부터 버스 종점까지 혜화보통학교 외에는 별로 집이 없었다. 김장 배추밭이 시퍼런 것을 보고 다녔는데 올 가을엔 양관(洋館), 조선집들이 제멋대로 섞이어 거의 공지(空地) 없는 거리를 이루었다. (안동네인) 성북동도 (…) 공터라고는 조금도 없다.

성북동은 시내와 가까울 뿐 아니라 1928년에 혜화문(동소문)을 헐어 큰길을 냈고, 또 종로4가에서 돈암동까지 다니는 전차가 혜화동과 삼선교에 정거장이 있어 변두리 치고는 교통도 크게 나쁘지 않았다. 무엇보다도 조용한 전원 분위기가 있었기 때문에 문인 묵객들이 들어오기 시작했다.

1933년에 만해 한용운의 심우장과 상허 이태준의 수연산방이 먼저 자리 잡았고 1934년에 간송 전형필은 성북초등학교 옆에 북단장을 마련했다. 뒤이어 1935년엔 근원 김용준의 노시산방이 들어왔다. 1936년에는 그때까지 경기도 고양군 숭인면 성북리(里)였던 것 이곳이 마침내 경성부(서울시)에 편입되면서 성북정(町)이 되었다. 이후에도 백양당 출판사 사장인 인곡 배정국의 승설암, 구보 박태원의 싸리울타리 초가집 등이 속속 모여들었다.

이 문인들의 집은 성북동 삼거리에서 개울길을 따라 깊숙이 올라가 바야흐로 비탈길이 시작하는 지점의 쌍다리 부근에 있었다. 성북천이 복개되기 전 이곳에는 다리 2개가 있었다. 아래쪽은 돌다리, 위쪽은 나무다리였다. 1970년대에 들어와서는 철근 다리로 바뀌었다가 1980년대

| 성기점의 〈쌍다리 풍경〉, 조각공원, 성북천 다리들 | 성북천 쌍다리는 이제 없어지고 '쌍다리'라는 이름만이 버스 정류장과 주변 상호명에 남아 있는데 성기점 화백의 그림과 항공사진으로 그 자취를 알아 볼 수 있다. 지금은 천변 바닥에 조각공원이 조성되어 있다.

에 성북천이 복개되면서 지금은 '쌍다리'라는 이름이 버스 정류장과 '쌍다리 돼지불백' 같은 상호에만 남아 있다. 성기점 화백이 1961년에 그린 〈성북동 쌍다리 풍경〉은 당시의 모습을 잘 전해준다.

한국 순교복자성직수도회 옛 본원

쌍다리 중 하나가 한국 순교복자성직수도회(韓國殉敎福者聖職修道會) 옛 본원(성북로24길 3, 국가등록문화재 제655호) 앞 복자교이다. 현재는 '피정의 집'으로 사용되는 이 건물은 1953년에 설립된 한국 가톨릭 최초의 내국인 남자 수도회로, 방유룡 신부(1900~86년)가 설계하고 1959년에 완공했다. 적벽돌과 철근 콘크리트를 사용한 조적조 3층 건물로 아주 아담하고 아름다운 건물이다. 외벽에 성인상 부조가 있는데 이는 복제품이며, 원본은 수장고에 보관하고 있다.

방유룡 신부는 1930년 서품(敍品)을 받고 강원도 춘천 성당과 황해도 장연, 재령, 해주, 개성 성당을 거쳐 서울 가회동, 제기동 성당에서 본당 사목자를 지냈으며 김대건 사제 순교 100주년이 되는 1946년, 동양적이며 한국적 영성을 바탕으로 한국 순교자들을 현양하기 위해 한국순교복자수녀회를 창설했다. 그리고 1953년 한국 최초의 남자 수도회인 한국순교복자성직수도회를 세우고 이 건물을 지은 것이다. 1955년 무렵 이 건물과 주위의 지붕 낮은 집들이 함께 찍힌 사진은 당시 성북천변의 그윽한 분위기를 잘 보여준다.

이 쌍다리께의 문인촌 중 지금도 옛 모습을 그대로 보여주는 것은 상허(尙虛) 이태준(李泰俊)의 '수연산방(壽硯山房)'이다. 이태준은 1933년에 초가집을 사서 들어와 이듬해에 이를 헐고 아담한 한옥을 지었다. 이후 1946년 7월 무렵 월북할 때까지 12년간 그의 문학을 꽃피우고 잡지

| 한국 순교복자성직수도회 옛 본원 | 성북천이 복개되기 이전 '한국순교복자성직수도회 옛 본원'의 모습이다. 1953년에 한국 가톨릭 최초의 내국인 남자 수도회로 건립된 이 건물은 적벽돌과 철근 콘크리트를 사용한 3층 건물로 아주 아담하고 아름답다. 현재는 '피정의 집'으로 사용되고 있다.

『문장(文章)』을 주관하며 생의 전성기를 여기서 보냈다. 특히 이곳은 근원 김용준, 인곡 배정국 등 자칭 '호고일당(好古一黨, 옛것을 사랑하는 사람들)'들의 사랑방 구실을 했다. 그래서 이태준의 수연산방은 성북동 근현대 문화예술인 거리의 랜드마크가 되었고 집 앞으로 난 길에는 '이태준길'이라는 이름이 붙었다.

이태준의 수연산방

수연산방 앞에 이르면 화강암 마름모꼴 석축 위의 콩떡 담장에 반듯한 일각대문이 있다. 그 너머로 엇비스듬히 팔작지붕이 보이는데 대문 안으로 들어서면 아담한 마당의 오른쪽에 본채, 왼쪽에 별채가 있다. 담장 높이, 마당 넓이, 집 크기의 비례가 아주 쾌적하다.

| 이태준의 수연산방 | 이태준은 1935년에 이 집을 짓고 수연산방이라고 이름지었으며 1946년 월북할 때까지 12년간 생의 전성기를 여기서 보냈다. 이곳은 근원 김용준, 인곡 배정국 등 자칭 '호고일당'들의 사랑방 구실을 했다.

두벌대 축대 위에 올라앉은 본채는 기역자 집으로 돌계단 위로 대청마루가 넓게 열려 있고 그 오른쪽으로는 사각 돌기둥 위에 번듯한 누마루가 서 있어 이 집의 기품을 자랑한다. 집안 구조를 보면 대청마루 오른쪽으로는 안방과 부엌의 살림 공간이 있고 왼쪽으로 서재를 겸한 건넌방이 있는데 건넌방 툇마루는 방보다 약간 높고 멋스러운 아자(亞字) 난간을 두르고 있다.

이태준은 이 집을 지을 때 고미술의 아름다움에 흠뻑 젖어 있던 자신의 안목을 유감없이 구현했다. 이태준은 목재부터 생목을 쓰지 않고 자신의 고향인 철원의 고가를 해체한 것을 옮겨왔다고 한다. 목수도 고급 인력을 썼다며 「목수들」이라는 수필에서 이렇게 말했다.

이런 노인들은 왕십리 어디서 산다는데 성북동 구석에를 해뜨기

| 수연산방 본채 | 이태준은 이 집을 지을 때 고미술의 아름다움에 흠뻑 젖어 있던 당신의 안목을 유감없이 구현했다. 현재는 이곳에서 이태준 누님의 외손녀가 '수연산방'이라는 이름의 전통찻집을 운영하고 있다.

전에 대어 온다. (…) 그들의 연장 자국은 무디나 미덥고 자연스럽다. 이들의 손에서 제작되는 우리 집은 (…) 날림기는 적을 것을 은근히 기뻐하며 바란다.(『문장』 1권 8호)

그래서 이 집은 1930년대에 유행한 집장사의 개량 한옥과는 격을 달리한다. 눈 있는 사람은 이 집의 세심한 아름다움을 단박에 알아보았다. 1939년 어느 날 치과의사이자 고미술 애호가인 함석태(咸錫泰)는 이 집을 방문한 인상을 「청복반일(淸福半日)」이라는 수필에서 이렇게 말했다.

장원(長垣, 긴 담장)을 앞으로 남서(南西) 정(庭)을 널리 티이고 남향 대청을 동으로 꺾은 누간(樓間)의 기역자 형 윤환미(輪奐美, 빛나는 아름다움)는 틀림없이 아담한 이조사기(조선백자) 연적을 확대한 감이다.

| 김용준의 〈이태준 초상〉 | 근원 김용준이 그린 이태준의 젊은 시절 초상화이다.

신축한 건물이지만 새 재목의 나무 내는 나지 않고 새 흙내만 향기롭다. 건축의 고심담(苦心談, 고심한 이야기)을 들으니 고(古) 재목을 낱낱이 골라 되깎이하여 지었다고 한다.(『문장』 2권 1호)

이태준은 1946년에 월북하면서 이 집을 두 누이에게 넘겨주었다. 월북문인이라는 '빨간 딱지' 때문에 한동안 '이태현'의 집으로 이름을 감추었다가 1988년에 해금되면서 이름을 되찾아 1998년부터 누님의 외손녀인 조상명 씨가 '수연산방'이라는 이름의 전통찻집을 운영하고 있다.

수연산방 왼쪽에는 행랑채 '상심루(賞心樓)'가 있었으나 한국전쟁 때 전소되었고 그 자리엔 새로 지은 건물에 이태준이 만든 문학동인의 이름을 딴 '구인회(九人會)'라는 이름의 북카페가 운영되고 있다.

이태준의 상고 취미

본래 이태준에게는 뿌리 깊은 상고(尙古) 취미가 있었다. 그의 상고 취미는 한마디로 조선시대 선비들의 문인 취미를 이어받은 것으로 그의 롤모델은 추사 김정희였다. 수연산방이란 '오래된 벼루가 있는 산방'이라는 뜻으로, 추사 김정희의 글씨를 이 집 현판으로 새겼다. 건넌방에 걸린 '문향루(聞香樓)' 글씨는 '향기 맡는 누대'라는 뜻으로 차 마시는 것을 이렇게 표현한 추사의 글씨를 모각한 것이다.

이태준이 수필 곳곳에서 말한 대로라면, 그의 서재에는 조선시대의 멋진 문갑에 단아한 서안이 놓여 있었을 것이 분명하다. 2021년 국립현대미술관 덕수궁관에서 열린 전시 '미술이 문학을 만났을 때'에 출품된 이태준의 소장품 '사층책장'은 정말로 품격 높은 조선시대 오동나무 책장이었다.

| **〈백자 청화 복숭아 모양 연적〉** | 이태준이 부친의 유품으로 아꼈던 〈백자 복숭아 모양 연적〉은 아마도 이런 모양이었을 것이다.

이태준은 조선시대 백자, 그중에서도 18세기 분원 백자를 아주 좋아했다. 스스로 백자를 사랑하게 된 동기는 어렸을 때 돌아가신 부친의 유일한 유품인 '백자 복숭아 모양 연적'에서 시작되었다고 누누이 말했는데 백자에 대한 그의 지식과 안목은 상고 취미 이상이었다.

이태준은 이화여자전문학교 작문교사 시절 박물실 주임으로 유물 구입을 하기도 했다. 1935년 이화여전이 정동에서 신촌으로 옮겨가면서 본관 1층에 박물실이 개설되었는데 관장은 총장 김활란이었지만 실무 책임은 이태준이었다고 한다. 이화여전 동료 교수였던 일석(一石) 이희승(李熙昇)은 자서전 『다시 태어나도 이 길을』에서 이태준은 진고개(충무로) 고미술상을 자주 다녔으며 개인적으로 구하기 어려운 유물은 김활란 총장에게 학교 예산으로 구입하기를 권했고 그렇게 모은 것이 오늘

| 이태준이 사용한 책장 | 이태준의 유품으로 전하는 이 오동나무 사층책장은 조선시대 선비가구의 단아한 모습을 유감없이 보여준다. 그에게는 이런 명품을 골라내는 안목이 있었다.

날 이화여대 박물관의 밑천이 되었다고 회상했다.

이태준은 「고기물(古器物)」 「고완(古翫)」 등 많은 수필에서 조선자기의 아름다움을 상찬했는가 하면 일본의 동양도자연구소에서 발간하는 도자기 전문지 『도자(陶磁)』에 도자기에 대한 수필 「파편 이야기(破片的な話)」를 기고(1933)하기도 했다. 이 글에서 그는 우리 도자기의 아름다움에 대한 야나기 무네요시(柳宗悅)와 아사카와 노리타카(淺川伯教)의 열정적이고 선구적인 연구를 알게 되면서 이들에 대한 존경심을 느낀 동시에 자신의 때늦음을 한탄했다고 술회하기도 했다. 이태준은 「고완」에서 조선백자의 미를 다음과 같이 말했다.

> 조선의 그릇들은 일본 것들처럼 상품으로 발달되지 않은 것이어서 도공들의 손은 숙련되었으나 마음들은 어린아이처럼 천진하였다. 손은 익고 마음은 무심하고 거기서 빚어진 그릇들은 인공이기보다 자연에 가까운 것들이다. 첫눈에 화려하지 않은 대신 얼마를 두고 보든 물려지지 않고, 물려지지 않으니 정이 들고, 정이 드니 말은 없되 소란한 눈과 마음이 여기에 이르러선 서로 어루만짐을 받고, 옛날을 생각하게 하고, 그래 영원한 긴 시간 선에 나서 호연(浩然)해 보게 하고, 그러나 저만이 이쪽을 누르는 일 없이 얼마를 바라보든 오직 천진한 심경이 남을 뿐이다.

이태준의 이 조선자기 예찬에는 애국적인 정서가 들어 있어 다소 감성적으로 흐른 감이 없지 않으나 고미술을 통해 민족 정체성을 확인하려는 마음이 역력하다. 이런 시각은 조선도자의 천진성과 무작위성을 설파한 우현(又玄) 고유섭(高裕燮)의 '조선미술의 특질'과 맥을 같이하는 것이다. 고유섭은 이태준과 같이 이화여전에 출강했으니 교류가 없었을 리 없고 또 기질상 둘의 민족 정서에 대한 뜻이 통하지 않았을 리 없다.

성장소설 「사상의 월야」

소설가 이태준의 가장 뛰어난 작품으로는 아무래도 「달밤」(1933)을 꼽아야겠지만 내가 가장 감동적으로 읽은 것은 그의 성장기를 다룬 자전적 소설인 「사상(思想)의 월야(月夜)」(1946)다. 이를 읽으면서 상상하기조차 힘든 역경을 헤쳐온 어린 시절 이태준의 삶에 무한한 동정과 존경을 보냈고, 그의 문학에 깔려 있는 짙은 인간애는 어린 시절 겪었던 아픔을 승화한 것이라는 생각을 했다. 문장은 또 얼마나 아름다운지.

이태준은 1904년 강원도 철원 용담에서 큰 부잣집 서자로 태어났다. 개화에 눈뜬 아버지는 이태준 나이 5세 때인 1909년에 식솔(어머니·누나·외할머니)을 전부 이끌고 러시아 블라디보스토크로 갔다. 그런데 부친은 가자마자 죽고 말았다.

이에 유족들은 다시 고향으로 돌아가기 위해 배를 탔는데 함경도 청진을 지날 때 임신 중이던 어머니가 배 안에서 누이동생을 낳았다. 가족들은 어쩔 수 없이 청진에 정착했고 외할머니는 강원도집이라는 작은 식당을 하면서 살아갔다. 이때 이태준은 서당에서 천자문을 배웠다. 그런데 8세 되는 1912년 어머니마저 폐결핵으로 죽었다.

이후 이태준이 갖은 고생과 우여곡절을 겪으면서 외할머니의 극진한 보살핌 속에 어린 시절을 보내는 과정은 애처로움을 넘어 소년 이태준의 불굴의 의지에 감탄을 보내게 한다. 철원 봉명학교를 최우등으로 졸업했으나 칭찬해줄 부모가 없는 것이 서러웠고, 새 옷이 없어 누나 결혼식에 가지 못하고 추석날이면 동네 아이들을 피해 밤이 오기를 기다렸다고 한다.

학비를 마련하겠다고 가출했다가 원산에서 한 객줏집 사환으로 일할 때는 외할머니가 찾아와 빈대떡 장사를 하며 그를 보살펴주었고, 친척

| 수연산방에서 이태준과 가족 | 이태준은 어려운 성장기를 보낸 끝에 1929년 잡지 개벽사에 기자로 들어가고 1930년에는 이화여전에서 피아노를 전공한 이순옥과 결혼하면서 인생다운 인생을 살게 된다.

아저씨를 따라 상해로 가려고 했을 때는 신의주 너머 단둥(丹東)까지 갔으나 일행을 만나지 못하자 무작정 서울을 향해 기찻길을 따라 190킬로미터를 걸어 평양 가까이 순천까지 와서 이번에는 선주집 심부름을 하며 학비를 모았다고 한다. 그때 그의 나이 15세였다.

1919년 가을, 이태준은 서울로 와 배재학당 입학시험에 합격했으나 돈이 모자라서 입학하지 못했고 이후 친척 아저씨 집에 기거하며 돈을 모아 2년 뒤인 1921년 4월에 휘문고등보통학교 2학년에 입학했다. 달마다 내는 월사금을 마련하기 위해 약장사도 하고, 교장실 청소를 하고 월사금을 면제받기도 하면서 학창생활을 이어가다가 4학년 1학기 때인 1924년 6월, 교주의 전횡에 항거하는 동맹휴학의 주모자로 몰려 퇴학당했다. 그래도 이태준은 좌절하지 않고 친구인 김연만(金鍊萬, 훗날 『문장』의 발행인)의 도움을 받아 일본으로 유학을 떠났다. 그때 이태준 나이

20세였다. 「사상의 월야」는 여기서 끝난다.

이태준의 문학 수업

어릴 때 그런 고생스런 삶을 살며 고학(苦學)으로 중·고등학교를 다니다 퇴학당해 일본으로 건너간 이태준은 하숙집에 들어앉아 21세 되던 1925년에 소설 「오몽녀(五夢女)」를 써서 『시대일보』에 투고해 입선하면서 소설가로 등단했다. 도대체 언제 문학 수업을 했는지 경이롭기만 하다.

「사상의 월야」에 의하면 이태준은 7세 때 청진에서 서당에 다니며 천자문을 배웠다고 한다. 이태 만에 천자문을 떼고는 백로지에 천자문을 두 번 읽은 아이는 만 가지 문장을 읽지 않고도 안다는 뜻의 '천자재독아 만문부독지(千字再讀兒 萬文不讀知)'라고 써서 어머니를 기쁘게 했는데, 이때 어머니는 이태준에게 책마지 잔치(책 한 권을 마치고 하는 잔치)를 베풀고 아버지가 아끼던 '복숭아 연적'을 주었다고 한다. 그러고 나서 이태준은 당시(唐詩)를 배웠고, 14세 때 원산에서 외할머니와 살 때는 번안소설을 많이 사서 읽었다고 한다. 휘문고보 시절에는 학교 도서실을 드나들면서 빅토르 위고의 『장발장』(『레미제라블』), 톨스토이의 『부활』 등 명작들을 많이 읽었다고 한다. 그래서 친척 아저씨 집에 살 때 동갑내기 딸(소설 속 은주)을 은근히 사랑해 속으로 그녀를 '카레데'라고 불렀다는데, 이는 작품에 나오는 카츄샤·에레나·롯데에서 한 자씩 따서 만든 이름이다.

그런 문학적 취향으로 학예지 『휘문』의 학예부장을 맡으며 글을 발표하기도 했는데 상급생으로 정지용과 박종화가 있었고 교원으로 가람 이병기 선생이 있었다. 이것이 이태준의 문학적 자산이었던 것이다.

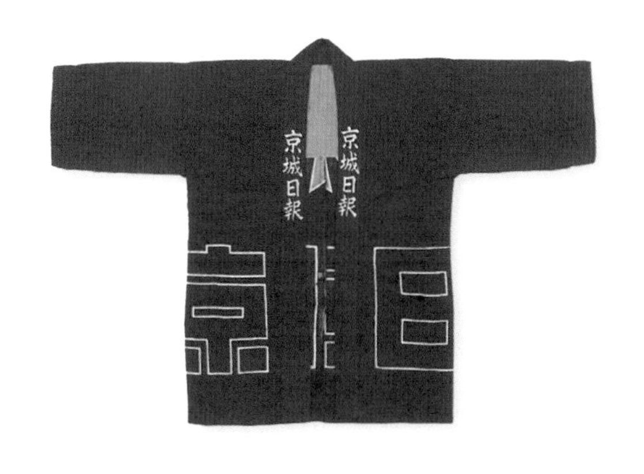

| 경성일보 배달원 핫피(왼쪽)와 달밤 표지사진(오른쪽) | 이태준의 소설 『달밤』의 주인공 황수건은 신문사 보조배달원으로 이런 정식 핫피를 입고 일해보는 것이 소원이었다고 한다.

도쿄로 간 이태준은 1926년 조치(上智)대학 예과(豫科)에 들어가 신문과 우유 배달을 하면서 학교를 다녔다. 그때 하숙집에서 「벙어리 삼룡이」의 나도향과 한방을 썼고 근원 김용준도 사귀었다고 한다. 그러나 이태준은 궁핍을 이기지 못하고 입학 1년 6개월 만인 1927년 11월에 자퇴하고 만다.

귀국 후 이태준은 1929년에 잡지 『개벽』에 기자로 들어가고, 9월엔 『중외일보』로 자리를 옮겨 학예부에 근무하게 되었다. 그리고 1930년에 이화여전에서 피아노를 전공한 이순옥과 결혼하면서 이제 인생다운 인생을 살게 된다.

이태준의 문학세계

누가 뭐라 해도, 또 누구나 말하듯 이태준은 한국 현대문학사의 빛나는 별이다. '시에 정지용이 있다면 소설에 이태준이 있다'고 일컬어지는 한국 단편소설의 완성자이다. 프랑스에 기 드 모파상, 러시아에 안톤 체호프, 미국에 오 헨리가 있다면 우리에겐 이태준이 있다고 말하기도 한다. 그의 빛나는 문학적 위업은 이태준 문학을 연구하는 '상허학회'가 일찍부터 활동해왔다는 사실이 상징적으로 말해준다.

이태준의 대표작으로 꼽히는 「달밤」 「복덕방」 「가마귀」 「밤길」 「돌다리」 같은 작품을 읽고 나면 그 주인공의 애처롭고 안타까운 모습에 가슴이 아려와 책장을 덮고 한동안 빈 천장을 바라보게 된다. 주인공들은 하나같이 모진 세월을 어처구니없는 아픔으로 살아가는 밑바닥 인생들인데 전편에 흐르는 따뜻한 인간애는 가슴이 미어지게 한다.

그리고 그 문장은 얼마나 아름답던가. 「패강랭(浿江冷)」의 "하늘과 물은 함께 저녁놀에 물들어 아득한 장미꽃밭으로 사라져버렸다" 같은 자연에 대한 묘사라든지, 「해방전후(解放前後)」의 "'글쎄요' 하고 없는 정을 있는 듯이 웃어 보이니…" 같은 심리 묘사가 나오면 밑줄을 긋게 한다. 특히 이태준의 소설은 맨 마지막 문장에서 그 미문(美文)의 진수를 볼 수 있다.

> 달밤은 그에게도 유감한 듯하였다.(「달밤」)
> 밤 강물은 시체와 같이 차고 고요하다.(「패강랭」)

이태준의 문학세계를 말할 때면, 으레 프롤레타리아문학에 대립해 김기림·정지용·박태원·이상 등과 순수예술을 추구한 '구인회(九人會)'의 핵심 멤버였다가, 8·15해방이 되자 조선 프롤레타리아 예술가 동맹(KAPF, Korea Artista Proleta Federatio), 즉 카프와 함께하는 조선문학가동맹의 부위원장을 맡은 것을 두고 뜻밖의 사상의 전환처럼 회자되곤 한다.

그러나 이태준의 지향은 '예술을 위한 예술'의 순수문학이 아니라, 문학을 사회변혁의 '도구'로 보는 경향이 강한 카프 방식에 반대하면서도 민중적 삶의 운명을 '진짜' 문학으로 구현하는 것이었다. 그러다 일제강점기가 끝나고 시대 상황이 돌변하면서 이를 적극 실현할 의지를 굳혔을 뿐이다. 최원식 교수의 표현대로 '평지돌출'이 아니었던 것이다. 그 당시 이태준의 마음과 결심은 무엇보다도 「해방전후」에 명확히 드러나 있다.

그러나 이태준이 1946년 여름 벽초(碧初) 홍명희(洪命憙)와 월북한 것은 그의 인생에서 돌이킬 수 없는 실족이었다. 그의 문학이 망가진 것은 말할 것도 없고 인생 자체가 비극으로 끝나고 마는 안타까운 선택이었다.

「만주기행」

이태준은 기행문학도 여러 편 남겼는데 그중에는 만주로 이민 간 조선인 마을을 찾아간 「만주기행」이 있다. 일본인 대지주가 증가하면서 많은 농민들이 소작농으로 전락해 만주의 미개간지로 이주하는 사람들이 해마다 늘었다. 1927년에는 약 56만 명 정도였는데 1936년에는 약 89만 명으로 급속히 증가했다.

만주를 무력으로 지배한 일제는 만주 개발을 위해 우리나라의 궁벽한 산골마을 인구 전체를 강제로 만주에 이주시키기도 했다. 이를 집단입식(集團入植)이라고 하여 〈만주 농업 이민(移民) 입식도(入植圖)〉(영남대학교박물관 소장)라는 지도가 있을 정도였다. 이태준은 이 입식마을에 사는 우리 농민들의 실태를 보기 위하여 만주기행을 다녀온 것이다. 그에게는 이런 따뜻한 동포애가 배어 있었다.

가서 보니 황량한 들판에서 사는 이주민들의 삶이 너무도 열악했다. 이주민들이 물을 끌어 논을 만들려고 하면 토착 중국인들이 훼방

朝鮮人滿洲開拓農民入植圖

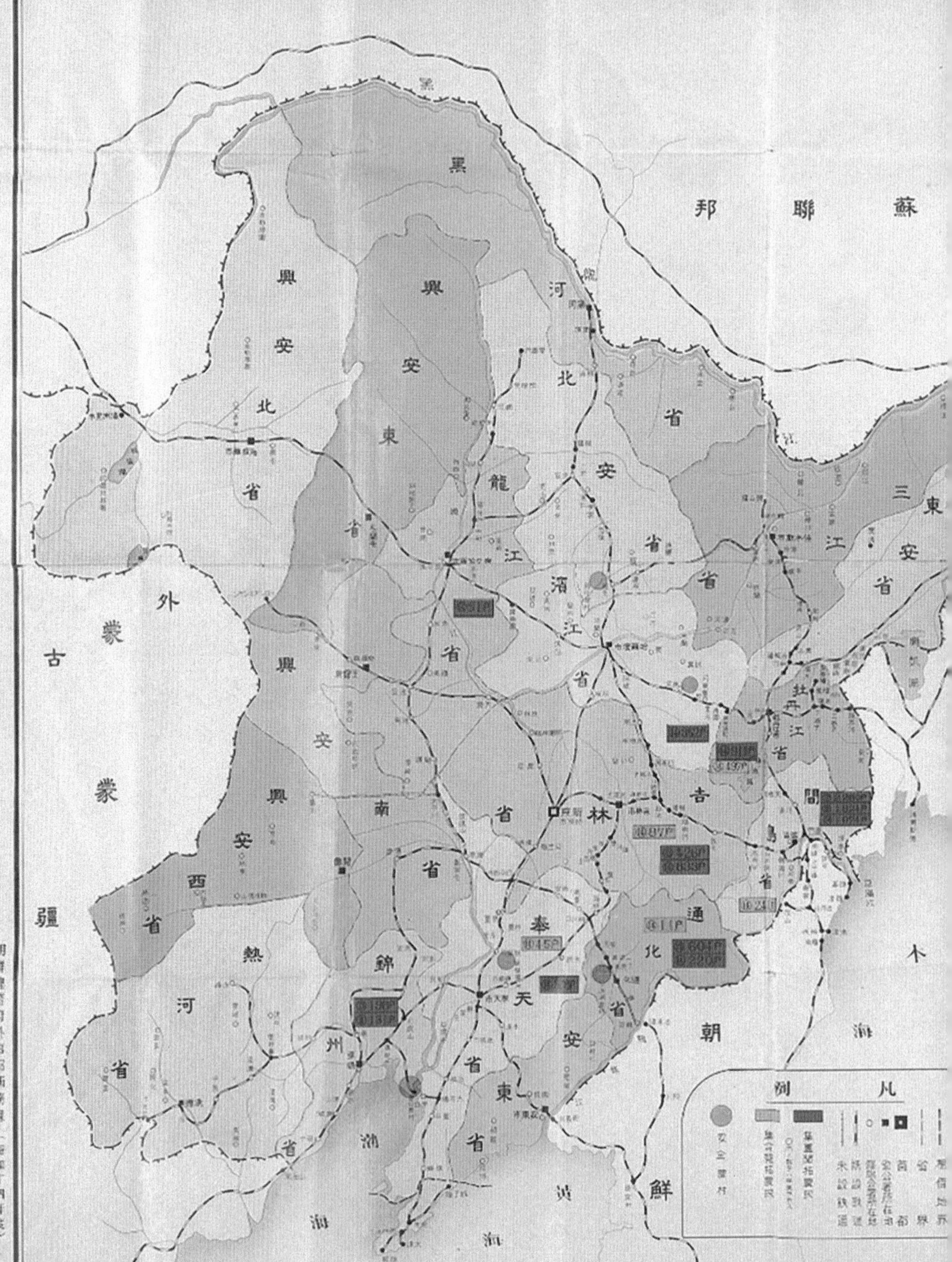

朝鮮總督府外事部拓務課（昭和十四年度）

을 놓았다. 그래도 죽기로 싸우며 삶을 살아가는 동포들을 그린 작품이 1939년 『문장』 1권 7호에 발표한 「농군(農軍)」이라는 소설이다.

나는 이태준의 「만주기행」에서 특별히 크게 감동받은 대목이 있다. 이는 순전히 나의 답사 취향 때문에 눈에 띈 것이다. 이태준은 기차가 마침내 신의주에서 압록강을 넘어 단둥을 지나자 불현듯 생각나는 것이 있었다고 한다.

> 차는 다시 떠난다. 객은 모두 다시 눕는다. '이곳을 누워서 지나거니!' 깨달으니 문득 나의 머리엔 성삼문의 생각이 떠오르는 것이다. 세종께서 지금 내가 쓰는 이 한글을 만드실 때 삼문을 시켜 명(明)의 한림학사 황찬(黃瓚, 음운학자)에게 음운을 물으러 다니게 하였는데 황학사의 요동 적소(謫所)에를 범왕반십삼도운(凡往返十三度云)으로 전하는 것이다… (그것도 걸어서) 1, 2 왕반도 아니요 범 13도라 하였으니 성삼문의 봉사도 끔직한 것이려니와 세종의 그 억세신 경륜에는 오직 머리가 숙여질 뿐이다.

이따금 나는 문장 수업은 어디에서 받았으며, 『나의 문화유산답사기』의 아이디어를 어디에서 얻었느냐는 질문을 받는다. 그럴 때면 특별히 수업받은 것은 없고 있다면 『문장강화(文章講話)』에서는 아름다운 문체가 무엇인지를 배웠고, 「만주기행」에서는 기행(답사)이란 목적지 못지않게 그곳까지 가는 과정에서 일어나는 상념도 중요하다는 것을 배웠다고 대답한다.

| 〈조선인 만주개척 농민 입식도〉 | 일제는 만주 개발을 위해 우리나라의 궁벽한 산골마을 인구 전체를 강제로 만주에 이주시키고 그 현황을 보여주는 지도까지 만들었다. 이태준은 이 입식마을에 사는 우리 농민들의 실태를 보기 위하여 만주기행을 다녀왔다.

| 손재형의 〈승설암도〉 | 인곡 배정국의 승설암은 3칸 팔작지붕에 얇은 눈썹지붕의 문간이 붙어 있는 아담한 한옥으로 정원이 일품이었다고 한다. 소전 손재형이 그린 〈승설암도〉는 이 집 정원의 그윽한 아취를 자아내고 있다.

배정국의 승설암

이태준의 수연산방에서 나와 대로변으로 들어서면 바로 인곡(仁谷) 배정국(裵正國)의 '승설암(勝雪庵)'이 나온다. 생몰년 미상의, 우리에게 잘 알려지지 않은 인물인 배정국은 해방공간에서 백양당(白楊堂)이라는 출판사를 경영한 출판인으로 그 자신이 서예가이고 고미술 애호가였다.

승설암은 3칸 팔작지붕에 얇은 눈썹지붕의 문간이 붙어 있는 아담한 한옥으로 현재는 '국화정원'이라는 게장백반집이 되어 있다. 본래 이 집은 건물보다도 현재 주차장으로 사용되고 있는 정원이 일품이었다고 하는데 마침 서예가로 문인화에도 능했던 소전 손재형이 그린 〈승설암도〉가 있어 옛 모습을 엿볼 수 있다.

감나무를 중앙에 두고 기역자로 돌아간 기와돌담의 모서리에 괴석(怪

| 오늘날의 승설암 | 오늘날 승설암에는 '국화정원'이라는 게장백반집이 자리하고 있다.

石)이 하나 놓여 있다. 그림에 어려 있는 조용한 문기(文氣)가 그 옛날 이 집 정원의 아취를 말해주는데 그림 상단에는 이 그림의 내력을 알려주는 화제(畵題)가 쓰여 있다.

을유년(1945년) 청명(淸明, 양력 4월 5일 무렵) 날에 승설암의 한정(閒庭, 한적한 정원)에 놀러갔는데 상허 이태준 인형(仁兄)께서 나에게 이 즉경도(卽景圖)를 그리라 하여 이로써 한때의 성대한 모임을 기록한다. 함께 모인 사람은 토선(土禪), 인곡(仁谷), 모암(慕菴), 심원(心園), 수화(樹話), 소전(素筌)이다.

토선은 미술 애호가 함석태이고, 인곡은 승설암 주인 배정국이고, 모암은 누군지 미상이지만, 심원은 한국화가 조중현이고, 수화는 그 유명한 화가 김환기이며, 소전은 손재형 자신이다. 그림을 보면 어딘지 추사 김정희의 〈세한도〉 풍이 느껴진다. 실제로 여기 모인 분들은 모두 추사의 '광팬'이다. 이 집 당호인 승설암은 추사의 여러 아호 중 하나인 승설에서 따온 것이다.

인곡 배정국의 삶

배정국의 자세한 행적에 대해서는 그동안 거의 알려지지 않았는데 최근에 도쿄외국어대학의 연구자 야나가와 요스케(柳川陽介)가 「백양당 연구」(『한국학연구』 50집, 2018)를 발표하여 많은 사실을 알게 되었다.

배정국은 인천 출신으로 호는 인곡이다. 인천 서경정(西京町, 현 중구 내동)에서 '백양테라(테일러)' 혹은 '백양당'이라는 양복점을 경영했는데 당시 인천에서 솜씨 좋은 양복집으로 손꼽힐 정도였다고 한다. 그는 인천의 저명한 지역인사였고, 1923년 제물포청년회 간부로 활동하며 인천의 문예 사업과 체육 보급 운동 및 자선 사업을 적극 전개했다.

배정국은 양복점 경영 외에도 미두(米豆, 쌀의 시세를 이용한 일종의 투기)와 금융업 분야에도 뛰어들어 성공을 거두었고, 1935년에는 인천 지역의 조선 상공인들을 결집하기 위해 나선다. 1936년 즈음하여 성북동에 승설암을 지은 것으로 보인다. 그는 이곳으로 이사하며 활동무대를 서울로 옮겼다.

서울에 온 배정국은 종로2가에서 양복점 백양당을 운영했는데, 백양당이 입주한 장안빌딩은 『문장』을 발행하는 출판사 문장사가 있던 한청빌딩(당시 종로 2-102번지)과 매우 인접해 있었다. 이때부터 배정국은 이태준·김용준·정지용 등 『문장』 문인들과 가까이 지냈다. 『문장』에는 백양당 양복점의 광고가 실려 있기도 하다. 그뿐 아니라 진단학회의 여러 국

| 인곡 배정국 | 인천에서 양복점을 경영하고 제물포청년회 간부로도 일했던 배정국은 서울로 올라와 백양당 출판사를 설립했다. 그는 서예가이자 고미술 애호가이기도 했다.

학 연구자들과도 깊게 교류했고 승설암 건너편 언덕에 있는 심우장의 만해 한용운과도 가까이 지냈다.

배정국은 서예가로 1949년 대한민국 미술전람회에 입선한 경력이 있고, 조선서화동연회(朝鮮書畫同硏會)가 '조선해방기념 서화전람회'를 열 때 출품작 반입 장소를 백양당으로 했다고 한다. 또 배정국은 고미술 애호가로 '호고일당' 중 재력이 있는 편이어서 많은 골동품을 수집했다. 1943년 2월에 미쓰코시 백화점(현 신세계백화점)에서 열린 '명가진장고서화감상회(名家珍藏古書畫鑑賞會)'에 소장품 두 점을 출품하기도 했다. 이때 '호고일당' 인사 중 함석태는 두 점, 손재형은 일곱 점을 출품했다.

호고일당의 분원 답사

배정국이 성북동으로 이사 오면서 이태준, 김용준과 우리 고미술품의 아름다움을 함께 감상하는 기회가 자주 생겼다. 이태준의 수필 「의무진기(意無盡記)」(1943)에는 눈 내리는 날 근원 김용준과 인곡 배정국이 집에 찾아오기를 기다리는 마음이 아련하게 드러나 있다. 그러던 1939년 10월 어느 날 고완 취미의 벗들 6명이 한꺼번에 모인 적이 있다.

그때의 일은 함석태의 「청복반일」이라는 수필에 생생히 그려져 있다. 그날 토선 함석태와 소전 손재형은 수연산방으로 이태준을 만나러 가기 전에 근원 김용준의 노시산방에 들렀다. 거기에 먼저 와 있던 길진섭(吉

| 김기림의 「분원유기」 | 1942년 10월 어느 날 인곡 배정국과 청정 이여성의 발의로 이태준 등 호고일당들이 다녀온 분원 답사 이야기를 김기림이 잡지 『춘추』에 기고한 것이다.

鎭燮, 1907~75)과 함께 서화담(書畵談)을 배불리 듣고 수연산방으로 갔는데, 뒤늦게 찾아온 인곡 배정국과 함께 여섯이서 밤새 고미술 이야기꽃을 피웠다.

안상군서(案上群書, 책상 위의 많은 책)와 천자만화(千瓷萬畫, 천 개의 도자기와 만 점의 그림)를 차례로 감상하다가 자정이 되어 집 앞 쌍다리에서 성북동 사람 3인과 서울 사람 3인이 작별하고 혜화동 고개 넘어 시내로 향했다고 한다.

이 고완 취미의 '호고일당'은 한결같이 조선도자의 아름다움에 심취해 있었다. 그래서 마침내 이들은 조선도자의 산실인 경기도 광주 분원의 백자 가마터를 직접 답사하기로 했다.

1942년 10월 어느 날 인곡 배정국과 청정(青汀) 이여성(李如星)의 발의로 호고일당들이 분원 답사를 떠났다. 이때 이태준·김용준·함석태·

김기림·길진섭 등이 동참했다. 이들은 기차로 양수리까지 가서 배를 타고 다산 정약용의 여유당 앞을 지나 분원에 도착하여 이여성의 해설을 들으며 분원 가마터를 구경했다. 이때의 뜻깊고 흥겨운 답사는 1942년 잡지 『춘추(春秋)』에 잇달아 실린 김기림의 「분원유기(分院遊記)」(3권 7호)와 이태준의 「도변야화(陶邊夜話)」(3권 8호)에 생생하게 기록되었다.

해방공간의 백양당 출판사

8·15해방이 되면서 배정국은 백양당 출판사를 열고 본격적으로 출판 사업을 왕성하게 전개했다. 백양당 출판사는 1946년부터 1950년까지 4년간 우리 현대문학의 대표적인 문학작품과 국학 고전을 30여 권 출간했다.

이태준의 『상허문학독본』 『이상(李箱) 선집』, 임화의 시집 『찬가』, 김기림의 평론집 『시론』, 이여성의 『조선복식고』 등을 펴냈고, 박태원에게 약산 김원봉과 의열단 활동에 관해 집필해달라고 의뢰하여 『약산과 의열단』을 펴냈다. 이때 배정국은 선인세로 박태원에게 승설암 길 건너편 언덕에 있던 싸리울타리 초가집을 사주어 서로 이웃하며 살았다. 또 백양당은 문장사에서 간행된 단행본 일곱 권 가운데 정지용의 시집 『백록담』과 가람 이병기의 시조집 『가람시조집』을 재판으로 출간했다.

배정국은 책의 장정에 남다른 심혈을 기울였다. 백양당에서 출간한 책의 표지는 대개 『문장』의 표지화를 그린 근원 김용준과 길진섭, 김환기가 맡았다. 길진섭이 장정을 맡은 정지용의 『백록담』은 해방공간의 용지난에도 불구하고 모조상질지(模造上質紙)를 사용한 '미장본(美裝本)'과 특질후백지(特質厚白紙)를 사용한 '특질전아본(特質典雅本)' 두 종류로 발간했다. 이병기의 『가람시조집』은 선장본(線裝本)으로 제작되

| 이태준의 『상허문학독본』(왼쪽)과 정지용 시집 『백록담』(오른쪽) | 해방 이후 백양당 출판사를 열고 출판사업을 왕성하게 전개한 배정국은 책의 장정에 남다른 심혈을 기울였다. 『상허문학독본』은 배정국 스스로 장정했고 『백록담』은 화가 길진섭이 장정했다.

었다. 야나가와 요스케는 이를 두고 배정국은 책 자체를 하나의 예술품으로 여겼다는 생각이 들게 한다고 평하기도 했다.

그는 책 표지를 직접 장정하기도 했다. 백양사의 첫 단행본 출판물인 『상허문학독본』은 배정국 스스로 장정을 맡았다. 그는 책 장정에 능화판(菱花板)의 전통문양을 많이 활용했다. 능화판이란 전통 한적의 표지에 사용한 다양한 문양의 목판이다. 또 배정국은 이태준이 주도하는 조선문학가동맹의 행사를 주관하기도 하여 기관지인 『문학』의 제목 글씨를 직접 쓰고 장정했다.

그러나 백양당의 출판 활동은 1946년 7월경, 이태준·이여성·임화 등 조선문학가동맹의 주요 문인들이 다 월북하면서 급속히 위축되었다. 그리고 1948년 8월, 남한 단독정부 수립을 기점으로 공안기관은 백양당을

'인공(人共) 지하의 심장적 기관'으로서 좌익 지하출판을 했다고 지목했고 배정국을 불러 강도 높은 조사를 했다. 이에 백양당은 사실상 활동을 중단했다.

1948년 12월에 국가보안법이 발효되고 1949년 6월 좌익 전향자를 보호하고 지도한다는 명분으로 국민보도연맹이 결성되었다. 그리고 그해 10월 배정국은 정지용 등과 함께 문필가 신분으로 가입되어 단속 대상이 되었다. 1950년 한국전쟁이 발발하자 국민보도연맹 회원들은 졸지에 끌려가 집단으로 처형되었지만 배정국은 이를 피해 월북했다. 이후 그의 행적은 알려진 것이 없다.

인곡 배정국은 일제강점기와 해방공간에 드물게 보이는 문화예술계의 후원자였고, 무엇보다도 능력있고 훌륭한 출판인이었다.

근원의 노시산방

배정국의 승설암에서 성북동길을 따라 비탈길을 조금 올라가다보면 누룽지백숙집과 리홀 뮤직갤러리를 지나 오른쪽에 대사관길로 가는 가파른 샛길이 나오는데 그 삼거리 모서리에 근원(近園) 김용준(金瑢俊, 1904~67)의 '노시산방(老柿山房)'이 있다. 집은 옛 모습이 아니지만 빨간 벽돌담 위로 감나무가 솟아 있어 그 옛날을 말해준다.

김용준이 이 집으로 이사 온 것은 1934년이었다. 그가 성북동으로 이사 온 것은 이태준 가까이 산다는 점도 없지 않았겠지만 「노시산방기」(1939)에서 그 자신이 말하기로는 산골 같은 분위기에 감나무가 맘에 들어서였다고 했다.

나는 지금으로부터 5년 전에 이 집으로 이사를 왔다. 그때는 교통

| 노시산방 감나무 | 근원 김용준의 노시산방은 현재 옛 모습과 다르지만 빨간 벽돌담 위로 감나무가 솟아 있어 과거의 정취를 말해준다. 「노시산방기」에서 김용준은 산골 같은 분위기에 감나무가 맘에 들어 성북동 이 집으로 왔다고 했다.

이 불편하여 문전에 구루마 한 채도 들어오지 못했을 뿐 아니라, 집 뒤에는 꿩이랑 늑대랑 가끔 내려오곤 하는 것이어서 아내는 그런 무주 구천동 같은 데를 무얼 하자고 가느냐고 맹렬히 반대하는 것이었으나, 그럴 때마다 암말 말구 따라만 와보우 하고 끌다시피 데리고 온 것인데, 기실은 진실로 진실로 내가 이 늙은 감나무 몇 그루를 사랑한 때문이었다.

그리고 집이라고 해야 스스로 모옥(茅屋)이라 부른 작은 한옥이었지만 여기에서 처연히 자연을 만끽하고 사는 것을 정말로 기꺼워했다. 근원은 「동일(冬日)에 제(題)하여」에서 이렇게 말했다.

| **노시산방의 김용준 가족** | 노시산방은 김용준 스스로 모옥(茅屋)이라 부른 작은 한옥이었지만 그는 여기에서 자연을 만끽하며 사는 것을 정말로 기꺼워했다.

앙상한 나무들과 까치집과 싸리울타리와 괴석과 흰 눈과 그리고 따스한 햇볕. 이것들이 노시사(老柿舍)의 겨울을 장식해주는 내 유일한 벗들이다.

이런 노시산방의 모습은 그가 그린 한 폭의 그림에 잘 나타나 있다. 근원이 노시산방으로 이사 온 후 수연산방의 이태준과 무시로 드나들며 달마다 나오는 『문장』을 위해 머리를 맞대고 일했을 것이고, 배정국이 승설암을 지은 이후로는 호고일당들이 모여 고완을 즐겼을 것을 안 보아도 본 듯하다.

『근원 김용준 전집』에 부쳐

근원 김용준을 생각하면 한편으로는 그의 담박한 예술을 떠올리며 흐뭇한 마음이 일어나지만 한편으로는 그의 불우한 말년이 떠올라 가슴이 아려온다. 20년 전 열화당에서 『근원 김용준 전집』(전5권, 2007년에 전6권으로 구성된 증보판 출간)이 출간되었을 때 나는 기꺼이 『동아일보』(2002. 11. 6)에 다음과 같은 서평을 기고했다.

누군가 했어도 벌써 했어야만 했던 일이다. 『근원 김용준 전집』(전5권)은 한 사람의 화가, 미술평론가, 미술사가 그리고 당대의 문장가로서 그가 이 세상에 남긴 자취이자, 불행했던 민족사의 아픔과 그 아픔을 넘어서려는 의지가 서려 있는 한 지성의 증언이다.

1988년, 이른바 월북문인들의 저작이 해금되면서 그의 아름다운 수필집 『근원수필』이 복간되고, 또 환기미술관에서 '수화와 근원'이라는 이름 아래 그의 작품들이 전시되면서 우리에게 서서히 다가오던 근원이 이제 전인적인 모습으로 다시 태어난 것이다.

근원 김용준은 도쿄미술학교에서 서양화를 배우고 돌아온 우리 근대미술 초기의 화가였다. 그러나 그의 미술활동은 화가보다도 이론가로서의 역할이 더 두드러졌다. 1930년대, 근원은 이제 막 서양화에 눈뜬 우리 화단에서 이른바 모더니즘의 기수로 당시로서는 아방가르드라고 할 정도의 비평활동을 벌였고 민족적 서정을 '황토색' 이라는 이름으로 담고자 할 때 그것이 소재주의에 머물지 않고 한 단계 높은 예술로 승화할 수 있는 길을 명석하게 외치고 나섰다. 이때가 아마도 미술평론가로서 근원의 전성기가 아닐까 생각된다.

1940년에 들어서면 근원은 『문장』 동인으로서 주옥 같은 수필을

| 김용준의 「노시산방도」 | 김용준이 「동일에 제하여」라는 글에 붙인 삽화로 노시산방의 처연하면서도 문기있는 모습이 잘 나타나 있다.

기고하고 또 이 잡지의 표지 장정을 맡아 지금 보아도 고아(古雅)한 북디자인 작업을 해냈다. 당시 김기림, 정지용, 이태준 같은 문사들이 아름다운 수필을 많이 발표한 것은 한국 현대문학사의 뚜렷한 자취인데 특히 근원의 수필은 문인화가적 편모와 모더니스트다운 세련미를 유감없이 발휘한 뛰어난 문체로 그가 화가인지 문장가인지 알 수 없게 했다.

근원은 미술사에도 조예가 깊고 높은 안목을 갖고 있었다. 8·15광복이 되자 서울미대 교수로 『조선미술대요(朝鮮美術大要)』를 저술한 것은 단순히 한국미술사 교재를 위해서만이 아니라 한국미에 대한 자신의 미학을 집약적으로 기술한 것이었다.

월북 후 근원은 고구려 벽화무덤인 안악 3호분 발굴에 동참하며 미술사가로 활동하여 그의 『고구려 고분벽화 연구』(1958)는 북한 과학원이 펴낸 '예술사 연구총서' 제1집으로 출간될 정도였다.

또 근원은 〈승무〉 같은 명작을 발표하면서 화가로서도 붓을 놓지 않았다. 그러나 1960년대 북한에서 이른바 '조선화 논쟁'이 일어나자 근원은 '김일성 교시'에 의해 추진되고 있는 조선화라는 것이 작가적 개성과 문인화의 정신을 손상시킬 것이라는 주장을 펴다가 사실상 숙청되고 만다.

근원 김용준 연보에 의하면 1967년 세상을 떠날 때까지 평양미술대학 예술학 부교수였던 것으로 되어 있지만 김정일의 전처인 성혜림의 언니 성혜랑이 쓴 『등나무집』을 보면 근원은 김일성 사진이 실린 신문을 마구 버린 죄로 보위국에 끌려갈 것을 예감하고는 자살로 생을 마감한 것으로 되어 있다.

암울했던 식민지시대에 태어나 화가와 미술평론가 그리고 문장가로 빛나는 지성과 재주를 유감없이 발휘하며 열심히 살아갔던 근원 김용준, 자신의 소신과 기대를 안고 월북하여 학문적·예술적 최선을 다하지만 끝내는 세상으로부터 배척받은 그의 인생편력이 이렇게 전집 5권에 들어 있는 것이다.

남에서는 월북했다는 이유로, 북에서는 당의 방향에 반대했다는 이유로 남과 북 모두에서 금기시했던 그의 저작들이 이제 아름다운 장정에 어엿한 전집으로 출간됐다는 사실에서 나는 세월의 고마움과 함께 쓸쓸함을 느낀다.

그렇게 잊힌 근원 김용준의 월북 이후의 모습을 뜻밖에도 2016년 3월 한국근대거장 탄생 100주년을 기념하면서 '백년의 신화' 시리즈의 첫

| 변월룡의 〈김용준 초상〉 | 고려인 4세 화가 변월룡이 그린 이 그림을 통해 우리는 뜻밖에 근원 김용준의 월북 이후의 모습과 조우하게 된다.

전시로 국립현대미술관 덕수궁관에서 열린 '변월룡전'에서 만날 수 있었다. 변월룡(邊月龍, 1916~90)은 연해주에서 태어난 고려인 4세이다. 레핀예술아카데미 교수를 지낸 화가로 특히 초상화에서 뛰어난 기량을 보여주었다. 그는 1953년 한국전쟁이 끝날 무렵 소련 정부에게 북한 미술계를 지도하라는 과제를 받고 평양으로 와서 평양미술대학 건립의 고문 역할을 했다.

이때 변월룡은 김용준·김주경·문학수 등 월북화가는 물론 한설야·이기영 등 월북문인들과 긴밀히 교류하며 뛰어난 기량으로 이들의 초상화를 그렸다. 그중 그가 그린 근원 김용준 초상은 가히 명화의 반열에 오를 만한 것이었다. 전시장에서 근원의 초상화를 보는 순간 나는 눈물이 나오는 것을 어쩔 수 없었다.

| 김용준의 〈홍명희 선생과 김용준〉 | 이 그림은 김용준이 인물화에 얼마나 뛰어난 기량을 갖고 있었는가를 유감없이 보여주는 명화다. 벽초 선생의 어른스러운 모습과 서재의 분위기를 잡아낸 것도 그렇지만 공손히 절을 올리는 자신을 그린 솜씨가 일품이다.

김용준의 그림과 수필

근원 김용준의 그림으로 말할 것 같으면 동경미술학교에서 서양화(유화)

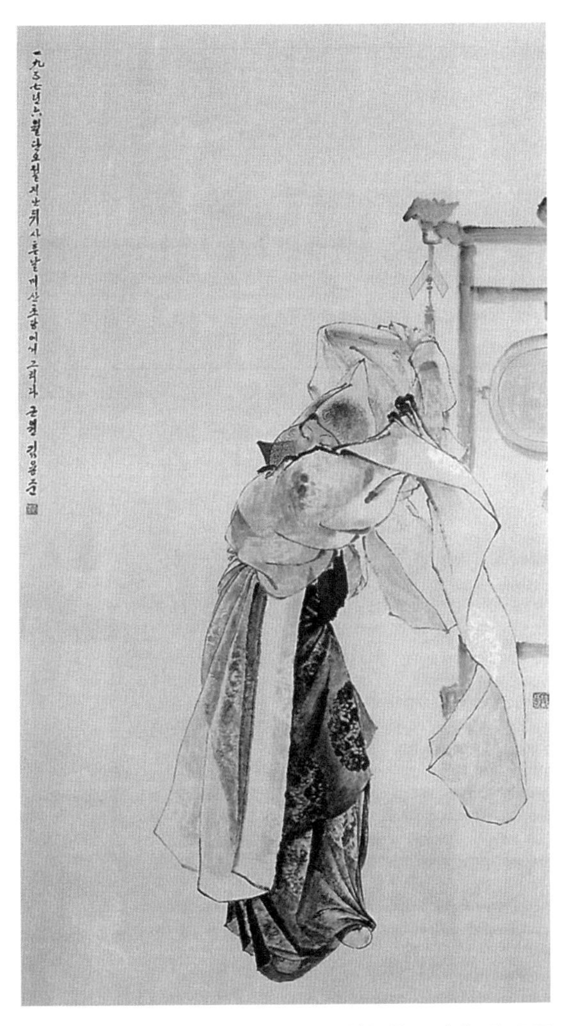

| 김용준의 〈승무〉 | 김용준이 월북하여 그린 이 〈승무〉는 그의 대표작으로 꼽을 만한 명작이다. 그러나 김용준은 화가보다는 미술사가로서 더 활약했고 또 얼마 가지 않아 숙청되어 이 이상의 득의작은 남기지 못했다.

를 배워 〈자화상〉 〈이태준 초상〉 같은 작품을 남겼지만 이내 전통 수묵화로 방향을 바꾸면서 대작은 남긴 것이 없다. 수묵화에서도 문인화를 지향하여 〈매화〉나 〈괴석과 소나무〉 〈수선화〉 같은 문기(文氣)있는 소재의 그림을 그렸을 뿐 본격적인 작품을 제작하지 않았다. 『문장』의 수많은 표지화와 이태준의 『무서록(無序錄)』 같은 표지화들이 오히려 그가 뛰어난 문인화가였음을 보여준다. 그 점에서 북한에 가서 그린 〈승무〉가 화가로서 그의 대표작이라고 할 만하다.

그런 중 근원이 벽초 홍명희 선생 회갑에 바친 〈홍명희 선생과 김용준〉(1948, 밀알미술관 소장)은 그가 인물화에 얼마나 뛰어난 기량을 갖고 있었는가를 유감없이 보여주는 명화다. 벽초 선생의 어른스러운 모습과 서재의 분위기를 잡아낸 것도 그렇지만 공손히 절을 올리는 자신을 그린 것이 일품이다. 그림 오른편의 화제 또한 얼마나 단아한 글씨인가. 이 그림을 보면서 근원이 왜 이런 작품을 많이 그리지 않았는지 한편으론 원망스럽기까지 했다.

내가 생각건대 근원은 자신이 살던 시대에 그림을 그릴 기분이 나지 않아 편안한 문인화만 그린 것이 아니었을까 싶다. 창작 의욕이 일어나지 않았던 것이다. 그러나 존경하는 벽초 홍명희 선생의 회갑 기념화는 잘 그려 바쳐야겠다는 충심이 일어나 이런 명작을 남겼다고 생각한다.

그 대신 근원은 수필에서 문장가로서 높은 경지를 보여주었다. 그의 『근원수필』은 편편이 다 주옥같다. 김용준, 이태준 등 '문장파'들은 수필에 대하여 명확한 장르의식이 있었다. 그래서 1941년 『문장』 3권 1호의 편집후기인 「여묵(餘墨)」에 다음과 같은 글이 실려 있다.

> 이번 호부터 종래의 '수필(隨筆)'을 '수제(隨題)'라 고치었다. 이것은 지금까지 실려왔던 수필이 '에세이 문학'의 진수와 얼마간 거리가 있는 것을 깨달은 때문이다. 이것을 계기로 『문장』이 새로 '수제'와 '에세이'의 장르를 각각 구할 수 있다면 다행이다.

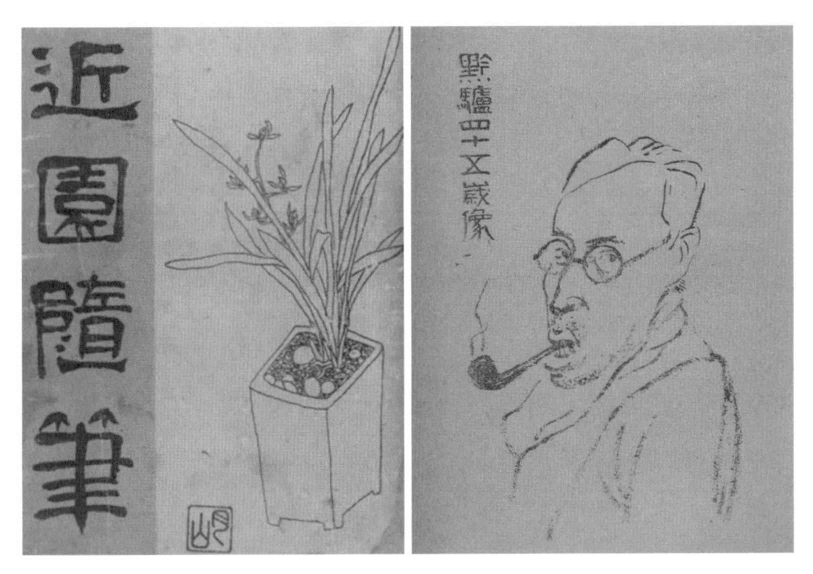

| **김용준의 『근원수필』** | 근원은 뛰어난 화가이면서도 문장가로서 수필에서도 높은 경지를 보여주었다. 그의 『근원수필』은 편편이 다 주옥같다.

이들이 생각한 수필과 수제의 차이는 어디에 있을까. 둘 다 붓 가는 대로 편안히 써내려간다는 점에서는 같지만 수필에는 모름지기 인생이 들어 있어야 한다고 생각한 것이 아닐까 싶다. 같은 일상사의 이야기라도 그 속에서 은근히, 또는 알레고리로 인생의 참맛을 느낄 수 있을 때 수필의 진가가 나온다고 생각한 것으로 보인다. 그런 의미에서 근원 김용준의 「노시산방기」는 수필문학의 진면목을 보여준다.

지금 내가 거하는 집을 노시산방이라 한 것은 삼사 년 전에 이군(이태준)이 지어준 이름이다. 마당 앞에 한 칠팔십 년은 묵은 성싶은 늙은 감나무 이삼 주(株)가 서 있는데, 늦은 봄이 되면 뾰족뾰족 잎이 돋고, 여름이면 퍼렇다 못해 거의 시꺼멓게 온 집안에 그늘을 지워주고 하는 것이, 이 집에 사는 주인, 나로 하여금 얼마나 마음을 위로하여주는지, 지금에 와서는 마치 감나무가 주인을 위해 사는 것이 아니요 주인이 감나무를 위해 사는 것쯤 된지라, 이군이 일러 노시사(老柿舍)라 명명해준 것을 별로 삭여볼 여지도 없이 그대로 행세를 하고 만 것이다. (…)

원래 나는 노경(老境)이란 경지를 퍽 좋아한다. (…) 수법이 원숙해진 분들이 흔히 노(老)자를 붙여서, 가령 노석도인(老石道人)이라 한다든지 자하노인(紫霞老人)이라 하는 것을 볼 때는 진실로 무엇으로써도 비유하기 어려운 유장하고 함축있는 맛을 느끼게 된다. 노인이 자칭 왈 노(老)라 하는 데는 조금도 어색해 보이거나 과장해 보이는 법이 없고, 오히려 겸양하고 넉넉한 맛을 느끼게 하는 것 같다. 아무튼 나는 내 변변치 않은 이 모옥(茅屋)을 노시산방이라 불러오는 만큼 뜰 앞에 선 몇 그루의 감나무는 내 어느 친구보다도 더 사랑하는 나무들이다.

근원의 월북

근원은 이 사랑하는 노시산방에서 10년간 살다가 1944년에 이곳을 수화 김환기에게 넘겨주고 경기도 양주군 의정부읍 가능리 고든골로 이사했다. 여기에서 근원은 자신의 초가집을 '반야초당(半野草堂)'이라고 이름했다. 그때 근원이 서울을 버리고 시골 궁벽한 곳으로 이사한 이유는 일제 말기 황국신민화 시절 전시 상황이 불안하고 세상 사는 맛도 없었기 때문에 은거해버린 것으로 보인다.

그리고 8·15해방이 되었지만 좌우대립이 극에 달하는 것을 보고는 『동아일보』 1946년 8월 20일자에 「정계에 보내는 나의 건의」라는 글을 발표한다.

나는 좌우 양익(兩翼)의 지도자 제현이 진실로 민족을 사랑하고 나라를 사랑하는 일념에 불타고 있다는 거룩한 생각을 충심으로 존경한다. 그런데 해방 후 만 일 년이 된 금일에 있어 정강정책이 모두 진보적이요 모두 삼천만 동포의 이의가 없는 훌륭한 당면의 해결안이었음에도 불구하고 무슨 연유로 그들의 전체적 동향은 급기야 민중을 이반케 하고, 선언에 배신, 당파적 투쟁만 계속하여 우리의 독립을 지연케 하고, 민족 간의 갈등을 조장케 하고, 민생을 도탄에 허덕이게 하는지, 나는 다시금 지도자 제현의 애국심을 의아하지 않을 수 없다. 나는 민중의 한 사람으로서 민중에서 들은 소리를 순차로 기술하여 감히 제현의 일고(一考)에 공(共)할까 한다.

그러고는 모두 17개 항목에 걸쳐 좌우익의 모순된 행태를 낱낱이 지적하고는 '양심적 인간으로서 재출발할 것'을 촉구했다. 여기까지가 월북 전 근원의 마지막 모습이다. 그리고 1950년 근원 김용준은 월북했다.

나의 은사이신 동주 이용희 선생은 젊은 시절 근원 김용준, 우두 김광균, 수화 김환기 등과 가까이 지냈다. 근원이 『조선미술대요』를 집필할 때 동주 선생에게 미술사 책을 여러 권 빌려갔다고 한다. 내가 어느 날 동주 선생에게 근원이 왜 월북했느냐고 묻자 한숨을 쉬며 이렇게 대답하셨다.

"근원은 항시 거기는 어떤지 한번 가봐야겠다고 말했어요."

당시 지식인의 갑갑한 마음 상태를 잘 말해주는 것이었다. 또 내가 존경하는 문학평론가 형님께 "형님이 해방공간에 있었으면 어떻게 처신

하셨겠어요?"라고 묻자 거두절미하고 이렇게 대답했다.

"남에 있었으면 북으로 올라갔을 거고, 북에 있었으면 남으로 내려왔겠지."

일제강점기라는 불우한 시대를 살다가 마침내 희망찬 해방을 맞이했으나 어지러운 해방공간에서 길을 잘못 들어 결과적으로 불행하게 생을 마감한 그분들과, 동족상잔의 전란 속에 남에서 북으로, 혹은 북에서 남으로 올라가고 내려오고 한 지식인들의 삶이 안타깝게 다가오기만 한다.

『문장』 전26호

상허 이태준의 수연산방, 인곡 배정국의 승설암, 근원 김용준의 노시산방을 답사하면서 이분들의 '호고일당'으로서 모습만 말하고 정작 이들이 합심하여 혼신의 힘으로 펴낸 『문장(文章)』을 말하지 않는다면 성북동 근현대거리 답사로서 크게 부족한 것이다.

『문장』은 민족문학의 계승과 발전을 기치로 내걸고 1939년 2월에 창간했다. 이태준이 편집주간이었고 발행인은 이태준의 휘문고보 동창생으로 그의 일본 유학을 도와준 김연만이었다. 표지화와 권두화는 주로 근원 김용준이 맡았고, 인곡 배정국은 광고주로 지원했다. 『문장』은 성북동 문인들의 합작이었던 것이다. 이들이 매달 『문장』 편집을 위해 수연산방에 모여 술상, 찻상을 앞에 두고 의견을 나누었을 모습을 능히 상상할 수 있다. 어쩌면 『문장』이 있어서 우정이 더욱 깊어갔는지도 모른다.

『문장』은 월간지였지만 1939년 7월에 소설로만 엮은 임시 증간호를 간행하기도 했고, 1940년에는 용지난으로 몇 번 휴간하기도 하여 총

|『문장』 창간호 표지와 권두화 | 『문장』은 민족문학의 계승과 발전을 기치로 내걸고 1939년 2월에 창간했다. 성북동 문인들이 합심하여 혼신의 힘으로 펴낸 월간 잡지였다.

26호를 펴냈다. 『문장』은 창작(소설), 평론·학예, 시, 수필, 고전번역 등으로 구성 및 편집되었다. 총 26호에 실린 작품 편수는 각각 소설 162편, 시 180편, 시조 34편, 수필 183편, 희곡 6편, 시나리오 2편, 평론 119편 등이다.

이광수·김동인·이태준·이기영·채만식·한설야·현진건·유진오·박태원·계용묵·이효석·김유정·이무영·정비석·나도향 등 기라성 같은 소설가의 명작이 실렸고, 정지용·김기림·김광균·이육사·오장환·백석·신석정·변영노·유치환 등 당대 시인들이 망라되어 있으며, 고전문학 번역과 논문에는 이병기·최현배·이희승·조윤제·양주동, 수필에는 김진섭·이양하·이하윤·고유섭·김소운·이능화·이극노·김상용 등이 있으니 근대 지성사의 인물들이 대부분 필자 명단에 들어 있다고 해도 과언이 아니다.

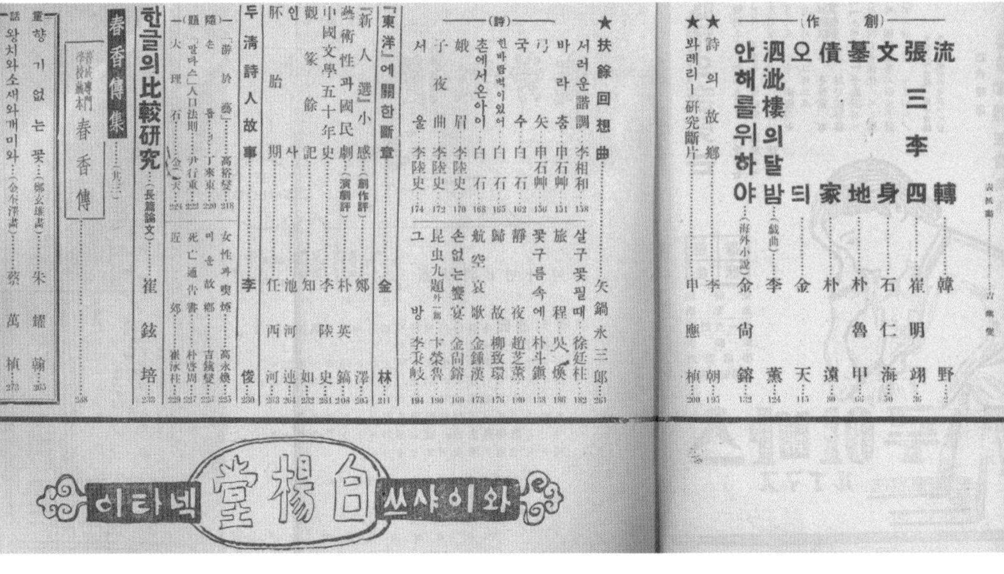

|『문장』 목차 | 『문장』은 창작(소설), 평론·학예, 시, 수필, 고전번역 등으로 구성 및 편집되었다. 인곡 배정국이 광고주로 지원했기에 그가 운영하던 양복점 '백양당' 광고 삽화가 눈에 띈다.

특히 신인 추천제를 두어 소설은 이태준, 시는 정지용, 시조는 이병기가 맡아 시에서 박두진·박목월·조지훈 등 청록파 시인을 등단시킨 것은 너무도 유명한 사실이고, 소설에서는 임옥인·지하련, 시조에서는 김상옥·이호우 등을 배출했다.

또 국어국문학 논문으로는 이희승의 「조선문학연구초(朝鮮文學研究抄)」, 송석하의 「봉산가면극각본(鳳山假面劇脚本)」, 조윤제의 「조선소설사개요(朝鮮小說史概要)」와 「설화문학고(說話文學考)」, 손진태의 「무격(巫覡)의 신가(神歌)」, 양주동의 「사뇌가석주서설(詞腦歌釋注序說)」, 최현배의 「한글의 비교 연구」와 「춘향전집」, 이병기의 「조선어문학명저해제」 등이 실렸다. 이태준의 그 유명한 『문장강화』도 창간호부터 총 9회에 걸쳐 연재한 것이다.

餘墨

▲二月號는 미리 增刷를 했지만 이내 絶品이 되여 사지 못한 많은 讀者들에게 未安하게 되었다。잘 팔리서 또는 싼값에 三十餘篇이나 創作을 읽혀드릴수 있어 즐겁기는 하나、會計에서 말슴이 單價에 七錢씩 損이라는것이다。二月號잔치를 너머 호사스럽게 지냈다。

▲短文으로、往復葉書로、헌冊이라도「三十四人集」을 모혀달라는 讀者가 이루 일수 없다。여기서、文章社는 多少 責任을 느끼어、새計劃 한가지를 세웠다。「現代短篇文學選」이다。朝鮮文學의 [illegible] 求하고 號도 文面은 四六版이라도 餘白을 넓직히 남겨 品位를 가지는 菊版大의 豪華本으로 할것까지 이미 作定되었다。이번에는 單價에는 미치지 않어야겠고、또 讀者보다는 部數도 적게 찍힐것이다 册값이 자연 높아질것은 諒解해주기 바란다。(李泰俊)

▲이달 創作陣은 新人들로 꾸미었다。지난달에 三十餘篇이나 실었으니까 그 窮策으로 新人을 끄집어 낸것이 아님은 한번 읽어보면 알것이다。池河蓮、林玉仁의 두 作家는 모다「文章推薦」을 通하여 나타난 분인데 이처럼 實力있는 婦人作家를 갖게되었다는것은 홀로「文章」만의 기쁨이 아니리라。그리고 다시 새 作家 任西河氏를 보낸다。한때 新人들의 低俗이 文壇에서 物議된 적도 있었지만 熱있게 나스려는 新人들에게 對하여 紙面이 좁았던것도 事實이다。實力있는 新人이라면 얼마든지 紹介를 맛도록 힘씀이 또한 우리의 義務일것이다。

▲趙潤濟氏의「說話文學考」를 求한것은 이달의 자랑이다。崔鉉培氏의 長篇論文도 이미 와있으나 校正에 時間이 걸려 다음號로 미루었다。이와같이 學者들의 論文을 揭載하며 한은「文章」의 가장 名譽스런所望의 하나다。그러나 그것 [illegible] 되는것이 아님에 機會가 몹시 稀貴하다

▲다음號에도 野心을 살있다 여기서 內容을 미리 말하

|『문장』 여묵과 폐간호 표지 | 일종의 편집후기인 '여묵'에는 좋은 책을 만들기 위해 애쓴 모습이 생생하게 담겨 있다. 그런 고투를 뒤로 한 『문장』 마지막 호 표지에 쓰여 있는 '폐간호' 세 글자에는 패전을 앞두고 자결하는 장수의 죽음을 보는 듯한 처연한 비장미가 깃들어 있다.

실상이 이러하니 『문장』 전26호는 우리 근대문학과 국학의 보석이라고 할 만하지 않은가. 이 점을 생각할 때 수연산방 별채의 북카페 이름은 '구인회'보다 '문장'이 더 좋겠다는 생각이 든다.

생존을 위한 친일

『문장』 전26호는 1981년에 영인본이 나왔다. 나는 이를 구입해 이날 이때까지 심심하면 한 권씩 꺼내 소설과 수필, 평론을 읽곤 한다. 그런 중 각 권의 맨 마지막 면의 편집후기인 「여묵」을 보면 매번 책을 펴낼 때마다의 어려움과 보람이 생생하게 실려 있다.

본문 용지를 구하지 못해 애태우는데 이번엔 면지 종이를 못 구해 더

늦어졌다, 원고가 늦게 들어와 발행일자가 밀리고 있지만 열심히 따라가겠다, 지방의 독자들이 재판을 찍어달라고 요구하나 응할 수 없어 미안하다, 6월호 한 달을 건너뛰어 7월호를 내게 되어 미안하다 등등 어려운 여건에서도 좋은 책을 만들기 위해 애쓰는 모습이 눈물겹다. 특히 1941년 2월 창간 2주년 기념 『창작34인집』 특별호(3권 2호)의 편집후기가 각별하다.

> 김동인 씨의 작품을 다시 싣는 것은 여간 기쁘지 않다. 붓을 꺾었다 다시 쓰는지 몇 번째시다. 이번 「집주름」은 너무 졸리는데 몰려 쓰기는 했으나 불만한 데가 많다고 원고를 도로 찾으러 오셨다. 그러나… 이미 검열에 들어간 뒤다.

매호마다 출간 전에 총독부 검열을 받아야 했던 것이다. 「여묵」에는 이런 검열 얘기가 또 나온다. 계용묵 선배가 모처럼 원고를 주고 고칠 것이 있다고 했으나 이미 검열에 들어가 있어 고치지 못해 미안하다는 내용이다. 『문장』은 이처럼 철저한 검열과 폭력적 통제 속에서 펴낸 잡지였다.

『문장』은 2호부터 '전선문학선(戰線文學選)'이라는 고정란이 있었다. 여기엔 간혹 일제의 군국주의에 동조하는 이른바 '친일문학' 글들이 실려 있는데 이것은 당시 책 간행의 조건이자 굴레였다. 마치 1970년대 음반 테이프에 '건전가요'가 한 곡 들어가지 않으면 발매할 수 없었던 것과 똑같은 강압이었다. 이태준이 1940년 『문장』(2권 9호)에 기고한 「지원병 훈련소의 1일」은 어쩔 수 없이 잡지의 생존을 위해 편집인이 희생한 글이었음을 우리는 이해해야 한다.

그런데 급기야 일제의 탄압이 극에 달하여 1941년 4월, 『문장』·『인문

평론』·『신세기』를 병합하고 일본어와 조선어를 반씩 실어 황국신민으로서 황도(皇道) 앙양에 적극 협력하라는 조치가 내렸다. 이에 『문장』은 불응하고 자진 폐간을 단행했다.

『문장』 마지막호 표지에 '폐간호'라고 굵게 쓰여 있는 세 글자에는 패전을 앞두고 장렬하게 자결하는 장수의 죽음을 보는 것 같은 처연한 비장미가 깃들어 있다.

어디서 무엇이 되어 다시 만나랴

노시산방에서 수향산방으로 / 수화 김환기의 백자 사랑 /
김향안, 또는 변동림 여사 / 대사관로와 '꿩의 바다'의 대저택들 /
우리옛돌박물관과 한국가구박물관 / 김자야와 백석의 사랑 /
대원각에서 길상사로 / 조지훈의 방우산장 /
조지훈 시, 윤이상 작곡「고풍의상」/ 최순우 옛집 /
박태원의 고현학 / 만해 한용운의 심우장 /
김광섭의「성북동 비둘기」

노시산방에서 수향산방으로

1944년 어느 날, 노시산방의 근원 김용준에게 평소 가까이 지내던 수화(樹話) 김환기(金煥基, 1913~74)가 찾아왔다. 김향안과 결혼해서 살 신혼집을 구하러 성북동에 왔다는 것이다. 이에 김용준은 차라리 노시산방을 사라고 했고 김환기는 흔쾌히 인수했다. 이때 형편이 비교적 넉넉했던 김환기는 집값을 후하게 쳐주었다. 김용준은 늘 그것을 고맙게 생각했다. 이에 대한 답례로 근원의 아내는 수화의 결혼 예복으로 모시 겹두루마기를 해주었다고 한다.

이리하여 김용준은 양주 고든골 반야초당으로 이사했고 김환기는 수화와 김향안에서 한 글자씩 따서 당호를 '수향산방(樹鄕山房)'이라고 했다. 사랑하는 노시산방을 사랑하는 후배 화가 김환기에게 넘겨준 김용

| 김용준의 〈수향산방 전경〉 | 1944년 김용준은 노시산방을 사랑하는 후배 김환기에게 넘겼고 김환기는 당호를 새롭게 '수향산방'이라고 정했다. 김용준은 신혼인 김환기와 김향안 부부가 이 집에 사는 것을 기념해 이 그림을 그려주었다.

준은 신혼부부가 이 집에 사는 것을 기념해 〈수향산방 전경(全景)〉(1944)을 그려주었다.

또 근원은 노시산방을 떠난 지 3년째 되던 1947년 봄 수향산방에 들렀다. 그날은 마침 부처님오신날이었는데 수화가 부처님 자세로 앉아 있는 것을 보고는 〈수화 소노인(少老人) 가부좌상〉을 그렸다. 당시 불과 34세이었던 수화에게서 '애늙은이' 같은 듬직함을 느꼈던 것이다. 이 그림에는 근원의 수화에 대한 미더움과 애틋한 애정이 그렇게 담겨 있다. 수화가 이렇게 근원의 사랑을 받은 것은 그의 인생과 예술의 큰 복이었다.

미술이 문학과 전통을 만났을 때

수화가 일본 유학을 마치고 귀국한 지 이태밖에 안 되는 1939년 6월, 근원은 26세의 신진화가에게 『문장』(1권 5집)의 권두화를 맡겼다. 또 그해 7월에 펴낸 『문장』(1권 7호 창작32인집)의 '11화백(畵伯) 하제(夏題) 선(選)'에 초대하여 수화는 이 책에 〈실제(失題)〉라는 작품을 실었다. 이렇게 수화는 자연히 『문장』의 문인들과 가까이 지내게 되어 1944년 5월 1일, 결혼식을 올릴 때 주례는 춘곡 고희동이었고 사회는 정지용과 길진섭이었다.

수화가 『문장』의 문인들과 교류한 것은 그가 우리 근현대미술의 최고가는 거장으로 성장하는 밑바탕이 되었다. 수화 예술의 모더니즘은 그가 미술대 학생 때부터 추구하던 생래적인 것이었지만 거기에 서려 있는 문학적 서정성은 『문장』 문인들과의 교감에서 나온 것이다. 수화의 표지 그림과 장정 들은 '문학이 미술을 만났을 때' 얻어내는 시너지 효과에 그치지지 않고 '미술이 문학을 만났을 때' 나오는 서정적이면서도 이지적인 예술세계로 나아가게 했다.

수화가 근원에게서 받은 또 하나의 큰 감화는 우리 고미술의 아름다움에 대한 안목과 사랑이었다. 근원을 비롯한 '호고일당'들의 상고 취미는 단순한 골동 취미를 넘어 우리 민족혼이 살아 있는 한국미의 발견이었다. 수화는 특히 조선시대 백자 항아리에서 서구미술과 미학에서 볼 수 없는 새로운 조형세계를 발견했다.

수화 김환기의 백자 사랑

수화의 백자 항아리에 대한 사랑은 너무도 유명하다. 그의 화실은 온통 백자 항아리로 가득 차 있었고 마당에도 널려 있었다. 김향안 여사는 이를 두고 자신의 수필에 ‘지나가는 사람들이 들여다보면서 항아리집이라고들 했다’고 썼다. 수화는 우리 항아리에서 조형적 완벽성을 보았다며 자기 예술의 범본은 백자 항아리에 있다고 했다. 그리고 「청백자(靑白磁) 항아리」(1955)에서 백자 항아리의 아름다움을 이렇게 말했다.

| 김용준의 〈수화 소노인 가부좌상〉 | 근원은 노시산방을 떠난 지 3년째 되던 1947년 봄, 수향산방에 들렀다가 마침 부처님오신 날인데 수화가 부처님 자세로 앉아 있는 것을 보고는 이 그림을 그렸다.

> 내 뜰에는 한아름 되는 백자 항아리가 놓여 있다. 보는 각도에 따라 꽃나무를 배경하는 수도 있고 하늘을 배경하는 때도 있다. 몸이 둥근데다 굽이 아가리보다 좁기 때문에 놓여 있는 것 같지가 않고 공중에 둥실 떠 있는 것 같다.
>
> 희고 맑은 살에 구름이 떠가도 그늘이 지고 시시각각 태양의 농도(濃度)에 따라 청백자 항아리는 미묘한 변화를 창조한다. 칠야삼경(漆夜三更)에도 뜰에 나서면 허연 항아리가 엄연하고 마음이 든든하고 더욱이 달밤일 때면 항아리가 흡수하는 월광(月光)으로 인해 온통 내 뜰에 달이 꽉 차 있는 것 같기도 하다.

| 김환기의 표지화들 | 수화 김환기는 많은 책과 잡지의 표지 그림을 그렸다. 수화의 표지 그림들은 '문학이 미술을 만났을 때' 발생하는 시너지 효과에 그지지지 않고 '미술이 문학을 만났을 때' 나오는 서정적이면서도 이지적인 예술 세계로 나아갔다. (전남도립미술관 소장)

| 김환기의 〈항아리와 매화〉 | 수화 김환기가 1950년대에 보여준 신사실파풍 그림들은 한국적인 서정을 형상화한 것으로 그 주제는 백자달항아리와 매화가 가장 많았다.

억수로 쏟아지는 빗속에서도 항아리는 더욱 싱싱해지고 이슬에 젖은 청백자 살결에는 그대로 무지개가 서린다. 어찌하면 사람이 이러한 백자 항아리를 만들었을꼬… 한 아름 되는 백자 항아리를 보고 있으면 촉감이 동한다. 싸늘한 사기로되 다사로운 김이 오른다. 사람이 어떻게 흙에다가 체온을 넣었을까. (『어디서 무엇이 되어 다시 만나랴』, 환기미술관 2005)

수화는 이 항아리를 소재로 하여 많은 작품을 그렸다. 1956년 파리로 떠나기 직전까지 〈항아리와 시〉(1954), 〈여인과 매화와 항아리〉(1956)를 그렸고, 도불 이후에도 고국을 생각하며 항아리를 그렸다. 〈정원〉(1956), 〈꽃과 항아리〉(1957), 〈항아리와 나는 새〉(1958) 등 1950년대에 수화가 가장 많이 그린 작품이 항아리 그림이다.

사실 수화가 백자를 사 모을 때만 해도 백자 항아리에 대한 인식이 그리 높지 않았다. 수화는 인사동 지나가는 '구루마' 장사에게도 샀다고 했다. 따뜻한 질감의 흰 빛깔과 둥그스름하고 너그러운 형태미, 가운데를 이어 붙인 원이 주는 어진 선맛, 이런 부정형의 정형이 주는 백자 항아리의 아름다움을 재발견한 이가 수화 김환기였다.

그리고 이를 미술사적으로 논증하며 그 아름다움을 세상에 알린 이는 수화와 가까이 지냈고 국립중앙박물관장을 역임한 혜곡(兮谷) 최순우(崔淳雨)였다. 그때부터 많은 사람들이 백자 달항아리의 미학에 비로소 눈을 뜨고 그 아름다움에 공감하게 되었다. 그리고 2005년 국립고궁박물관이 개관하면서 국보·보물로 새롭게 지정된 백자들을 선보이기 위해 마련한 '백자달항아리' 특별전이 열린 이후 마침내 한국미의 아이콘이 되었다.

수화 김환기 예술에서 전통

수화는 1913년 전라도 신안 안좌도에서 대지주의 아들로 태어나 서울로 올라와 중동학교를 다니다가 1933년 니혼(日本)대학 미술과에 유학하면서 화가의 길로 들어섰다. 그는 대학 재학생 시절부터 동경유학생들과 백만회(白蠻會)를 결성하고 아방가르드 미술운동을 벌였다. 백만회라는 이름은 '백의민족(白衣民族)'과 포비슴(fauvism, 야수파)의 '야만(野蠻)'을 결합한 것이었다.

귀국 후 수화는 이중섭, 유영국 등과 당시 화단을 지배하고 있던 고답적인 인상주의 화풍에 대항해 대상을 조형적으로 재해석하는 모더니즘을 추구하며 1948년에 '신사실파전'을 열었다.

| 김환기의 〈16-Ⅳ-70# 166〉 | 화면 전체가 무수한 점들로 가득 찬 이 작품은 미니멀리즘을 수화가 재해석한 것이다. '어디서 무엇이되어 다시 만나랴'라는 부제는 성북동 시인인 김광섭의 「저녁에」라는 시에서 따온 것이다.

1946년엔 근원 김용준과 함께 새로 창설된 서울대학교 미술대학에 교수로 부임해 3년간 지내고 한국전쟁 이후 1952년부터는 홍익대학교로 자리를 옮겼다. 1956년 파리로 건너가 3년간 서구 현대미술을 경험

하고 돌아온 뒤 한국미술협회 이사장을 지내면서 1963년 제7회 상파울루 비엔날레에 참가했다.

이때 김환기는 서구 현대미술의 변화에 큰 충격을 받고 그에 직접 도전하겠노라고 뉴욕으로 건너가 새로운 미술에 투신했다. 그리고 고국을 떠난 지 8년이 되는 1970년 한국일보사 주최 '한국미술대상전'에 초대받아 〈16-Ⅳ-70# 166〉이라는 그의 유명한 점화(點畵)를 출품했다.

화면 전체가 무수한 점들로 가득 찬 이 작품은 미니멀리즘을 수화가 재해석한 것이다. 대상의 표현을 '맥시멈'이 아니라 '미니멈'으로 절제하는 단순성을 점이라는 형태로 나타냈지만 그 점을 그리면서 수화는 '서울의 오만 가지를 생각하며', 보고 싶은 얼굴을 그리며, 고향에서 들려오는 뻐꾸기 소리를 상상하며 그렸다고 한다. 그리고 이 작품에는 '어디서 무엇이 되어 다시 만나랴'라는 부제를 붙였다. 이 제목은 그의 중동학교 선배이자 성북동의 시인인 김광섭의 「저녁에」(1969)라는 시에서 따온 것이다.

저렇게 많은 중에서
별 하나가 나를 내려다본다.
이렇게 많은 사람 중에서
그 별 하나를 쳐다본다.

밤이 깊을수록
별은 밝음 속에서 사라지고
나는 어둠 속에 사라진다.

이렇게 정다운
너 하나 나 하나는

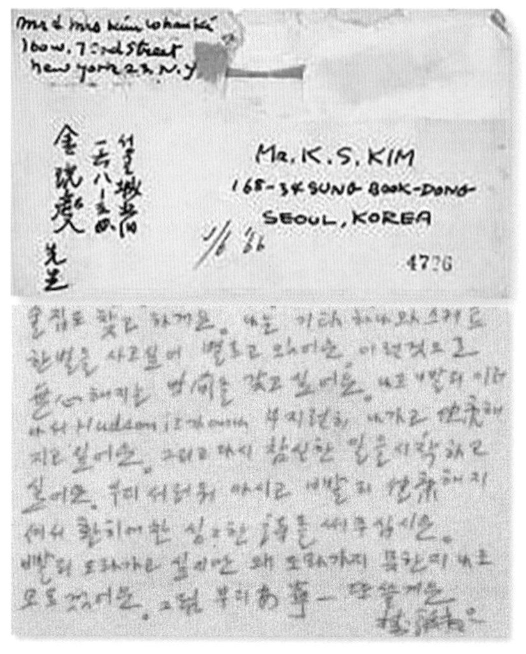

Mr & Mrs Kim Whanki
100 W. 72nd Street
New York 23, N.Y.

MR. K. S. KIM
168-3 SUNG BOOK-DONG
SEOUL, KOREA

4726

| **김환기가 김광섭에게 보낸 엽서** | 1966년 1월 6일 날짜가 찍힌 이 편지에서 김환기는 선배인 김광섭의 안부를 살뜰히 물으며 싱싱한 시를 써달라고 당부하고 있다.

어디서 무엇이 되어
다시 만나랴.

수화 예술의 이런 대전환을 두고 예술철학자 조요한 선생은 이렇게 평했다.

(프리드리히) 실러는 「소박의 시와 감상의 시」에서 자연을 대하는 시인(예술가)의 태도에는 '자연적'으로 느끼는 시인과 '자연적인 것'을 느끼는 시인 두 가지가 있다고 했다. 전자는 자연을 소유하지만 후자는

| 성북동에 돌아와서 | 이곳은 수향산방에 살던 수화의 가족이 원서동 골목으로 이사했다가 다시 성북동으로 돌아와서 살던 집이다. 김향안 여사가 툇마루에 앉아 있다.

자연을 탐색한다고 규정했는데 수화 김환기의 예술은 뉴욕 체류 이전과 이후를 '자연을 소유했던 시기'와 '자연을 탐색했던 시기'로 표현해도 좋을 것이다.

김향안, 또는 변동림 여사

수향산방의 또 다른 주인공 김향안(金鄕岸, 1916~2004) 여사의 본명은 변동림(卞東琳)으로 경기여고와 이화여전 영문과를 나온 재원(才媛)이었다. 변동림은 오빠에게서 친구인 소설가 이상을 소개받았는데 이상이

| **김향안과 그의 수필집『파리』** | 사람들은 김향안이 아니었으면 김환기가 없었다고들 했다. 김향안은 1978년 환기재단을 설립하고 1992년 부암동에 '환기미술관'을 세웠을 뿐만 아니라 수필집『파리』를 펴낸 문필가였다.

"우리 같이 죽을까, 어디 먼 데 갈까"라며 간절히 프로포즈해서 결혼했다고 한다. 그런데 이상은 결혼 4개월 만에 일본으로 떠나 이듬해(1937) 폐결핵으로 죽었다. 변동림은 도쿄로 달려가 임종을 지키고 이상의 유골을 한국으로 모셔온 후 한동안 슬픔에서 헤어나지 못했다.

그러던 중 변동림은 김환기를 소개받았다. 그때 김환기는 이미 이혼 경력이 있는데다 딸을 셋이나 둔 처지였기에 적극적으로 구애하지 못하고 편지로 마음을 표현했다고 한다. 변동림의 부모는 자식이 있는 남자와 개가하는 것을 완강히 반대했지만 그녀는 "사랑은 믿음이고, 내가 낳아야만 자식인가"라며 1944년 김환기와 재혼하고 이름을 김향안으로 바꾸었다. 향안은 신안 안좌도에 살고 있던 수화의 홀어머니와 세 딸을 성북동 수향산방으로 모셔와 함께 살았다.

수향산방은 여섯 식구가 살기에 좁기도 했지만 서울에 와서 왜 시골 같은 데에 사느냐고 시어머니가 불평하셔서 1948년 창덕궁이 내려다보이는 원서동 골목의 2층 양옥으로 이사했다. 그러나 그해 여름 온 가족이 열병을 앓게 되자 시어머니의 동의하에 다시 성북동 집으로 이사했다.

수화가 도불하기 한 해 전인 1955년 김향안은 먼저 프랑스 유학길에 올라 파리 소르본(Sorbonne)대학과 에콜 뒤 루브르(Ecole du Louvre)에서 미술사와 미술평론을 공부했다. 귀국해서는 이화여대 교수직을 제안받았으나 그냥 수화의 아내로서 충실하게 살기로 했다. 김환기와 함께 뉴욕으로 떠난 뒤 김향안이 얼마나 고생했는가는 그의 『사람은 가고 예술은 남다』(우석 1989)에 잘 나타나 있다. 그래서 사람들은 김향안이 아니었으면 김환기가 없었다고들 했다.

1974년 김환기 화백의 죽음 이후 김향안은 남편의 작품을 관리하면서 1978년 환기재단을 설립하고 1992년 부암동에 '환기미술관'을 세우고 2004년 세상을 떠났다. 김향안은 수필집 『파리(巴里)』(1962)를 펴낸 문필가이기도 했지만 우리 근현대사 최고의 소설가 이상과 최고의 화가 김환기의 부인으로 살며 이들의 예술을 위해 지극정성을 다했다는 것이 그의 보람이자 자랑이었다.

대사관로와 '꿩의 바다'의 대저택들

나는 수향산방을 밖에서 바라보았을 뿐 안으로 들어가보지 못했다. 지금도 살림집으로 사용되고 있는 집을 들어가볼 염치도 없다. 담장 안쪽의 감나무가 잘 자라고 있음을 보는 것으로 노시산방과 수향산방을 상기할 수 있다는 데 만족한다. 성북동에서 조지훈의 집이 완전히 사라져 행로가 되었고 김광섭의 집은 전혀 다른 이층집이 되었으며 백상규

뻗어가는 서울의 새名物

스카이·웨이

北岳陵線 을 닦아

展望臺·休憩所·헬리포트등시설

首都防衛 戰略道路 구실도

| 북악스카이웨이 건설과 삼청터널 개통식 | 1980년대 서울 부촌의 상징은 성북동이었다. 1970년 삼청터널 개통과 북악스카이웨이 건설을 계기로 북악산 능선에 성북동 대저택들이 들어설 택지가 개발됐던 것이다.

가옥이 현대식 빌라로 통째로 바뀌었지만 이렇게 변하지 않은 것만으로도 고맙게 생각한다.

수향산방에서 비탈길을 타고 오르면 산등성을 동서로 가로지르는 대사관로가 나온다. 이 길은 삼청터널에서 북악스카이웨이까지 연결되어 있는데 길 좌우로는 무려 30여 개국의 주한 외국 대사관저들이 모여 있다. 그리고 '꿩의 바다'라는 도로변에는 높은 축대 위 대저택이 들어서 있어 별천지로 보인다.

이 대저택들은 1970년 12월 30일 삼청터널의 개통을 계기로 산자락을 깎아 고급 주택 부지가 개발되면서 들어선 것이다. 이곳 집들의 거하고 높은 대문은 늘 굳게 닫혀 있고 고급차들만 이따금씩 오가며 길에 사람은 보이지 않는다.

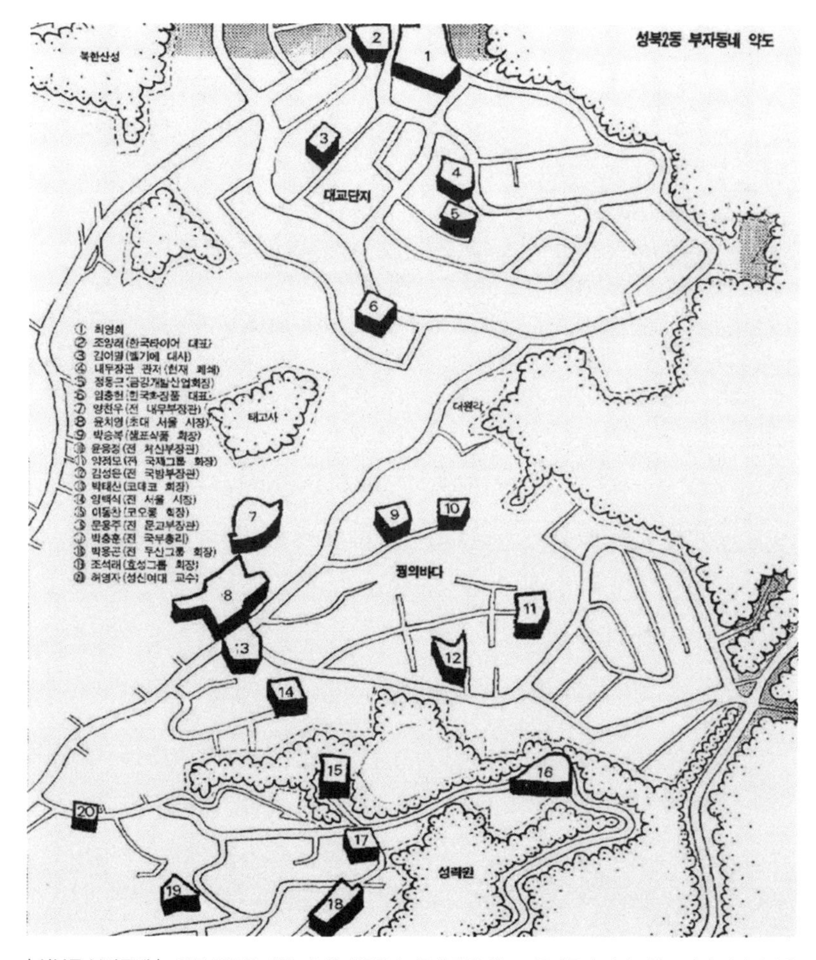

| 성북동 부자동네 | 이곳 집들의 거하고 높은 대문은 늘 굳게 닫혀 있고 고급차들만 이따금씩 오가며 길에 사람은 보이지 않는다. 월간 『말』에 실린 있는 성북동 저택 배치도이다.

서울의 부촌은 계속 이동하며 확장되었다. 1950년대에는 총독부 고관들의 관사로 경복궁 서쪽 담장을 끼고 늘어서 있던 세종로 1번지와 신문로1가, 1960~70년대에는 장충동과 (김지하의 「오적」에 나오는) 동빙고동, 1980년대에는 성북동, 1990년대에는 한남동, 그리고 21세기에는 강남의 타워팰리스로 이어졌다. 어느 나라나 부자 동네는 이렇게 따로 형성

| **우리옛돌박물관** | 곳곳에 흩어져 있던 석물들을 모아 세운 박물관으로 석인상, 석수, 동자석, 벅수, 불상뿐만 아니라 석탑, 석등의 다양한 모습을 한자리에서 감상할 수 있다.

되어 있다.

외국 박물관 관계자를 데리고 성북동에 왔을 때 그는 마치 로스앤젤레스의 베벌리힐스에 온 것 같다고 했다. 나 역시 그런 기분으로 별로 할 말이 없어 입을 다물고 이 길을 지나간다. 그럼에도 성북동 답사에서 이 길을 가는 것은 이 대사관로 위쪽에 우리옛돌박물관과 한국가구박물관이 들어서 있기 때문이다.

우리옛돌박물관과 한국가구박물관

우리옛돌박물관은 대사관로에서도 더 위쪽 산마루에 있다. 약 5,000평의 부지에 실내 전시장과 야외 전시장을 마련해 우리나라 석조 문화재를 전시하고 있다. 2000년 7월에 경기도 용인시에 설립한 세중박물관

| 우리옛돌박물관에서 내려다 본 풍경 | 박물관 야외 전시장 쉼터에서 내려다보면 시계가 사방으로 열려 있어 성북동 너머로 서울 시내가 한눈에 들어오는 장대한 전망이 펼쳐진다.

을 2015년 11월에 현재 위치로 이전해 개관한 것이다.

우리나라는 화강암의 나라여서 일찍부터 석조 조각이 발달했다. 불교가 들어온 이래로는 석탑·석등·석불이 많이 조성되었고 능묘에서는 석인상과 장명등이 세워졌다. 민간 신앙처에서는 돌장승, 민묘에서는 동자석이 무덤을 지켜왔다. 그 하나하나가 독특한 아름다움과 그 시대의 문화상을 반영하고 있다. 그중 많은 석물들이 일제강점기에 박물관으로 혹은 대저택의 정원 조각으로 팔려나갔는데 그 수가 얼마인지 헤아릴 수 없다.

우리옛돌박물관은 세중그룹의 천신일 회장이 여기저기 흩어져 있는 석물들을 모아 전문 박물관으로 세운 것이다. 그래서 여기에 오면 우리 석조 조각의 다양한 면모를 한자리에서 감상할 수 있다. 우리의 석물들은 일본을 비롯한 외국으로도 많이 흘러 나갔다. 천신일 회장은 2001년

| **한국가구박물관** | 우리 한옥의 분위기와 목가구의 멋이 어우러진 전통 목가구 전문 박물관이다.

일본인 구사카 마모루에게서 문인석·무인석·동자석 등 석조 유물 70점을 환수해 오기도 했다.

개인적으로 내가 우리옛돌박물관에서 가장 좋아하는 곳은 야외 전시장 맨 위쪽의 쉼터다. 여기에는 민묘의 귀여운 동자석들이 저마다의 표정으로 도열해 있는데 시계(視界)가 사방으로 열려 있어 서울 시내가 한눈에 들어오는 전망이 있기 때문이다.

한국가구박물관은 전통 목가구 전문 박물관으로 우리나라 전통 주생활 공간과 실내 가구를 집중적으로 보여주고 있다. 전통 가구를 종류별(사랑방·안방·부엌 등), 재료별(먹감나무·은행나무·대나무·소나무·종이 등), 지역별(각 지방 형식)로 분류·전시하고 20명 이내의 그룹 가이드 투어로 관람객에게 사랑방 가구의 단아함, 안방 가구의 화려함, 서민 가구의 질박함을 느낄 수 있게 해설해주고 있다.

한국가구박물관은 이화여대 미술대학을 나온 정미숙 관장이 오랜 기간 수집한 목가구 2,000점을 기반으로 세운 것이다. 한옥의 마니아인 정관장은 사라져가는 고가 열 채를 박물관으로 옮겨와 고재를 그대로 살리면서 적절히 배치해 한옥의 총체적 아름다움을 보여주고 있다. 그래서 CNN이 2011년 '서울에서 가장 아름다운 박물관'으로 선정하기도 했다.

한국가구박물관에는 서울을 방문한 외국 귀빈들이 줄을 이어 찾아왔다. 독일 대통령, 벨기에 국왕 부부, 스웨덴 국왕, 중국 국가주석, IMF 총재, 영화배우 브래드 피트 등이 다녀갔다. 그리고 우리 한옥의 멋과 분위기를 살린 넓은 특별전시장에서는 강연과 연회를 열 수 있어 2010년 G20 서울정상회의의 20개국 정상 배우자의 공식 오찬을 비롯해 굵직한 국제회의 연회장으로 이용되었다. 인기 예능 프로그램인 '1박2일'(KBS)의 촬영 장소, 그리고 '유 퀴즈 온 더 블럭'(TVN)의 BTS 인터뷰 장소로 사용되어 더욱 유명세를 타고 있다.

김자야와 백석의 사랑

한국가구박물관 아래쪽 선잠단으로 내려가는 비탈길(선잠단로) 대로변에는 길상사(吉祥寺)라는 절이 있다. 본래 이 건물은 1970년대에 삼청각, 오진암과 함께 3대 요정으로 일컬어지던 대원각(大苑閣)이었는데 1997년에 사찰로 태어난 것이다.

대원각 주인 김영한(金英韓, 1916~99)은 1916년 서울에서 태어나 집안이 가난에 몰리자 17세 때(1932) 조선 권번에 들어가 진향(眞香)이라는 기생이 되었고 여창가곡과 궁중무의 명기로 성장했다.

1935년 진향은 조선어학회 회원인 해관 신윤국의 후원으로 일본에

| 백석과 김자야 | 첫 시집 『사슴』을 펴내고 함흥영생고보 영어교사로 부임한 백석은 회식 자리에서 만난 진향을 보고 첫눈에 반해 자야라는 이름을 지어주고 평생 연인이 되자고 했다.

유학했는데 해관 선생이 투옥되자 면회차 귀국해 함흥에 머물렀다. 그리고 이듬해(1936) 함흥 권번에서 시인 백석(白石, 1912~66)을 운명적으로 만났다. 백석이 막 첫 시집 『사슴』을 펴내고 함흥 영생고등보통학교 영어교사로 부임했을 때 회식 자리에서 만난 것이었다.

백석은 진향에게 첫눈에 반해 "오늘부터 당신은 영원한 내 여자야. 죽음이 우리를 갈라놓기 전까지 우리에게 이별은 없어"라고 하며 '자야(子夜)'라는 이름을 지어주었다. 자야는 이백(李白)의 「자야의 오나라 노래(子夜吳歌)」라는 시에 등장하는 여인의 이름이다. 그때부터 둘은 연인이 되었다.

1937년 12월 백석은 아버지의 강요로 고향으로 내려가 결혼했다. 그러나 곧바로 함흥으로 와 자야에게 함께 만주로 가서 살자고 했다. 하지만 자야는 거절하고 서울로 돌아왔다. 백석은 뒤따라 서울로 올라와 『조

나와 나타샤와 흰당나귀

白石

| **백석의 「나와 나타샤와 흰 당나귀」** | 백석이 자야를 그리며 쓴 「나와 나타샤와 흰 당나귀」는 1938년 『여성』 3월호에 발표되었고 삽화는 정현웅이 그렸다.

선일보』 기자로 일하면서 자야와 재회해 청진동에서 살림을 차렸다.

1939년 12월 백석은 자야에게 함께 만주로 가자고 다시 청했으나 역시 거절당했다. 이에 백석은 홀로 신경(新京, 현 장춘시)으로 떠나면서 「나와 나타샤와 흰 당나귀」라는 시를 지었다.

가난한 내가
아름다운 나타샤를 사랑해서
오늘밤은 푹푹 눈이 나린다

나타샤를 사랑은 하고
눈은 푹푹 날리고
나는 혼자 쓸쓸히 앉어 소주를 마신다

소주를 마시며 생각한다
나타샤와 나는
눈이 푹푹 쌓이는 밤 흰 당나귀 타고
산골로 가자 출출이 우는 깊은 산골로 가 마가리에 살자

눈은 푹푹 나리고
나는 나타샤를 생각하고
나타샤가 아니 올 리 없다
언제 벌써 내 속에 고조곤히 와 이야기한다
산골로 가는 것은 세상한테 지는 것이 아니다
세상 같은 건 더러워 버리는 것이다

눈은 푹푹 나리고
아름다운 나타샤는 나를 사랑하고
어데서 흰 당나귀도 오늘 밤이 좋아서 응앙응앙 울 것이다

이후 둘은 다시는 만나지 못했다. 자야는 백석을 평생 잊지 못해 그의 생일인 7월 1일에는 금식을 하고 그를 기렸다고 한다.

대원각에서 길상사로

8·15해방 후 백석은 북에 남고 자야는 중앙대학교 영문과에 들어가 1953년에 졸업했다. 1955년 자야는 성북동 배밭골이라 불리는 대지 2만 평을 빚을 내어 매입했다. 10여 년간 땅을 되팔아 빚을 갚으면서도 7천 평이 남았을 때 한옥을 짓고 대원각을 열었다. 마침 1970년 삼청터널이

| 길상사 | 자야는 1987년에 법정 스님의 『무소유』를 읽다가 불현듯 대원각을 절로 만들겠다고 결심하고 도움을 청할 생각으로 법정 스님을 찾아갔다. 이후 10년 뒤 세워진 절이 길상사다.

뚫리면서 대원각은 크게 번창했다. 당시는 요정 정치가 한창인 때여서 대원각은 권력자나 재력가가 아니면 갈 수 없었다.

1980년대로 들어서면서 요정 정치도 시들해졌다. 김자야는 일선에서 물러나 대리 사장에게 운영을 맡겼다. 대리 사장은 대원각을 불고기와 평양냉면을 파는 고급 음식점으로 바꾸었다. 그 시절 나는 어른을 따라 대원각에 한번 가본 적이 있는데 기본 한상이 1인당 2만 5천 원이었다.

일선에서 물러난 김자야는 스승 하규일(河圭一)의 일대기와 가곡 악보를 채록한 『선가 하규일 선생 약전』을 펴냈다. 그러다 1987년에 법정 스님의 『무소유』를 읽다가 불현듯 대원각을 절로 만들겠다고 결심하고 도움을 청할 생각으로 법정을 찾아갔다. 그러나 법정은 주지를 맡아본 경험이 없고 아무것에도 메이지 않고 살아온 사람이라 자리에 적합하지 않다고 거절했다. 이후 자야가 10년을 두고 부탁하자 법정은 마침내 이곳을 조계종 송광사의 말사이자 '맑고 향기롭게' 운동의 근본 도량으로 삼기로 했고, 대원각은 1997년 길상사라는 이름으로 다시 태어났다. 자야에게는 길상화라는 법명이 주어졌다.

당시 대원각의 재산은 시가 1천억 원이 넘는 것이었다. 기자 간담회 때 그 많은 재산이 아깝지 않느냐는 물음에 자야는 "1천억은 그 사람(백석)의 시 한 줄만 못하다"라고 대답했다고 한다.

| 최종태 〈관음보살상〉 |

길상사의 관음보살상

1997년 12월 14일 길상사 창건 법회 때 법정 스님이 대시주자인 김자야에게 마이크를 넘겨주자 그는 "저는 불교를 잘 모르는 죄 많은 여자입니다. 제가 대원각을 절에 시주한 소원은 다만 이곳에서 그 사람과 내가 함께 들을 수 있는 맑고 장엄한 범종 소리가 울려 퍼지는 것 입니다"라고 말했다.

길상사 경내에는 극락전·지장전·설법전 등 여러 법당과 행지실·청향당·길상헌 등 요사(寮舍, 스님들의 처소)가 있다. 대원각의 본채는 극락전으로, 대연회장은 설법전으로, 기생 숙소는 요사채로 바뀌었고, 팔각정에는 자야가 백석과 함께 듣고 싶다고 한 범종이 걸려 있다.

설법전 앞에는 조각가 최종태가 제작한 관음보살상이 있다. 이 보살상은 독실한 천주교 신자인 그가 명동성당과 혜화동성당에 조성한 성모마리아상과 많이 닮았다. 본래 불교와 천주교는 닮은 점이 많다. 1997년 12월 14일 개원법회를 할 때 김수환 추기경이 참석해 축사를 했고, 법정스님은 이에 대한 답례로 1998년 2월 24일에 축성 100주년을 맞은 명동성당을 찾아 법문을 설법했다.

1999년 11월 14일 자야는 임종을 앞두고 유언하면서 "내가 죽으면 화장해서 길상사에 눈 많이 내리는 날 뿌려달라"고 했다. 백석의 시 「나와 나타샤와 흰 당나귀」의 시구처럼 눈이 푹푹 내리는 날 백석에게 돌아가고 싶었던 것이다. 이 순애보를 이생진 시인은 「내가 백석이 되어」로 읊었다. 길상헌 뒤쪽 언덕에는 김자야의 공덕비가 세워져 있다.

백석의 영향과 백석문학상

해방공간에서 백석은 북에 있었다. 말하자면 재북작가였다. 그러나 백석은 월북작가로 지목되어 1988년 해금될 때까지 금기였다. 백석 시집 『사슴』을 갖고 있으면 불온문서를 지녔다는 물증이 되기도 했다. 그렇다고 북에서 대접받은 것도 아니었다. 오랫동안 잊힐 수밖에 없었던 백석이 우리에게 다시 돌아온 계기는 시인 이동순이 『백석시전집』(창작사 1987)을 펴내면서다.

그러나 백석이 동시대와 후대의 시인에게 끼친 영향은 지대하다. 이동순은 「문학사의 영향론을 통해 본 백석의 시」에서 백석의 시 영향 아래 있던 시인들을 다음과 같이 열거했다.

청록파 시인(박목월 · 박두진 · 조지훈)들과 윤동주, 그리고 해방 후의

| 나폴레옹제과점과 명소 안내판 | 성북동길에는 삼선교의 상징적 건물인 나폴레옹제과점이 있고 쌍다리로 가는 길에는 명소 안내판이 장하게 붙어 있다.

신경림·박용래·이시영·김명인·송수권·최두석·박태일·안도현·심호택·허의행 등

안도현은 『백석 평전』(다산책방 2014)에서 '백석 시의 영향을 받은 시인들'이라는 항목을 따로 설정하고는 다섯 살 아래의 윤동주는 『사슴』을 끼고 살았고 신경림은 '내 시의 스승으로는 서슴없이 백석'이라고 했다고 증언했으며 안도현 자신은 백석의 영향을 받은 정도가 아니라 '베꼈다'고 했다. 실제로 백석의 「모닥불」과 안도현의 「모닥불」을 비교해보면 그가 백석의 시에 얼마나 큰 신세를 졌는지 알 수 있다. 백석의 『사슴』은 2005년 계간 『시인세계』에서 현역 시인 156명이 뽑은 '우리 시대 시인에게 가장 큰 영향을 끼친 시집'으로 선정되기도 했다.

자야는 말년에 이동순의 교열을 받아 『내 사랑 백석』(문학동네 1995)을

| 조지훈 집터 '시인의 집: 방우산장' | 조지훈의 집터에는 '시인의 방'이라는 설치물이 꾸며져 있다. 한옥의 마루와 처마 이미지를 살린 기둥과 벽면으로 실내 공간을 연출하면서 석재 패턴을 리듬감 있게 배치해 한국적 서정을 노래한 조지훈의 시적 분위기를 담아냈다.

펴내고 1997년에는 백석문학상 제정 기금 2억 원을 출연했다. 백석문학상은 출판사 창비(당시 창작과비평사) 주관으로 1999년부터 지금(2022)까지 32명의 수상자를 배출했다. 제1회에는 황지우의 『어느 날 나는 흐린 주점에 앉아 있을 거다』(문학과지성사 1998)와 이상국의 『집은 아직 따뜻하다』(창작과비평사 1998)가 공동수상했다.

조지훈의 방우산장

길상사에서 선잠로를 따라 내려가면 우리가 답사를 출발했던 선잠단이 나오고 성북천을 복개한 '성북동길'과 마주하게 된다. 1970년대까지만 해도 성북동길은 노목이 줄지어 있는 아주 운치 있는 천변길이었다.

지금은 삼선교의 상징적 건물인 나폴레옹제과점이 성북동길로 옮겨와 있고 쌍다리로 가는 길에는 명소 안내판이 장하게 붙어 있다.

1930년대부터 1970년대까지 많은 문화예술인들이 이곳에 자리 잡았던 것은 이 성북천의 푸근하면서도 호젓한 분위기를 좋아했기 때문이었다. 그런데 성북천이 복개되면서 많은 집들이 철거되었다. 그중 하나가 청록파 시인 조지훈(趙芝薰, 1920~68)의 집이다. 조지훈의 당호는 방우산장(放牛山莊)이다. "내 소, 남의 소를 가릴 것 없이 설핏한 저녁 햇살 아래 내가 올라타고 풀피리를 희롱할 한 마리 소만 있으면 그 소가 지금 어디에 가 있든지 아랑곳할 것이 없이"(「방우산장기」 1953) 내 집으로 삼는다고 명명한 것이다. 그래서 성북동길 역사산책로를 조성하면서 조지훈의 집터에 '시인의 방: 방우산장'이라는 설치물을 세웠다.

현대식 파빌리온으로 되어 있는 '시인의 방'은 한옥의 마루와 처마 이미지를 살린 기둥과 벽면으로 실내 공간을 연출하면서 석재 패턴을 리듬감 있게 배치해 한국적 서정과 자연을 노래한 조지훈의 시적 분위기를 담고 있다. 그리고 한쪽 벽면에는 "꽃이 지기로서니 바람을 탓하랴"로 시작되는 「낙화」(1946)의 전문이 새겨져 있다.

조지훈의 삶

조지훈은 경북 영양 주실마을에서 태어났다. 이곳은 한양 조씨 집성촌으로 전국에서 대학교수를 많이 배출하기로 유명한 문향이다(『나의 문화유산답사기』 3권 239~40면 참조). 어려서 할아버지에게 한문을 배운 뒤 영양보통학교를 다니다 서울로 올라와 19세 때인 1939년 혜화전문학교(현 동국대학교) 문과에 다니면서 『문장』에 투고한 「고풍의상(古風衣裳)」이 정지용의 추천을 받아 시인으로 등단했다.

| 조지훈과 윤이상 | 조지훈과 윤이상은 성북천을 사이에 두고 서로 가까이 지냈다고 한다. 윤이상은 조지훈의 「고풍의상」을 가사로 가곡을 작곡했고 고려대학교 교가 또한 조지훈 작사, 윤이상 작곡으로 되어 있다.

1941년 대학을 졸업한 뒤 일제의 탄압을 피해 오대산 월정사에서 불교전문강원 강사로 있었다. 이런 인연으로 그는 「승무」라는 시를 짓고 만해 한용운에 대한 연구논문 몇 편을 펴내기도 했다. 1942년 조선어학회 『조선말큰사전』 편찬위원으로 참여했는데 조선어학회 사건으로 검거되는 고초를 겪었다. 이듬해 고향으로 내려가 지내다 8·15해방이 되자 다시 서울로 와서 경기여고에서 교편을 잡았다. 이때 박두진·박목월과 함께 『청록집(青鹿集)』(을유문화사 1946)을 펴내면서 한국 현대문학사에서 '청록파' 시인으로 불리게 되었다.

1948년부터 고려대학교 교수가 되었고 한국시인협회 회장을 역임했는데, 1968년 불과 49세에 토혈로 사망해 경기도 마석리에 안장되었다.

조지훈 시, 윤이상 작곡 「고풍의상」

조지훈의 명작으로는 「승무」가 널리 알려져 있지만 문인의 세계에서는 첫 작품이 곧 그의 출세작이자 그의 문학세계를 집약적으로 보여주는 경우가 많다. 조지훈의 데뷔작인 「고풍의상」이 그렇다.

> 하늘을 날을 듯이 길게 뽑은 부연(附椽, 서까래) 끝 풍경(風磬)이 운다.
> 처마 끝 곱게 늘이운 주렴에 반월(半月)이 숨어
> 아른아른 봄밤이 두견이 소리처럼 깊어가는 밤
> 곱아라 고아라 진정 아름다운지고
> (…)
> 나는 이 밤에 옛날에 살아 눈 감고 거문고를 골라보리니
> 가는 버들인 양 가락에 맞추어 흰 손을 흔들어지이다.

『문장』은 창간하면서 신인 발굴을 위해 추천제를 마련했는데, 1939년 1권 3호에 그 첫 번째 성과로 조지훈의 「고풍의상」을 추천했다. 시 추천을 담당한 정지용은 이를 기뻐하며 '시선후(詩選後)에'에서 이렇게 평했다.

> 「제비기(祭悲記)」도 좋기는 하였으나 너무도 앙징스러워 「고풍의상」을 취하였습니다. 매우 유망하시외다. 그러나 당신이 미인화를 그리신다면 이당(以堂) 김은호(金殷鎬) 화백을 당하시겠습니까. 당신의 시에서 앞으로 생활과 호흡과 연치(年齒)와 생략이 보고 싶습니다.

이 「고풍의상」은 윤이상(尹伊桑, 1917~95)이 작곡한 가곡에 올려져 더

욱 빛을 보게 되었다. 2021년 12월 1일 예술의전당 콘서트홀에서 열린 '파란만장 100년의 드라마: 굿모닝 가곡 앙코르' 팸플릿에는 민병찬(한국예술종합학교 교수)의 다음과 같은 해설이 들어 있다.

「고풍의상」은 우리 고유의 의상인 한복과 춤을 제재로 고전적인 우아한 아름다움과 낭만을 노래한 조지훈의 시를 가사로 윤이상이 작곡한 가곡입니다. 풍속도와도 같은 시각적인 아름다움과 율동에서 오는 우아한 고전미 그리고 청각적인 맛과 현대미가 조화를 이룬 작품입니다. 「산유화」(김소월 시, 김순남 작곡)와 함께 전통음악에 바탕으로 둔 독자적인 음악어법으로 한국예술가곡의 새로운 지평을 연 곡이기도 합니다. 금지곡은 아니었지만 작곡자의 정치적인 이유로 인해 한때 안 불린 적이 있습니다. 광복 이후에 만든 작품 중 남북한에서 모두 애창하는 가곡이라는 이색적인 기록도 가지고 있습니다.

이수자(李水子) 여사의 『내 남편 윤이상』(전2권, 창작과비평사 1998)을 보면 1953년 전쟁이 끝나면서 피아노 값이 치솟아 오빠가 결혼 기념으로 사준 피아노를 팔고 약간을 보태서 성북동에 집을 마련했는데 개울(성북천) 건너에 조지훈 시인이 살고 계셔서 아주 가까이 지냈다고 했다. 그래서 고려대학교 교가는 조지훈 작사, 윤이상 작곡으로 되어 있다.

최순우 옛집

윤이상이 살던 집은 최순우 옛집의 바로 맞은편에 있었다. 최순우 옛집은 성북동에서 전통 가옥의 아름다움을 가장 잘 보여주는 한옥으로 수연산방과 쌍벽을 이룬다. 미술사학자 정양모 선생의 말씀에 의하면,

| 최순우 옛집 | 최순우 옛집은 성북동에서 전통 가옥의 아름다움을 가장 잘 보여주는 한옥으로 수연산방과 쌍벽을 이룬다.

박물관에서 퇴근하면 예쁜 한옥을 고르기 위해 함께 한옥을 보러 여러 동네를 다니다가 결국 1976년에 최순우 선생이 이 집으로 이사하셨다고 한다.

이 집은 1930년대 성북동의 주택 붐 때 부동산 개발업자가 지은 기역자 집으로 앞마당과 뒤뜰이 나뉘어 있는 공간 구조가 맘에 들어 결정했다고 한다. 그 대신 기둥과 마루에 니스 칠한 것을 모두 벗겨내어 나무의 재질감을 다 살려내고 뒷마당엔 소나무, 아가위나무, 모과나무, 감나무, 산사나무 등 우리 산천의 친숙한 나무들을 심고, 모란과 수련 등을 손수 키우시며 강진 청자가마 발굴 때 캐온 국화를 비롯해 여름 풀꽃을 심어 꾸미지 않은 듯 꾸민 정겨운 정원을 만들었다.

그리고 실내에는 문갑·책장·서탁·서안·사방탁자·반닫이 등 조선시대 실내 장식을 재현하듯 배치했는데 목기들은 하나같이 단아한 사랑방

| 최순우 | 혜곡 최순우 선생은 타고난 안목을 가진 뛰어난 미문가로 우리 미술품에 대한 많은 글을 남겼다. 개성박물관에서 경력을 시작해 말년에는 7년간 국립중앙박물관장을 지내다가 재직 중 돌아가신 박물관 인생이었다.

가구로 오동나무 가구를 선호했다.

뒤뜰로 통하는 사랑방 문에는 '오수당(午睡堂)'이라는 현판이 걸려 있는데 이는 단원 김홍도의 글씨로 국립중앙박물관에 소장된 〈단원유묵첩(檀園遺墨帖)〉에 쓰인 글씨를 모각한 것이다. 이 집을 보고 있으면 최순우 선생의 다음과 같은 말씀이 절로 생각난다.

> 한국의 미술은 언제나 담담하다. 그리고 욕심이 없어서 좋다. 없으면 없는 대로의 재료, 있으면 있는 대로의 솜씨가 별로 꾸밈없이 드러난 것, 다채롭지도 수다스럽지도 않은 그다지 슬플 것도 즐거울 것도 없는 덤덤한 매무새가 한국미술의 마음씨이다.(『무량수전 배흘림기둥에 기대서서』, 학고재 1994, 14~19면)

이처럼 최순우 옛집은 우리 한옥과 목가구의 멋을 은근히 보여주는데 최순우 선생 사후 다른 사람에게 넘어간 것을 2002년 겨울 사단법인 한국내셔널트러스트에서 시민 모금으로 구입해 보수했고, 재단법인 내셔널트러스트 문화유산기금이 창립과 동시에 시민문화유산 제1호로 지정해 관리하고 있다. 그리하여 우리는 성북동 답사에서 한옥의 참 멋을 이렇게 느끼고 배우고 맛볼 수 있게 되었다.

최순우의 한국미 예찬

혜곡(兮谷) 최순우(崔淳雨, 1916~84) 선생은 개성 출신으로 한국미술사의 아버지인 우현 고유섭 선생이 개성박물관장으로 있을 때 박물관에 들어와 평생을 박물관에서 살았다. 말년에는 7년간 국립중앙박물관장을 지내다가 재직 중 돌아가신 박물관 인생이다.

최순우 선생은 미를 보는 타고난 안목과 뛰어난 미문가로 기회가 있을 때마다 신문, 잡지에 우리 미술의 아름다움을 세상에 알리는 많은 글을 기고했다. 600여 편에 달하는 글이 『최순우전집』(전5권, 학고재 1992)에 들어 있는데 그중 대표적인 글을 모은 『무량수전 배흘림기둥에 기대서서』는 한국미의 지남철이라고 할 만하다. 나는 이 책을 책임 맡아 편집하면서 이렇게 말했다.

"평소에 누군가로부터 어떻게 하면 우리 미술과 문화재에 눈을 뜰 수 있느냐는 질문을 받을 때면 나는 지체 없이 '좋은 미술품을 좋은 선생과 함께 감상하며 그 선생의 눈을 빌려 내 눈을 여는 길'이라고 대답하곤 한다. 그때의 선생은 사람일 수도 있지만 책인 경우가 많다. 그리고 그 좋은 선생, 좋은 책으로 이 책 이상이 없다는 대답까지 해오고 있다."

최순우 선생의 최고 가는 명문으로는 역시 「부석사 무량수전」을 꼽아야겠지만 여기서는 「백자 달항아리」을 예로 들어보겠다. 최순우 선생은 달항아리를 보고 있으면 잘생긴 종갓집 맏며느리를 보고 있는 듯한 흐뭇함이 있다며 이렇게 말했다.

> 한국의 폭넓은 흰 빛의 세계와 형언하기 힘든 부정형의 원이 그려주는 무심한 아름다움을 모르고서 한국미의 본바탕을 체득했다고 말할 수 없을 것이다. 더구나 조선백자 항아리들에 표현된 원의 어진 맛은 그 흰 바탕색과 어울려 너무나 욕심이 없고 너무나 순정적이어서 마치 인간이 지닌 가식 없는 어진 마음의 본바탕을 보는 듯한 느낌이다.

최순우 선생은 인품이 고고하여 항시 주위에 많은 학자·문인·언론인·화가들이 모였다. 그래서 그 교류의 폭이 넓었는데 그중 빼놓을 수 없는 분이 수화 김환기이다. 김환기는 작업일기를 매일 한두 마디씩 적어놓았는데 일기장 마지막에서 두 번째 날 일기에 이렇게 쓰여 있다.

> 1974년 7월 9일
> 어젯밤, 최순우 씨 꿈을 꾸다… 불란서 담배를 피우고 싶다.

그리고 수화 김환기는 보름 뒤인 7월 25일 세상을 떠나셨다.

산정 서세옥의 무송재

성북동 문화예술인들이 살던 집을 찾아가는 답사는 끝이 없다. 성북문

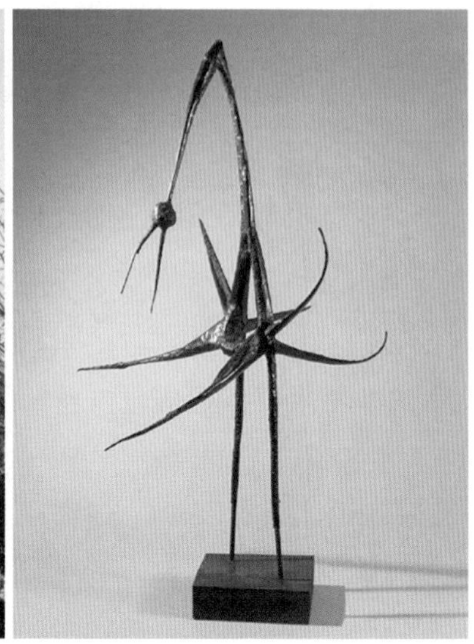

| 운우미술관, 송영수의 「새」 | 성북동에는 운보 김기창 화백과 아내 우향 박래현의 호 앞글자를 딴 운우미술관이 있고 추상조각의 대가였던 송영수가 살던 집터도 있다.

화원에서 제시하는 집터는 아주 많다. 장승업·김일엽·김래성·방인근·염상섭·김광섭·김수영·조정래·김기창과 박래현·윤중식·유치웅·김광균·변종하·송영수 등이 표기되어 있다. 그러나 이 집들은 사라지거나 집터에 안내 표지판만 있으니 발길이 그리로 가지지는 않는다.

오히려 아직은 개방되지 않았지만 가보고 싶은 집들도 많다. 그중 대표적인 것이 한국화가 산정(山丁) 서세옥(徐世鈺, 1929~2020)의 무송재(撫松齋)이다. 서세옥은 예술원 회원, 서울대 교수로 파격적인 수묵추상 작업으로 한국화의 새로운 지평을 연 분이다. 설치미술가로 유명한 서도호의 아버지이기도 하다.

산정은 동양화론을 깊이 연구하며 수묵화의 근본 정신을 현대적 조형으로 구현하는 많은 실험적인 작품을 보였다. 당호인 무송재는 도연명(陶淵明)의 「귀거래사(歸去來辭)」에서 전원으로 돌아가 외로운 소나무 쓰다듬으며 서성거린다는 '무고송이반환(撫孤松而盤桓)'에서 나온 것이다. 산정이 2020년 타계하면서 유족들은 많은 작품을 기증하여 2021년 성북구립미술관에서 '화가의 사람, 사람들'이라는 제목의 전시회를 장대하게 열었다.

산정은 옛 호고일당 못지않게 추사 김정희에 심취했고 목가구를 비롯한 고미술을 사랑했다. 무송재는 한옥을 품위있게 지은 것으로 이름 높다. 정원에 있는 괴석은 자신의 은사이기도 한 근원 김용준의 노시산방에 있던 것을 옮겨온 것이다.

무송재의 한옥은 모르긴 몰라도 그의 부인인 정민자 여사의 안목이 크게 반영되어 있을 것으로 믿는다. 정민자 여사는 전통 한옥에 대한 조예가 깊은 한옥연구가이자 재단법인 아름지기의 고문으로 안국동 샛골목에 있는 아름지기 한옥을 현대식으로 아름답게 리노베이션한 분이다.

산정은 서울미대 출신 화가들과 묵림회(墨林會)를 창립하고 이를 이끌어왔는데 무송재 주위에는 묵림회 회원인 백계 정탁영, 이석 임송희, 남계 이규선 등의 집들이 모여 있어 언젠가는 나 같은 답사객이 여기를 찾아와 내가 수향산방과 최순우 옛집을 말하듯 이야기할 것이라는 생각이 든다.

박태원의 고현학

최순우 옛집을 나온 나의 답삿길은 다시 쌍다리로 향한다. 박태원 집터, 만해 한용운의 심우장을 거쳐 북정마을까지 가기 위해서다. 쌍다리 배정국의 승설암 맞은편에는 긴 돌의자에 앉아 있는 만해 선생의 청동 조각상이 있다. 여기서 계단을 올라가면 넓은 나무판자가 깔린 빈터가 나온다. 여기는 「소설가 구보씨의 일일」 「천변풍경」으로 유명한 구보(仇

| 박태원과 『천변풍경』 표지 | 박태원은 이태준, 이상과 절친한 구인회의 멤버이자 당대의 모더니스트였다. 그의 소설에는 전위적인 미술, 고현학이라는 학문적 시각, 영화의 몽타주 기법 등 여러 요소가 녹아 있다.

甫) 박태원(朴泰遠, 1909~86)이 월북하기 전에 살던 싸리울타리의 초가집(성북동 230번지)이 있던 자리다.

박태원은 돈암동(487-22번지)에 땅을 마련하고 직접 설계한 집을 지어 살다가 백양당의 배정국이 독립운동가 약산(若山) 김원봉(金元鳳)의 의열단(義烈團) 활약상을 논픽션으로 써줄 것을 청탁해 이를 『약산과 의열단』(1947)으로 펴내면서 인세 대신 이 집을 받았다.

박태원은 이태준, 이상과 절친한 구인회의 멤버이자 당대의 모더니스트로 헤어스타일이 독특한 '바가지 머리'였던 모던보이였다. 그는 그림도 잘 그려 『동아일보』에 연재한 「반년간」(1933)과 「적멸」(1930)의 삽화는 자기 스스로 그렸는데 시각적 구성이 기발하고 혹 글씨만으로 그림을 대신하는 등 대단히 파격적이고 전위적이었다.

박태원은 흔히 세태소설가로 일컬어지지만 나는 그의 소설이 당시 민

半年間 (六)

朴泰遠 作

同 畵

그날밤 — (6)

그짓이 行樂인듯 싶엇다。

그리고 그들은 그 行樂에 취한듯 싶엇다。

그들의 원앙의 맥은 풀리고 그들의 숨소리는 거이 끊어진듯 싶엇다。

칠수는 고개를 들어 자기의 팔속에 뒤로 내어던지진 여자의 얼굴을 보앗다。그리고 그들의 비미이 유혹을 준 여자의 새ㅅ빩안 입술과 그약간 벌려진 입술사이 엿보이는 하—얀이를 보앗다。

여자는 정열속에 흡도한듯 싶엇다。극도의 감격에 의식을 상실한듯 싶엇다。모든것을 잇고 오직 그들의 융화된 정열속에 완전히 도취하야 잇는듯 싶은 여자의 입술은 입속이 보지 못하든 극히 요염하고 황홀한것이엇다。

이윽히 그입술을 보고 잇는 동안에 칠수의 가슴속에 좀더 강렬한 욕구가 머리를 들엇다。좀더 맹렬한 정화가 하고팟다。그의 호흡은 한층 더 피로워지고 무는 대는 가슴은 한층더 급하엿다。

러나 칠수의 오래동안 의압당하엿든「사내」는 긴참을수 없는 향세로 여자의「처녀」를 요구한다

「용서 하세요、네?」

칠수는 또한번 속삭거렷다。그러고 그의 열에타는 입술은 여자의 입술을 구하엿다。여자의 바르르 떨리는 입술이 칠수의 것을 피하기위하야 여러 저리 안타가웁게 움즉이엇다 칠수의 입이 미친듯이 그뒤를 쫓앗다。

그리자 칠수의 눈과 여자의눈과 일순간 마조첫다。그순간 칠수는 여자의 눈속에 자기의 비굴한 정렬을 질책하는 처녀의 노여움을 본듯이 생각 하엿다。

칠수의 두팔에 힘이 빠지엇다 여자는 남자의 끼 안음에서 해방되엇다。

칠수는 여자를 바루보지 않기위하야 고개를 숙엿다。그리고 거이 입안말로 속살 거렷다

「용서 하여 주십쇼」

여자는 가만히 몸을 떨엇다。

재스러진 웃음소리도 석어들렷다

「참、좀군 에게서 편지가 왓데。」

한고 최가 갑작이 생각난듯이 칠수를 바라보앗다。

「무어라구? 잘잇대?」

「별일없이 잇지만 가끔해서 견딜수가 없다구……좀군의 기질로는 그럴꺼야。」

「그래 잡이서 무얼하구 잇는세음인구?」

「정미소 사무지。」

「정미소 사무라면 빨리야— 되(米)구락부 경영하는 다르니까…」

「그럼 예서 자나?」

「네。이위에 방이 두간잇에요。로구죠—(六疊)하구、산죠—(三疊)하구」

「하하—소위 말잘이라는것이로군。」

「천만에요。」

「소문을 들으니 오모이데의 에로•써—삐스는 아조 본격적이라든데……」

「그건 애매한 말슴입니다」

「애매한 말이라면 더 안하지만 대체 카페에서 여급들에게 팁을 주어야 옳은가?」

「그야 주시는게 옳지요 노동에

「하하하」

「좀군도 그게 탈이야。침착을 많이보구 잣지? 아바」

「그러나 편지에는 그랫든데。기회만 잇으면 다시 동경으로와서 무얼좀 또 경영해 보겟다구…」

「또경영이나 보지。대체가 좀군은 무얼 경영하느니 계획하느니 할만한 사람이 아니에요。」

무어급이다시 그들에게로 왓다。

대한 보수니까요。」

「그도 좋은말이야。」

좀혼은 고개를 끄떡이다가

「무엇을 그리 쓰고잇소?」

하고 레이블위로 고개를 내밀엇다。칠수는 식당개비에 얹질러진술을 곳하어 레이블우에다 작난삼아를 쓰고잇엇다。

「아모것도 아니야」

하고 칠수는 좀 당황하게 그것을 손바닥으로 뭉치버리고

| 박태원이 『동아일보』에 연재한 삽화들 | 박태원은 글을 쓰면서 스스로 삽화를 그렸는데 시각적 구성이 기발하고 대단히 전위적이었다.

속학의 한 방법론으로 등장한 고현학(考現學)을 적극 받아들였다는 사실에 주목하고 싶다(류수연 『뷰파인더 위의 경성: 박태원과 고현학』, 소명출판 2013).

고현학(modern-ology)은 과거의 유물을 연구하는 고고학(考古學, archae-ology)의 방법론을 현대 생활사에 적용하는 민속학적 방법론으로 1925년 일본 학자 곤 와지로(今和次郎)가 관동대지진(1923) 이후 『도쿄 긴자(銀座) 풍속 기록』에서 제창했는데 박태원은 일본 유학 당시 여

기에서 많은 영감을 받았다고 했다.

그뿐 아니라 그의 소설에서는 1920년대 무성영화 시대에 소련의 세르게이 에이젠시테인(S. Eisenstein)이 「전함 포템킨」에서 보여준 그 유명한 '몽타주 기법'을 그대로 사용하고 있는 것을 볼 수 있다. 장면 장면을 나열하는 것 같지만 그 장면들이 정반합(正反合)으로 발전하면서 이미지를 증폭시키는 서술 방법이다. 그러니까 박태원의 소설에는 전위적인 미술, 고현학이라는 학문적 시각, 영화의 몽타주 기법 등 여러 요소들이 녹아 있어 내용은 세태소설이면서도 리얼리즘과 모더니즘이 잘 어우러져 있다.

박태원은 영화광이어서 극장 명치좌(明治座, 현 명동예술극장)에서 상연한 르네 클레르(René Clair) 감독의 「유령은 서쪽으로 간다」와 「최후의 억만장자」를 이상과 함께 보러 다녔다고 한다(김인혜 「미술이 문학을 만났을 때」, 국립현대미술관 2021). 그래서 그의 외손자인 봉준호 감독이 「기생충」으로 아카데미 감독상을 받았을 때 사람들은 외할아버지 DNA가 그렇게 흘렀다고들 말하기도 했다.

그런 모더니스트 박태원이 월북한 것을 두고 사람들은 의아스럽게 생각했는데 전하기로는 가족들에게 (이미 월북한) 이태준을 만나러 간다고 하고 나갔다고 한다. 월북 후 박태원은 평양문학대학에서 1955년까지 교수로 재직했지만 남로당 계열이라는 이유로 숙청당하고 4년간 평안남도 강서 지방의 한 집단농장에서 강제 노동을 했다.

1960년에 다시 대학교수로 복귀해 1965년에 장편소설 『갑오농민전쟁』의 제1부와 제2부에 해당하는 『계명산천은 밝아오느냐』를 발표했다. 그러나 강제 노동 중 겪은 영양실조의 후유증으로 건강이 크게 악화되어 1965년에 망막염으로 실명했고, 1975년에는 전신불수가 되었다.

그럼에도 박태원은 1977년부터 『갑오농민전쟁』의 마지막 제3부를 북

| 만해 한용운 조각상 | 심우장으로 가는 대로변 쉼터에는 만해를 기리는 조각상과 시비가 세워져 있다.

한에서 새로 결혼한 부인 권영희에게 근 10년간 구술로 불러주어 완성해갔다. 그러나 완간을 보지 못한 채 1986년 7월, 고혈압으로 세상을 떠났고 소설은 이듬해 부인 권영희와의 공동 저작으로 발간되었다. 이것이 북한의 역사소설 가운데 최고 걸작으로 손꼽는 『갑오농민전쟁』이다.

만해 한용운의 심우장

다시 발길을 옮기면 여기부터는 달동네로 유명한 북정마을로 이어진다. 비탈진 좁은 골목을 따라 조금만 더 올라가면 오른쪽으로 심우장 대문이 나온다. 대문 안으로 들어서면 마당 오른쪽으로는 소나무, 은행나무, 그리고 만해가 심었다는 향나무가 있을 뿐 아무런 치장이 없다.

왼쪽으로는 두벌대 석축 위에 4칸 한옥이 북향으로 앉아 있다. 만해

| 심우장 | 심우장은 북향집이다. 만해 선생이 조선총독부 청사가 보기 싫다며 등을 돌려 집을 짓게 했기 때문이다.

선생이 조선총독부 청사가 보기 싫다며 등을 돌려 짓게 한 것이다. 건물 2칸은 대청이고 왼쪽은 온돌방, 오른쪽에 부엌이 있는데 부엌 뒤로는 식사를 준비 공간으로 찬마루방이 달려 있으니 실제로는 5칸 집이다.

만해 선생이 서재로 사용했던 온돌방에는 툇마루가 달려 있고 그 위에 '심우장(尋牛莊)'이란 현판이 걸려 있다. 심우란 진리 또는 자기 본성을 찾아 수행하는 것을 동자가 소를 찾아가는 과정에 비유한 데서 나온 것이다. 위창 오세창 선생이 써준 '심우장' 현판은 따로 있고 여기 걸린 현판 글씨는 당대 초서의 대가로 꼽힌 일창 유치웅의 작품이다. 일창 선생 또한 성북동에 사신 분이다.

만해 선생이 심우장을 지은 것은 54세 때인 1933년이고 여기에서 세상을 떠난 것은 해방 직전인 1944년이었으니 생애 후반 마지막 11년을 여기서 보내신 것이다.

| 만해 한용운 |

만해 한용운의 민족운동

만해(萬海) 한용운(韓龍雲, 1879~1944) 선생이 성북동 심우장에 정착하게 된 것은 그해에 36세의 간호사 유숙원에게 새장가를 들면서부터다. 만해는 13세 때 아버지의 뜻에 따라 전정숙과 결혼해 아들 보국을 낳았는데 17세 때 가정을 버리고 설악산 오세암으로 들어갔고, 1905년(27세)에 백담사로 출가하여 승려가 되었다.

29세 때 반년간 일본을 견학하며 신문물을 접하고 돌아와서는 불교가 세상 밖의 산중에서 세상 속의 현실로 나와야 한다는 '조선불교유신론'을 펴면서 승려로서 무애자재(无碍自在)한 삶을 살았다. 그래서 만해를 괴팍한 승려로 지목하기는 했어도 사람들은 그가 술을 마시고 고기를 먹고 재혼하는 것을 탓하거나 이상스럽게 생각하지 않았다.

1914년, 36세의 만해는 조선 선종 중앙포교당(현 선학원)에 주석하여 조선불교회 회장을 맡아 사회운동단체를 돌아다니며 강연을 했다. 그리고 설악산 백담사와 오세암에서 한동안 수도를 하며 지내다가 1919년 3·1운동 때 민족 대표 33인의 한 사람으로 만세운동을 주동하여 3년간 옥고를 치렀다.

1922년 5월, 석방된 뒤에는 집필을 위해 백담사에 들어갈 때를 제외하고는 북촌 셋방 집에 살면서 불교운동과 사회운동을 활발히 전개했다. 이 시기 그 유명한 『님의 침묵』(1926)을 발표했다. 국문학자들은 말한다. 소월의 『진달래꽃』(1925)이 나올 때 곧바로 만해의 『님의 침묵』이 나온 것은 우리 근대문학 전개의 홍복이었다고.

1927년 민족주의 운동가들과 사회주의자들이 함께 일제에 맞서 신간회를 결성할 때 만해는 중앙집행위원으로 활약했다. 그러나 신간회는 일제의 탄압을 받으면서 결국 사회주의자들의 주장대로 1931년 5월에 해체되었다.

그러자 만해 선생은 1931년 6월 잡지 『불교』를 인수하고 혼신을 다해 펴냈다. 사직동 셋방 냉골에 혼자 살면서 1933년 7월 재정난으로 폐간될 때까지 108호를 펴내면서 200편이나 되는 글을 썼다(고은 『한용운 평전』, 민음사 1975).

그 무렵 만해가 당수로 있는 불교 비밀결사인 '만당(卍黨)'도 해체되었다. 일제의 폭압은 날로 심해져갔다. 그때 나이 53세였다. 심신이 지칠 대로 지친 만해는 1933년 재혼을 하고 심우장으로 들어온 것이었다.

심우장에서의 만해

결혼을 했으나 만해 선생에게는 집을 장만할 돈이 없었다. 그러자 백양사의 벽산(김적음) 스님이 집을 지으려고 사둔 성북동 송림 땅 52평이 있으니 거기에 지으라고 선뜻 내주었다. 이것이 심우장 터다. 집을 지을 때는 동아일보사 사장 송진우와 조선일보사 사장 방응모, 잡지 『불교』를 인쇄하던 대동인쇄소 사장 홍순필 등이 도움을 주었고 건축 설계는 훗날 서울대 총장을 지낸 당시 중동학교 수학교사 최규동 선생이 해주었다. 그때의 심정을 만해는 이렇게 시로 읊었다.

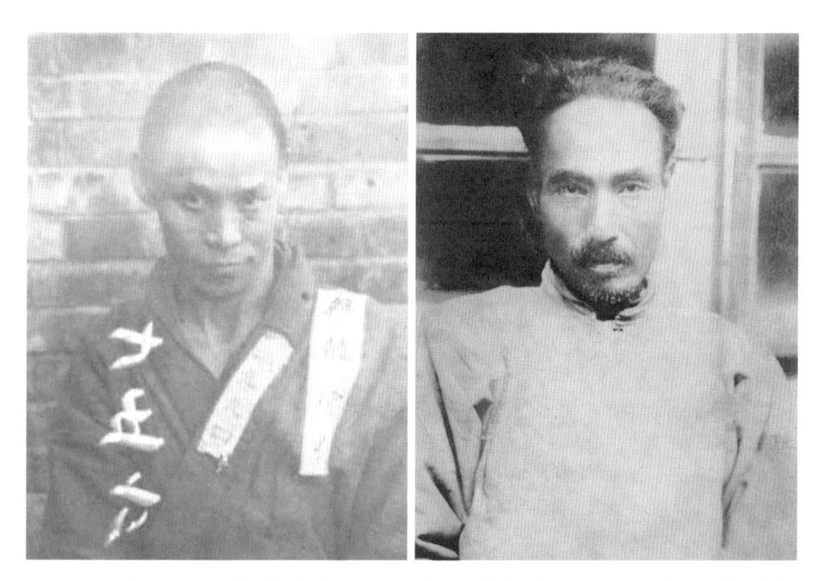

| 한용운과 김동삼 | 두 사람은 당시 일제감시대상카드에 등재된 요주의 인물들이었다. 1937년 독립군 장군 김동삼이 서대문형무소에서 옥사했으나 아무도 유해를 책임지려는 사람이 없었다. 이에 만해는 한걸음에 달려가 시신을 업고 심우장까지 걸어와 5일장을 치렀다.

티끌 세상을 떠나면
모든 것을 잊는다 하기에
산을 깎아 집을 짓고
돌을 뚫어 새암을 팠다.

—「산거(山居)」 부분

그렇다고 심우장에서 만해는 자연 속에 파묻혀 침묵하고 있었던 것은 아니었다. 1935년 4월부터 『조선일보』에 장편소설 『흑풍(黑風)』을 연재했다. 이듬해엔 『조선중앙일보』에 장편소설 『후회』를 연재했다. 소설에 소질이 없고 소설가가 되고 싶지 않으면서도 소설을 쓴 이유는 그가 "글 속에 숨어 있는 나의 마음까지를 읽어주신다면 그 이상 다행이 없겠습니다"라고 한 말에 들어 있다.(배경식 「1930년대의 문화지형과 한용운의 삶」, 『불교문예연구』 3집, 2014)

때는 전시동원체제기라 불리는 일제의 마지막 수탈과 발악이 점점 극으로 달려가던 시기였다. 지조를 지키는 것이 곧 독립운동일 수 있는 세월이었다. 그 훌륭한 최린·최남선·이광수 같은 동지들이 일제에 굴복하는 것을 보면서 만해는 통탄해 마지않았다.

1937년 만주벌을 호령하던 독립군 장군 김동삼이 서대문형무소에서 옥사했으니 연고자가 유해를 찾아가라는 신문 보도가 났으나 아무도 책임지고 나서는 사람이 없었다. 이에 만해는 한걸음에 달려가 시신을 업고 심우장까지 걸어와 5일장을 치렀다. 만해가 쓴 조사는 조지훈의 아버지인 조헌영이 읽었다. 김동삼은 안동 분이고 조헌영은 영양 분이어서 영남유림의 맥이 서로 닿았다. 심우장 한쪽에는 이 장례식이 치러진 것을 알려주는 까만 표지석이 세워져 있다.

1944년 만해는 세상을 떠난 뒤 화장되었다. 일본인이 운영하는 홍제동 화장장이 아니라 낙후된 시설이지만 조선인이 운영하는 미아리 화장장에서 화장되어 망우리 공동묘지에 묻혔다.

만해는 일본인에게 호적을 만들 수 없다는 이유로 평생 호적 없이 살았기 때문에 유숙원과 결혼한 기록은 없다. 딸 한영숙 또한 호적이 없었기 때문에 배급도 받지 못했고 학교에 진학할 수도 없었다. 만해는 1944년 해방을 보지 못하고 세상을 떠났지만 조선이 끝내 독립하리라는 믿음을 버리지 않고 「무제5」에서 이렇게 노래했다.

물이 흐르기로 두만강이 마를 건가
뫼가 솟앗기로 백두산이 무너지랴
그 사이 오가는 사람이야 일러 무엇하리요.

북정마을 비둘기 쉼터에서

이제 심우장에서 나와 비탈길을 따라 위로 올라간다. 담장조차 없는 허름하고 지붕 낮은 집들이 어깨를 맞대고 좁은 골목길로 구불구불 이어져 있다. 골목길 끝 언덕마루에 오르면 시야가 넓게 열린다. 길게 뻗은 서울 성곽 아래 응달진 곳으로 낡은 집들이 빼곡히 들어차 있다. 여기가 서울에서 거의 마지막으로 남아 있는 달동네인 북정마을이다.

북정마을의 이름은 둔전 시절 훈조막에서 메주를 쑬 때 사람들이 '북적북적댔다' 하여 그 소리를 본떠 '북적마을'이라 하다가 북정마을이 되었다고 하는데 나는 이 설을 믿지 않는다. 둔전 시절 메주를 쑨 곳은 저 아래 성북천변이었고 여기는 사람이 살지 않는 버려진 민둥산이었다.

그러던 것이 한국전쟁 때 피란민들이 들어와 살면서 자연발생적으로 마을이 생겼다. 너도나도 빈터를 잡은 뒤 비바람 막을 수 있는 판잣집을 짓고 정착하면서 생겼기 때문에 지금도 길은 겨우 한 사람 지나갈 정도로 좁고 굽어 있다. 북적댄 것은 실향민과 피란민이었다. 그리고 1960년대에 서울 인구가 급격하게 늘어나면서 더욱 북적이게 되었다.

서울에 이와 비슷한 동네로 남산 밑 언덕에 형성된 용산구 해방촌(용산2가동)이 있다. 해방촌은 8·15해방과 함께 해외에서 돌아온 사람들과 또 북쪽에서 월남한 사람들이 일본군 제20사단 사격장에 움막을 짓고 살면서 형성된 동네다.

북정마을로 들어온 분들은 주로 함경도 지역에서 내려온 피란민들이었다고 한다. 현재도 약 오백 가구가 남아 있다. 차도 못 들어오는 좁은 골목길만 어지럽게 이어졌었는데, 다행히도 1983년 개설한 소방도로가 북정마을 한가운데를 둥그렇게 휘돌고 지나간다. 이 소방도로는 북정마을 순환도로가 되어 '성북03' 마을버스가 여기로 다닌다. 노선은 현재(2022)

| 북정마을 | 길게 뻗은 서울 성곽 아래 응달진 곳으로 낡은 집들이 빼곡히 들어차 있다. 여기가 서울에서 마지막 남아 있는 달동네인 북정마을이다.

선잠단→쌍다리→용광교회→양씨가게 앞→슈퍼 앞→노인정→팔각정→용광교회→쌍다리→선잠단을 돌아 삼선교(한성대입구역)로 이어진다.

'슈퍼 앞' 정거장 앞에는 '북정카페'라는 슈퍼가 있어 마을 주민들이 사랑방처럼 모였는데 지금은 문을 닫았다. 북정카페 앞 너른 길은 '월(月)월(wall)축제' 등 크고 작은 마을 행사가 열린다. 여기서 '월(wall)'은 북정마을이 한양도성 성벽 바로 아래에 위치해 있기 때문에 붙은 이름이다. '양씨가게 앞' 정류장 앞도 넓은 공터가 있어 북정마을의 중심지 역할을 하는데 이제는 양씨네 가게가 없고 그 자리엔 '신상원 작업실'이 들어섰다. 원래는 약국도 있고 전파상도 있고 슈퍼도 세 개가 있었지만, 지금은 약국도 전파상도 사라지고 슈퍼도 한 곳밖에 남아 있지 않다. 북정마을에도 그렇게 젠트리피케이션이 일어나고 있다.

서울시는 북정마을 재개발사업을 여러 번 시도했지만 주민들과 시민

단체의 반대로 이루지 못하고 지금도 곳곳에는 개발을 반대하는 현수막이 요란하다. 그러는 사이 환경 정비사업을 추진해 주민벽화도 많이 그려져 있고 주차 공간도 조금씩 확보되어 동네 간판에는 '아름다운 북정마을'이라고 쓰여 있다. 그리하여 서울시가 선정한 '2013년 우수마을공동체'로 뽑히고 2015년 서울시 미래유산으로 지정되었다.

그러나 북정마을은 아름다운 마을이라기보다 오히려 정겨운 옛 동네라고 부르는 것이 맞을 듯하다. 우리나라 국민소득이 100불대에 머물던 1960년대 가난한 시절로 되돌아온 듯한 서민 동네로 그 옛날을 보여주는 고향 같은 곳이다. 북정마을에서 성북동 골짜기 너머를 바라보면 대사관로와 꿩의 바다에 있는 으리으리한 부촌이 숲속에 묻혀 있는 것이 보인다. 그 천양지차를 보면서 나는 어차피 세상은 잘사는 사람과 못사는 사람이 있기 마련이라 그런 것이려니 생각하면서 지나간다.

김광섭의 「성북동 비둘기」

북정마을에는 '비둘기공원'이라는 쉼터가 있다. 원래는 '성북동 가로쉼터'라고 했는데 2009년 새롭게 단장했다. 한쪽 벽에 김광섭의 시 「성북동 비둘기」 전문을 3개의 시판(詩板)에 나누어 나란히 붙이고 벽에는 비둘기 모양의 작은 조형물도 설치했다.

이산(怡山) 김광섭(金珖燮, 1905~77)은 민족적 지조를 고수한 시인이며, 초기의 작품은 관념적이고 지적이었으나 후기에 이르러 인간성과 문명의 괴리 현상을 서정적으로 심화한 시인으로 높이 평가되고 있다. 「성북동 비둘기」는 시인이 고혈압으로 쓰러져 투병하던 1960년대 후반 성북동 집 마당에 앉아 하늘을 돌아 나가는 비둘기떼를 보고 쓴 시라고 한다. 북정마을에 와서 읽으면 이 시가 그렇게 가슴에 와닿을 수 없다.

| **김광섭과 그의 옛집** | 김광섭은 지적이면서도 서정적인 시인으로 많은 명시를 남겼다. 그가 살던 성북동 집은 건축가 김중업이 설계한 것인데 지금은 헐려 전혀 다른 집이 되어 있다.

성북동 산에 번지가 새로 생기면서
본래 살던 성북동 비둘기만이 번지가 없어졌다.
새벽부터 돌 깨는 산울림에 떨다가 가슴에 금이 갔다.
그래도 성북동 비둘기는
하느님의 광장 같은 새파란 아침 하늘에
성북동 주민에게 축복의 메시지나 전하듯
성북동 하늘을 한 바퀴 휘돈다.

성북동 메마른 골짜기에는 조용히 앉아 콩알 하나 찍어 먹을
널찍한 마당은커녕 가는 데마다 채석장 포성이 메아리쳐서
피난하듯 지붕에 올라앉아

| 비둘기공원 | 북정마을의 '비둘기공원'이라는 쉼터에는 한쪽 벽에 김광섭의 시 「성북동 비둘기」 전문과 함께 비둘기 모양의 작은 조형물을 설치했다. 여기에 와서 김광섭의 시 「성북동 비둘기」를 읽으면 이 시가 지닌 의미가 더욱 가슴에 와닿는다.

아침 구공탄 굴뚝 연기에서 향수를 느끼다가
산1번지 채석장에 도로 가서
금방 따낸 돌 온기에 입을 닦는다.

예전에는 사람을 성자처럼 보고
사람 가까이서 사람과 같이 사랑하고
사람과 같이 평화를 즐기던 사랑과 평화의 새 비둘기는
이제 산도 잃고 사람도 잃고
사랑과 평화의 사상까지
낳지 못하는 쫓기는 새가 되었다.

'범릉적'에게 도굴된 비운의 왕릉

선정릉이라는 왕릉 / 조선시대 왕릉의 유형 / 왕릉 호칭의 제안 / 유네스코 세계유산, 조선왕릉 / 왕릉의 축조 과정 / 성종대왕 선릉 홍살문과 진입 공간 / 정자각과 제향 공간 / 선릉의 능침 / 왕릉의 문신석과 무신석 / 정현왕후의 능 / 중종대왕 정릉 / 왜적들의 선정릉 도굴 / 범릉적을 잡아 보내라 / 탐적사와 쇄환사 / 조선통신사의 길

선정릉이라는 왕릉

선정릉(宣靖陵, 사적 제199호)은 조선왕조 9대 왕인 성종의 선릉(宣陵)과 11대 중종의 정릉(靖陵)을 합쳐서 부르는 이름이다. 선정릉은 지하철 2호선 선릉역 10번 출구에서 도보로 약 7분, 9호선 선정릉역 3번 출구에서 약 16분 걸린다. 능의 출입구는 본래 선릉로 곁 서쪽에 있었지만 8년 전(2014)에 넓은 주차장을 마련하고 동쪽으로 옮겼다.

선정릉의 위치(선릉로100길 1)는 서울 강남의 한복판으로 동쪽으로는 봉은사와 무역센터 등 빌딩들이 숲을 이루고 있으며 서쪽으로는 선릉로라 불리는 대로가 바짝 붙어 지나가고, 남쪽으로는 빌딩 너머로 테헤란로가 길게 나있다. 현재 선정릉의 면적은 7만 2,800평이며 둘레가 2킬로미터에 달하는 부채꼴 모양으로 능침(무덤) 주변은 솔밭과 숲으로 이

RAMADA SEOUL

루어져 있다.

도시공학적으로 볼 때 선정릉은 서울 강남 도심 속의 녹지 공간으로 훌륭한 가치를 지닌다. 강남에 선정릉마저 없이 빌딩 숲을 이루었다면 그 삭막한 도시경관이 어떠했을까. 상상조차 하기 싫다.

선정릉의 하루 입장객 수는 약 천 명이다. 아침 6시에 문을 열고 밤 9시(동절기에는 오후 4시 30분, 2월은 오후 5시)에 닫는데 아침에는 대개 인근 주민, 점심때는 외지 탐방객과 주변 직장인, 저녁에는 데이트족이 많이 이용한다. 봄철 선릉과 정릉 사이로 난 긴 숲길에 벚꽃이 만발할 때면 서울 강남 한복판에서 이런 봄꽃놀이를 만끽한다는 것에 너나없이 놀라움을 느낀다. 공원도 이런 공원이 없다.

그래서 한때는 선정릉에 공원이라는 이름이 붙은 시절이 있었다. 그런데 그때 붙여진 이름은 선정릉공원이 아니라 삼릉(三陵)공원이었다. 이는 참으로 엉뚱한 명칭이다. 선정릉에는 선릉과 정릉 둘밖에 없음에도 삼릉이라고 불렀던 까닭은 능침(봉분)이 셋이라 그랬던 모양이다. 그러나 능침이 셋이라고 무조건 삼릉이 되는 것이 아니다.

조선시대 왕릉의 유형

왕릉이란 왕과 왕비의 무덤으로 왕과 왕비는 함께 묻히기도 하고 따로 묻히기도 했다. 구체적으로 조선시대 왕릉에는 다섯 가지 유형이 있다.

단릉(單陵): 왕이나 왕비 한 분만 묻힌 능 (예: 문정왕후 태릉)

| 선릉 | 선릉은 조선왕조 9대 왕인 성종과 왕비인 정현왕후의 능으로 두 개의 능침이 있는 동원이강릉이다. 공중에서 내려다보면 홍살문에서 정자각까지 긴 박석 길(참도)이 뻗어 있고 여기서 성종의 능침과 정현왕후의 능침으로 갈라진다. 정현왕후의 능침은 오른쪽 숲 너머 언덕에 있다.

| 선정릉 조감도 | 선릉은 동원이강릉, 정릉은 단릉이다. 성종의 능침과 정현왕후의 능침이 다른 언덕에 있지만 같은 산줄기에 있어 홍살문과 정자각이 하나만 있고 별도로 정릉의 홍살문과 정자각이 있다.

합장릉(合葬陵): 두 분이 하나의 봉분에 함께 묻힌 능 (예: 세종 영릉)

쌍릉(雙陵): 왕과 왕비가 곁에 나란히 묻힌 능 (예: 태종 헌릉)

삼연릉(三連陵): 왕, 왕비, 계비 세 분이 나란히 묻힌 능 (예: 헌종 경릉)

동원상하릉(同原上下陵): 왕과 왕비가 같은 언덕 아래위로 묻힌 경우 (예: 효종 영릉)

동원이강릉(同原異岡陵): 왕과 왕비가 같은 산줄기의 다른 언덕에 묻힌 경우 (예: 성종 선릉)

중종의 정릉은 단릉이고 성종의 선릉은 동원이강릉이다. 성종의 능침과 계비인 정현왕후의 능침이 다른 언덕에 있지만 같은 산줄기에 있어 홍살문과 정자각이 하나만 있다.

왕릉 호칭의 제안

선릉과 정릉 두 능을 삼릉공원이라고 잘못 부른 데 이어, 1972년 강남 개발 때 선정릉 남쪽의 동서를 가로지르는 대로가 삼릉로라고 명명된 적이 있다(서울특별시공고 제268호). 이 삼릉로는 1977년에 서울시가 이란 테헤란 시와 자매결연을 맺으면서 테헤란로로 이름이 바뀌었다. 그러나 1984년에 개교한 이 동네 초등학교 이름은 지금도 삼릉초등학교로 되어 있다.

이를 보면 불과 30여 년 전만 해도 우리나라 행정이 얼마나 허술했는지 알 수 있다. 지금은 많이 나아져 이런 일이야 일어나지 않겠지만 우리나라 행정의 난맥상은 여전하여 선정릉 남쪽엔 지하철 2호선 '선릉역'이 있는데, 북쪽의 9호선과 수인분당선에는 '선정릉역'이 있다. 지하철을 이용하는 서울시민들이 이 오묘한 차이를 제대로 알고 있을까.

기왕에 말이 나왔으니 말인데 나는 문화재청장 재임 시절에 왕릉의 이름을 바로잡을 묘안으로 왕릉 앞에 임금 이름을 붙여 부르는 사업을 추진했다. 어느 임금의 능인지 알고 부를 때와 그냥 부를 때엔 엄청난 차이가 있다.

성종대왕 선릉
중종대왕 정릉
세종대왕 영릉
정조대왕 건릉
장조(사도세자) 융릉
문정왕후(중종 비) 태릉

이렇게 부르면 우리는 이름만 들어도 어느 왕의 능인지 자연히 익힐 수 있다고 생각했다. '태정태세문단세…'는 중학교 때 배워 대개 다 알고 있지 않은가. 묘호 뒤에 대왕을 붙인 것은 발음의 편의를 고려한 결과였다. '세종 영릉'보다 '세종대왕 영릉'이 훨씬 입에 잘 붙기 때문이다.

그런데 반대하기를 좋아하는 국회의원님이 '청장 마음대로 하지 말고 전문가에게 맡기라'고 하여 용역을 맡겼더니 의외로 부정적인 의견이 나왔다. 왕릉 이름을 함부로 바꾸면 안 된다느니, 어느 임금은 대왕이라고 할 수 없다느니, 합장묘에는 왕비 이름도 넣어야 한다느니, 추존왕은 어떻게 하느냐느니, 이름을 고치면 사회적 비용이 많이 든다느니 하는 등등의 이유였다. 이에 대해 내가 얼마든지 반론을 펼 수 있었지만 전문가 위원회에서 부정적 의견을 제출한 사항을 청장이 뒤집을 수 없는 일이었다.

이를 생각하면 안타깝고 답답하고 화가 난다. 이제라도 '존경하는' 국회의원이나 '고지식한' 전문가의 소수의견보다도 국민적 동의를 이끌어내어 이 안은 꼭 실현시키고 싶다. 아무튼 나는 지금 '성종대왕 선릉'과 '중종대왕 정릉'을 안내한다.

유네스코 세계유산, 조선왕릉

왕릉을 비롯한 무덤에는 죽음에 대한 그 당시 사람들의 생각이 반영되어 있다. 유교적 사생관(死生觀)에 의하면 사람이 죽으면 혼백이 분리되어 혼(魂, 넋)은 하늘로 올라가고 백(魄, 형체)은 땅에 묻힌다. 그래서 혼이 깃든 신주(神主)를 만들어 사당에 모시고 백은 땅에 묻고 무덤을 만들었다. 왕가에서 혼을 모신 곳이 종묘이고 백을 안치한 곳이 왕릉이다.

조선왕조 역대 왕은 27명이지만 왕과 왕비의 왕릉은 총 42기이다. 이

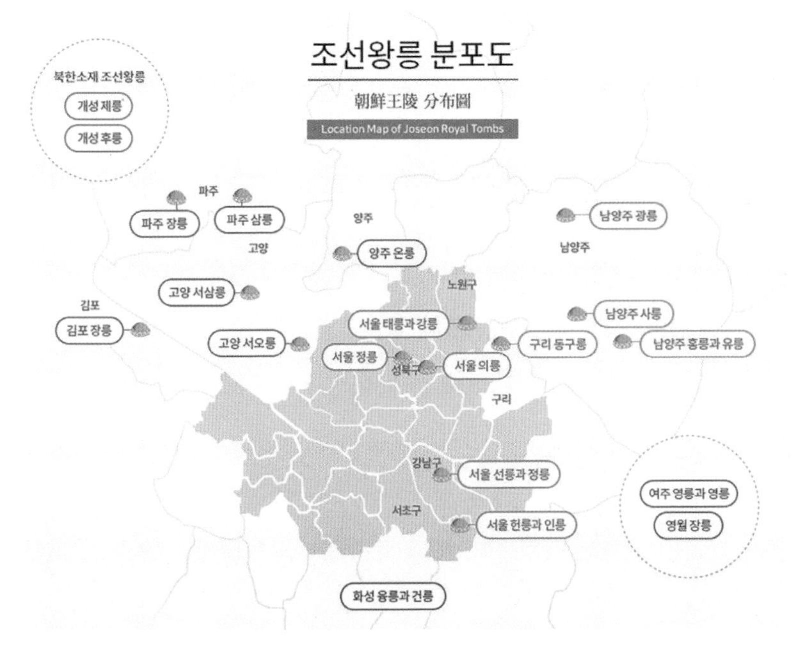

| 조선왕릉 분포도 | 조선왕조의 왕릉은 중국, 일본 등 동아시아는 물론이고 세계사적으로 그 독특한 문화유산적 가치가 인정되어 2009년에 북한에 있는 2기를 제외하고 남한에 있는 40기 모두가 유네스코 세계유산으로 등재되었다.

는 왕과 왕비가 따로 묻힌 단릉도 있기 때문이다. 여기에 태조의 4대조 능과 실질적인 왕은 아니지만 나중에 왕으로 추대된 추존왕들의 능까지 더하면 숫자는 50기까지 늘어난다.

조선시대 왕릉은 풍수상 길지를 택해 양지바른 남쪽 언덕에 품위있게 조성되어 있다. 왕릉의 구조에는 정연한 건축적·조경적 의장(디자인)이 구현되어 있다. 절대군주의 무덤으로는 규모가 큰 편이 아니지만 다른 나라의 왕릉처럼 인공적인 축조물로 위세를 드러내지 않고 자연과 조화를 이루는 탁월한 공간 경영을 보여주고 있다.

이러한 조선왕조의 왕릉은 중국, 일본 등 동아시아는 물론이고 세계사적으로 그 독특한 문화유산적 가치가 인정되어 2009년에 북한에 있는 2기를 제외하고 남한에 있는 40기 모두가 유네스코 세계유산으로 등재되었다. 북한의 2기는 태조의 원비인 신의왕후 제릉(齊陵), 정종의 후릉(厚陵)이다.

조선왕릉의 세계유산 등재를 추진할 때 전문가들 사이에서 선정릉은 빼야 한다는 주장이 있었다. 왜냐하면 세계유산 심의는 아주 까다로워 문화유산으로서의 '고유 가치' 못지않게 '보존 실태'를 중요한 판단 기준으로 하는데 선정릉은 능역이 크게 훼손되었기 때문에 미리 제외하자는 의견이었다. 그런데 조선왕릉 등재를 위한 2차에 걸친 국제학술대회가 열렸을 때 국제기념물유적협의회(ICOMOS)의 외국인 학자들을 선정릉에 안내하여 서울의 강남 개발과 이곳 주변의 엄청난 땅값을 알려주자 이들은 오히려 이와 같이 개발 압력이 크고 지가가 높은 지역에서 문화재를 끝까지 보존하고 있는 국민정신은 높이 살 만하다며 조선왕릉 전체를 빠짐없이 연속유산으로 등재 신청할 것을 권유했다. '보존 실태'는 나쁘지만 '보존 의지'를 보여준다고 인정한 것이었다.

왕릉이 조성되는 과정

선정릉의 동쪽 끝에 중종대왕의 능이 있고, 서쪽 끝에 성종대왕의 능이 있으며 그 사이 언덕에 성종의 계비인 정현왕후의 능이 있다. 관람 동선은 자연히 두 능 사이로 난 벚꽃나무 길로 발을 옮기게 되어 있지만 문화유산 답사로는 남쪽 울타리를 따라 서쪽에 있는 성종의 능부터 참관하는 것이 좋다. 그렇게 해야 재실부터 둘러볼 수 있고 무엇보다도 '선릉·정릉 역사문화관'에 들러 왕릉에 대한 기본 정보와 지식을 습득할 수 있기 때문이다.

조선시대에 왕 또는 왕비가 사망하여 국장(國葬)을 치르고 왕릉을 조성하는 과정은 실로 대역사였다. 국장은 『국조오례의』의 규정에 따라 임금이 승하한 날부터 왕릉에 임금의 관을 내릴 때까지 5개월간 절차대로 36가지 제례가 진행되었다. 궁중에선 조회를 폐하고, 시장을 5일 동안 못 열게 했으며, 국장을 마칠 때까지 온 나라에 음악 연주를 정지시켰고, 일반 백성들의 혼례도 금지했다.

국장을 치르는 임시 기관으로 '국장도감(國葬都監)' '빈전(殯殿)도감' '산릉(山陵)도감'이 설치되었다. 국장도감은 국장에 필요한 장례 물품(옥책·어보·의복·노리개 등)을 준비하며 능지 선정을 맡았다. 빈전도감은 상여가 나갈 때까지 관을 모시는 일을 맡아 염습 및 재궁(梓宮, 관)을 안치할 물품을 준비했다. 산릉도감은 왕릉을 조성하고 무덤의 석물·정자각·재실 등을 짓는 실무를 맡았다. 국왕의 시신을 실은 상여는 190명(예비 4명)이 한 조를 이루어 들어맸다.

왕릉의 축조 과정

왕릉을 조성하는 산릉도감은 좌의정이 도제조(都提調)를 맡고, 공조판서 등 제조 4인, 도청(都廳) 2인, 낭청(郎廳) 8인, 감조관(監造官) 6인으로 구성되었으며 능묘 축성을 담당하는 삼물소(三物所), 건축을 담당하는 조성소(造成所), 석물 조성을 담당하는 대부석소(大浮石所) 등으로 나누어 업무를 분장했다. 왕릉 축조에는 대략 5개월간 6천여 명의 인력이 동원되었다.

조선 전기의 왕릉 내부는 지하에 석실로 광(壙)을 만들고, 석실 천장에는 하늘의 별(日月星辰, 일월성진)과 은하를 그리고, 네 벽면에는 청룡·백호·주작·현무의 사신도(四神圖)를 그렸다. 그런데 이 석실에 관을 넣기 위해서는 도르래를 이용한 별도의 정교한 시설물을 따로 제작하는

| 선릉·정릉 역사문화관 | 선릉·정릉 역사문화관에 가면 영상실에서 '조선왕실 국상 절차'(6분), '조선왕릉 내부 구조'(6분), '조선왕릉 제향'(5분) 등을 동영상으로 자세히 알아볼 수 있다.

등 많은 공력과 인력이 필요했다.

이에 세조는 왕릉 축조 방식을 석실 대신 강회를 이용한 회격(灰隔)으로 바꾸게 하여 작업 인부를 반(약 3천 명)으로 줄였다. 회격은 석회·황토·고운 모래(細沙)를 각각 3:1:1의 비율로 배합하여 느릅나무 껍질(楡皮)을 삶은 물로 개어 만들었다. 이렇게 만든 회격분은 돌보다도 단단하여 곡괭이로 찍어도 깨지지 않는다. 병인양요(1866) 때 프랑스군이 흥선대원군의 아버지인 남연군의 묘를 도굴하다 실패한 것은 바로 이 회격 때문이었다.

이처럼 복잡한 왕릉의 조성 과정과 구조에 대해서 글로는 제대로 설명하기 정말 어렵다. 그 대신 새로 꾸민 선릉·정릉 역사문화관에 가면 영상실에서 '조선왕실 국상 절차'(6분), '조선왕릉 내부 구조'(6분), '조선왕릉 제향'(5분)이 상연되어 답사기에서 설명할 수 없는 내용들을 동영

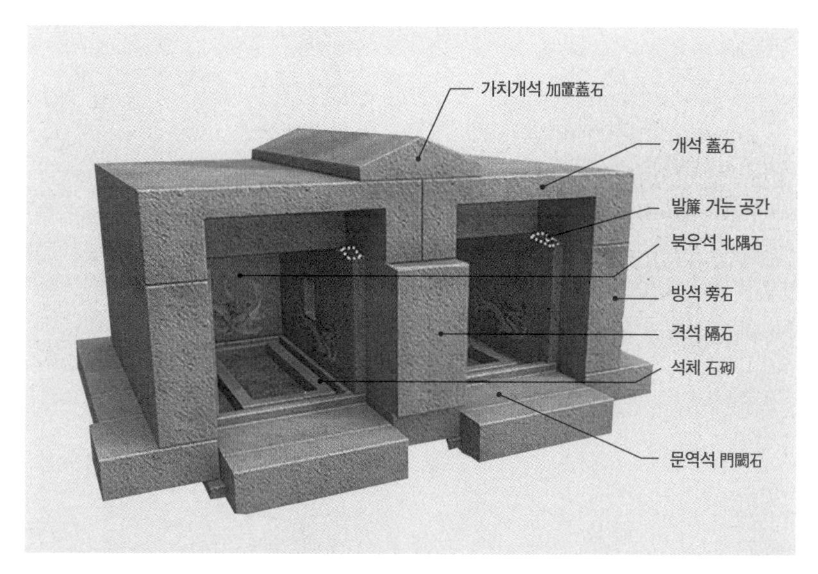

| 왕릉의 석실 구조 | 왕릉의 내부는 완벽한 설계에 따라 조성되었다. 국초에는 석실로 만들어졌는데 중기 이후에는 강회를 이용한 단단한 회격으로 바뀌었다.

상으로 자세히 알아볼 수 있다. 그리고 2009년 조선왕릉 세계유산 등재를 앞두고 KBS 1TV에서 제작한 「조선왕릉은 어떻게 만들어졌나」를 보면 조선왕릉의 문화유산적 가치를 충분히 이해할 수 있다. 그래서 선정릉 답사는 선릉·정릉 역사문화관에서 시작하라고 권하는 것이다.

성종대왕 선릉 홍살문과 진입 공간

조선왕릉의 구조는 재실, 진입 공간, 제향 공간, 능침 공간 등 네 구역으로 이루어져 있다. 재실은 왕릉을 관리하는 능참봉이 근무하면서 제사를 준비하기 위한 공간으로 왕이 친히 제사를 드리러 올 때 잠시 머무는 곳이다. 선정릉의 재실은 조선왕릉의 재실 중 가장 작은 규모로 평범한 미음자 구조로 복원되어 마당 넓은 한옥 살림집 같은 분위기가 있다.

| **재실** | 재실은 능참봉이 능을 지키는 곳으로 왕이 제사를 드리러 올 때 잠시 머물기도 한다. 선정릉의 재실은 평범한 미음자 구조로 마당 넓은 한옥 살림집 분위기가 난다.

그래서 관아가 아니라 한옥이 지닌 편안함이 있어 잠시 쉬어가고 싶은 마음이 절로 일어난다. 이 글을 쓰기 위해 지난번 다시 들렀을 때는 세 여인이 문간 행랑채의 툇마루에 편안히 앉아 도란도란 이야기를 나누고 있어 얼른 둘러본 다음 자리를 비켜주었다.

왕릉의 진입 공간은 반드시 작은 냇물에 걸쳐 있는 금천교(禁川橋)에서 시작된다. 오늘날에는 많은 경우 금천교가 사라졌지만 원래 왕릉 앞에는 반드시 작은 내가 흘렀으며 이는 곧 현세와 죽음의 공간을 가르는 경계였다. 금천교는 이 양자를 연결하는 다리로 기능한다. 금천교를 건너면 왕릉의 존재를 알려주는 홍살문이 우뚝 서 있다.

홍살문은 '붉은 화살 문'이라는 뜻으로 홍전문(紅箭門), 홍문(紅門)이라고도 한다. 주춧돌 위에 둥근 기둥 2개를 세우고 위에는 지붕 없이 화살 모양의 나무를 나란히 가로질러 놓았는데 가운데 위쪽에는 태극 문

| **홍살문** | 홍살문은 이곳이 국가기관임을 알려주는 상징물이다. 홍살문 앞에는 참도라 불리는 박석길이 정자각 앞까지 곧게 뻗어 있다.

양(주로 삼태극)이 장식되어 있다. 태극 문양 위에는 지창(枝槍)이라 불리는 뾰족한 나뭇가지가 3개 꽂혀 있다.

지붕도 없고 문짝도 없는 이 붉은 기둥문의 유래는 확실치 않지만 여기가 민(民)이 아닌 관(官)의 공간임을 알려주는 표지물로 조선시대에 능뿐 아니라 지방의 관아와 향교 앞에도 세워졌다. 중국에 패방(牌坊)이 있고, 일본에 도리이(鳥居)가 있듯이 우리나라에는 홍살문이 있는 것이다. 중국의 패방은 웅장하고 권위적이며, 일본의 도리이는 단순하면서 날렵한 형태미를 자랑하고 있다. 이에 비해 우리나라 홍살문은 나무 기둥에 좀처럼 사용하지 않는 붉은색을 칠해 여기가 위엄 있는 곳임을 드러내주고 있다.

홍살문 앞에는 참도(參道)라 불리는 박석길이 정자각(丁字閣) 앞까지 곧게 뻗어 있다. 참도는 혼령이 다니는 넓고 높은 신로(神路)와 제향 때

| **참도** | 참도는 혼령이 다니는 넓고 높은 신로(神路)와 제향 때 임금이 다니는 좁고 낮은 어로(御路)로 이루어져 있다. 홍살문에서 참도를 따라가면서 멀리 앞을 바라보면 높직한 석축 위에 있는 정자각 건물이 보인다.

임금이 다니는 좁고 낮은 어로(御路)로 이루어져 있다. 이 신로는 향을 피워 모시고 간다고 해서 향로(香路), 또는 신향로(神香路)라고도 부른다.

홍살문에서 참도를 따라가면서 멀리 앞을 바라보면 높직한 석축 위에 있는 정자각 건물이 보인다. 그 뒤에 있는 능침은 아직 보이지 않는다. 정자각은 제향 공간이고 능침은 성역인바 능침이 밖으로 드러나지 않도록 정자각의 위치와 높이가 결정된다.

정자각과 제향 공간

정자각은 제례 때 제물을 진설하고 제사를 지내는 제향 공간의 핵심

| 수라간(위)과 수복방(아래) |

이다. 높직한 석축 위에 정(丁)자 모양 지붕을 하고 늠름히 올라앉아 있는 정자각은 사실상 왕릉의 얼굴이다. 정자각이 있기에 왕릉 공간의 존엄성이 드러난다. 정자각 안으로 들어가면 열려 있는 창문 너머로 비로소 능침을 바라볼 수 있다.

정자각 좌우 아래쪽에는 대개 3칸짜리 작은 건물이 마치 이 건물을 호위하듯 다소곳이 자리하고 있다. 오른쪽(동쪽)은 제사를 준비하는 수복방(守僕房)이고, 왼쪽(서쪽)은 제수를 넣어두는 수라간(水刺間)이다. 이 두 건물이 있어 왕릉은 살아 있는 공간이라는 분위기를 얻는다. 중종대왕 정릉이 썰렁해 보이는 것은 이 수복방과 수라간이 없기 때문이다.

두 건물은 비슷해 보이지만 수라간은 벽돌 담장으로 닫힌 공간이고 수복방은 콩떡 담장에 툇마루가 있는 열린 공간이다. 이것이 우리나라 건축에서 보여주는 '비대칭의 대칭'이다. 전체적으로는 비슷하면서 디테일을 달리하여 은근히 다양성을 보여주는 것이다.

정자각 오른쪽 계단을 내려와 능침으로 가자면 바로 이 왕릉의 주인을 알리는 비석을 모신 비각(碑閣)이 있다. 비석에는 단정하면서도 흔들림 없는 전서체로 다음과 같이 쓰여 있다.

| 비각(왼쪽)과 비석(오른쪽) | 정자각 오른쪽 계단을 내려와 능침으로 가면 이 왕릉의 주인을 알리는 비석을 모신 비각이 있다.

조선국(朝鮮國)
성종대왕(成宗大王) 선릉(宣陵)
정현왕후(貞顯王后) 부좌강(祔左岡)

부좌강은 왼쪽 언덕에 합사(合祀)되어 있다는 뜻이다. 즉 능침은 달라도 같은 선릉이라고 밝혀둔 것이다. 영조 31년(1755)에 세운 이 비석 뒷면에는 성종대왕의 이력 중 1457년에 태어나 1469년에 즉위하고 1494년에 승하했으며 재위는 25년, 향년 37세였다는 사실이 적혀 있다. 정현왕후 윤씨의 경우, 1462년에 태어나 1480년에 왕비로 책봉되었고 1530년에 68세로 승하하여 대왕릉 왼쪽에 장사지냈다는 사실만 간단히 쓰여 있다.

본래대로라면 대왕의 사적(事蹟)을 기리는 신도비(神道碑)도 있어야 한다. 그러나 왕의 공적을 일일이 나열하는 것은 너무도 복잡하기 때문에 문종 때부터는 왕릉에 신도비를 세우지 않기로 했다. 그 때문에 조선 왕릉 중 신도비가 있는 왕릉은 태조의 건원릉과 태종의 헌릉, 그리고 세종의 영릉뿐이다.

성종대왕의 삶과 치적

성종이 왕위에 오른 것은 행운이었다. 세조가 죽고 그 뒤를 이은 예종이 즉위한 지 14개월 만에 사망했는데 예종의 아들(제안대군)은 9세밖에 안 되어 세조의 다른 손자 중에서 한 명이 왕위를 이어받아야 했다. 이때 성종의 형인 월산대군은 병석에 있어 둘째인 성종이 13세 어린 나이에 왕위에 오르게 되었다. 이렇게 된 데는 그의 장인인 한명회(韓明澮, 1415~87)의 힘이 크게 작용했다. 한명회는 세조·예종·성종 3대에 걸쳐 영의정을 지내며 당대 권력의 중심에 서 있던 인물이다.

성종은 왕위에 오르고 7년간 할머니인 자성대비(세조의 비, 정희왕후)의 수렴청정을 받았다. 그리고 친정을 시작하면서는 장인 한명회의 든든한 후견이 있어 무난히 국정을 이끌어갈 수 있었다. 또 당시 국제정세는 큰 변란이 없었고 국내에는 세종과 세조가 닦아놓은 튼튼한 기반이 있어 『경국대전(經國大典)』을 반포하고 『동국통감(東國通鑑)』『악학궤범(樂學軌範)』을 간행하는 등 많은 문화적 업적을 쌓았다.

성종은 홍문관의 기능을 강화하여 학문을 중시했고, 정치적으로는 세조 때 공신 중심으로 이루어진 훈구 세력을 견제하기 위해 김종직 등 신진 사림을 등용했다. 그러나 집권기 내내 훈구파의 득세를 제압하지는 못해 훗날 사화로 많은 신진 사림이 죽임을 당했다.

성종이 왕이 된 것은 행운이었지만 그의 개인적 삶은 불우했다. 우선

| 곡장 | 곡장은 봉분의 남쪽을 제외한 3면으로 둘러져 있는데 곳곳에 박혀 있는 동그란 화강암 돌들은 별을 상징한다.

그는 천수를 다하지 못하여 37세의 나이에 세상을 떠났다. 무엇보다도 왕비 윤씨를 궁에서 내쫓고 결국 사약을 내려 죽게 함으로써 훗날 폐비 윤씨의 아들인 연산군이 피의 보복을 단행하는 단서를 만들었다.

선릉의 능침

선릉의 능침은 높직한 언덕 위를 평평하게 다져서 조성했다. 한동안 관람객들은 조선왕릉의 능침에 가까이 갈 수 없었다. 그러나 국민들에게 문화유산으로서 왕릉의 가치를 보여주기 위해 능침 바로 위까지 올라가볼 수 있는 관람로가 언덕 옆으로 설치되었다. 세종대왕 영릉의 경우는 능침 바로 앞까지 갈 수 있게 되었지만, 선릉의 경우는 능침 서쪽이 도로변과 맞붙어 있어 곡장(曲墻, 무덤에 두른 담장) 끝에서만 바라볼 수

| 왕릉 능침의 형식 | 둥근 봉분 앞에는 장명등과 두 쌍의 문신석·무신석이 서로 마주보고 시립해 있다.

있게 되어 있다.

비각에서 능침을 향해 오르다보면 정자각 바로 뒤 언덕 아래쪽에는 화강암으로 우물처럼 만들어놓은 것이 보인다. 이는 제례 때 축문(祝文)을 태우는 예감(瘞坎)이다. 그리고 그 한쪽엔 산신에게 제사를 지내는 산신석이 도드라지지 않게 설치되어 있다. 능침에 오르면 둥근 봉분 주위에는 기와돌담의 곡장이 둘러져 있고 앞에는 장명등(長明燈)과 문신석·무신석이 서로 마주보고 시립해 있다. 이것이 왕릉 능침의 형식이다.

『국조오례의』 흉례(凶禮) 치장(治葬) 조는 왕릉의 구조와 석물에 대해 낱낱이 치수까지 제시하고 있다. 왕릉은 기본적으로 작은 돌(계체석)을 낮게 쌓아 상계(上階), 중계(中階), 하계(下階) 3단으로 나누었다.

상계는 시신을 안치한 봉분 영역이다. 둥근 봉분 밑부분에는 십이(十二)지신상을 조각한 병풍석(屛風石)과 이를 보호하는 울타리로 난간

| **석양** | 곡장을 바라보며 봉분을 지키는 석양은 네 마리다. 석양은 악귀를 제거한다는 의미를 담고 있다. 사실적이면서도 데포르마시옹이 강한 예술성이 있다.

석(欄干石)이 둘러져 있다. 병풍석에는 연꽃, 해바라기, 모란 무늬가 조각되어 있으며 12면에는 각각 방위에 맞추어 십이지신상이 섬세하게 조각되어 있다.

곡장은 봉분 뒤편 서·북·동 3면으로 둘러져 있는데 담장 곳곳에 박혀 있는 동그란 화강암 돌들은 별을 상징한다. 그리고 봉분 주위로는 석호(石虎)와 석양(石羊) 각기 네 마리가 번갈아 배치되어 곡장을 향해 바라보며 능침을 지키고 있다. 석양은 악귀를 제거하고, 석호는 산천의 맹수에게서 봉분을 수호하는 역할을 한다는 의미를 담고 있다. 이 석호와 석양의 조각은 사실적이면서도 데포르마시옹이 강한 예술성을 갖고 있다. 특히 석호의 경우는 귀여운 고양이처럼 조각되어 조형상으로 아주 매력적이다.

봉분 앞에는 네모난 석상이 있는데 이는 제상이 아니라 혼이 밖으로

| 석호 | 곡장을 바라보며 봉분을 지키는 석호 역시 네 마리다. 특히 석호는 표정이 다양하여 조형적으로 아주 매력적이다.

나와서 노니는 혼유석(魂遊石)이다. 혼유석 옆으로는 망주석(望柱石)이라는 돌기둥 한 쌍이 있어 멀리서 바라볼 때 여기가 능침임을 알려준다. 일반적으로 망주석에는 세호(細虎)라고 하는 다람쥐 모양의 동물이 달려 있어 디자인 측면에서 매력 포인트 역할을 하는데 선릉에서는 귀가 달린 간단한 모습이다.

상계에서 한 단 낮은 중계에는 장명등이라 불리는 석등이 능침을 밝히고 있고 그 옆으로는 문신석 한 쌍이 동서로 시립해 있으며 문신석 뒤쪽으로 살짝 비껴 석마(石馬)가 조신한 자세로 서 있다. 그리고 하계에는 무신석이 문신석과 마찬가지로 동서로 시립해 있고 오른쪽 뒤로는 석마가 서 있다. 무신석이 한 단 아래 위치해 있는 것은 조선왕조의 문신 우대를 그대로 보여준다.

선릉의 문신석과 무신석은 조선왕릉의 석인상 중 명작으로 꼽힌다.

| 선릉 문인석(왼쪽)과 선릉 무인석(오른쪽) | 무신석은 문신석보다 한 단 아래 위치해 있다. 이는 조선왕조의 문신 우대를 그대로 보여준다. 선릉의 문신석과 무신석은 여러 조선왕릉의 석인상 중 유난히 크고 듬직하다.

정면 정관의 자세로 지그시 눈을 감고 조용히 서 있는 모습이라 왕릉에는 평화로운 분위기가 감돈다. 특히 선릉의 문신석 옷주름이나 무신석 갑옷 무늬 표현에는 조형적 성실성이 보이며 왕릉의 석인상 중 대작에 속한다.

왕릉의 문신석과 무신석

선릉은 이처럼 『국조오례의』의 규정을 그대로 따르고 있는데 문신석과 무신석의 크기만큼은 규정보다 훨씬 크게 조성되어 있다. 『국조오례

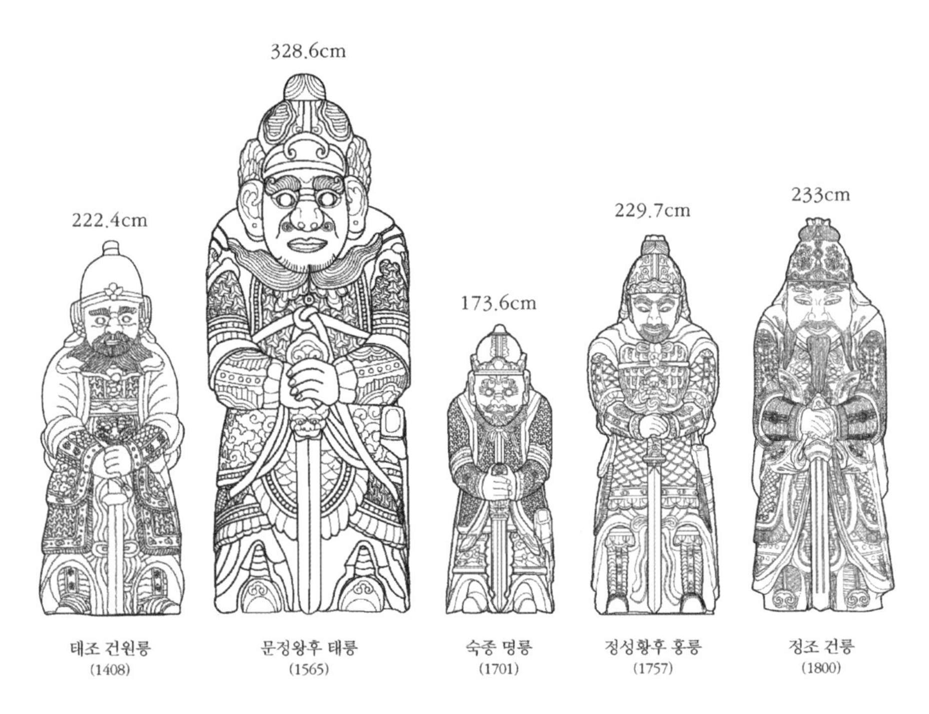

| 무신석 크기 비교 | 『국조오례의』에는 문신석과 무신석의 크기가 약 2.5미터로 규정되어 있는데 성종, 중종 등 조선 중기에는 높이 3미터에 달하는 장대한 규모로 조성되었다.

의』는 문신석과 무신석을 문석인(文石人), 무석인(武石人)이라 칭하며 다음과 같이 그 크기를 규정해놓았다.

> 중계의 좌우에는 문석인 각각 1개를 세운다. 관대(冠帶)를 갖추고 홀(笏)을 잡은 모습으로 새기는데 높이는 8척 3촌(약 256센티미터)이고, 너비는 3척(약 92센티미터)이고, 두께는 2척 2촌(약 68센티미터)이다. (…)
>
> 하계의 좌우에는 무석인 각각 1개를 세운다. 갑주(甲冑)를 입고 검(劍)을 찬 모습으로 새기는데 높이는 9척(약 277센티미터)이고, 너비는 3척이고, 두께는 2척 5촌(약 77센티미터)이다. (…)

문석인·무석인·석마는 모두 동서에서 서로 마주 보게 한다.

그런데 선릉의 문신석은 314센티미터, 무신석은 307센티미터로 규정보다 훨씬 크다. 이를 보면 조선왕조는『국조오례의』의 규정을 융통성 있게 따랐음을 알 수 있다. 조선왕릉의 무신석을 비교해보면 태조 건원릉(222.4센티미터), 문정왕후 태릉(328.6센티미터), 숙종 명릉(173.6센티미터), 정조 건릉(233센티미터) 등 시대에 따라 그 크기가 다르게 나타나고 있다.

왕릉 석인상 크기의 실태를 보면 국초에는『국조오례의』의 규정을 대체로 준수하여 세조 광릉, 세종 영릉 등에 있는 것들은 250센티미터 내외로 만들어져 있다. 그런데 성종 선릉, 중종 정릉, 문정왕후 태릉, 선조 목릉 등 조선 중기의 석인상은 3미터가 넘는 장대한 크기다. 그러다 숙종이 능묘를 검소하게 하라는 지시를 내리면서 자신의 명릉에 조성된 석인상은 2미터에 훨씬 못 미치는 크기로 제작되었다. 그리고 정조 때가 되면 다시『국조오례의』의 규정대로 2미터가 약간 넘는 크기로 복귀한다.

왕릉 석인상의 이런 변화는 곧 시대사조를 반영하는 것으로 조선 초기, 중기, 후기의 문화사적 분위기와 일치한다. 대체로 조선 초기인 15세기에는 되도록 규정에 충실하려고 했다가 조선 중기인 16~17세기에는 과장과 자신감이 들어갔고, 조선 후기인 18세기에는 사도세자 융릉과 정조 건릉에서 보이듯 섬세한 리얼리티를 드러내고 있다.

그러면 조선 중기에 나타난 과장된 변형은 이 시기의 어떤 문화적 분위기를 말해주는 것일까. 본래 변형이란 자신감이 있을 때만 이루어진다. 국초만 하더라도 성리학을 새로운 이데올로기로 삼으면서 되도록 이념에 충실하려고 노력했다. 그런 시대 분위기가 개국 100년을 지나면 이념적으로도 자신감을 보이면서 달라지기 시작한다. 성리학에 대한 이

해가 깊어지면서 당시 조선의 실정에 다듬고 자기화하여 16세기엔 퇴계 이황과 율곡 이이 같은 대학자들이 등장하게 된다.

정서적으로도 마찬가지다. 조선백자의 경우도 15세기에는 중국백자에서 신선한 충격을 받아 이를 충실히 모방하려는 경향이 있었다. 그러다 16세기로 들어서면 그 영향에서 벗어나 조선적인 세련미를 보여주며 준수한 기형에 해맑은 빛깔과 조선다운 서정의 문양이 나타난다. 그런 시대 분위기가 성종 선릉의 크고 듬직하고 당당한 문신석과 무신석 조각에 나타났다고 생각한다. 이 점은 성종의 셋째 왕비인 정현왕후의 능과 중종의 정릉에 그대로 나타난다.

정현왕후의 능

정현왕후(1462~1530)의 능은 성종의 능에서 건너다보이는 언덕에 자리 잡고 있다. 동원이강릉이라는 원칙대로 하자면 다시 정자각으로 내려가 거기에서 갈라진 박석길을 따라가야 맞는데 그 길은 지금 원상 복원되어 있지 않아 성종 능에서 곧장 정현왕후 능으로 가게 된다.

정현왕후의 능은 성종의 능과 비슷하게 조영되었지만 어딘지 짜임새가 느슨하다는 인상을 준다. 이는 성종의 능에서 보이던 병풍석이 없기 때문이다. 정현왕후의 능을 조성할 때 대신들이 세조의 유지를 받들어 병풍석을 못 만들게 한 것이다. 이때는 성종 사후 36년이 되는 중종 25년(1530)으로 아마도 대신들이 능역을 간소화하자는 명분으로 세조의 유지를 내세우지 않았을까 생각한다.

그 대신 정현왕후 능은 문신석과 무신석의 조각이 아주 뛰어나 주목해볼 만하다. 누가 보아도 대단히 젊은 얼굴로 밝은 모습을 하고 있다. 그래서 다시 한번 바라보게 된다. 내가 문신석을 바라보며 자리를 좀처

| 정현왕후 능 | 정현왕후의 능은 성종의 능과 비슷하게 조영되었지만 어딘지 짜임새가 느슨하다는 인상을 준다. 이는 성종의 능에서 보이던 병풍석이 없기 때문이다.

럼 뜨지 않자 안내를 해주던 선정릉 관리인은 "잘생겼죠. 그래서 우스갯소리로 왕비의 무덤이니까 석공이 꽃미남으로 만들어줬나보다 말씀하신 분이 있었어요."라며 웃음을 보냈다.

성종의 세 왕비

성종에게는 세 명의 왕비가 있었다. 첫째 왕비는 공혜왕후(1456~74)로 당대의 권세가였던 한명회의 막내딸이다. 공혜왕후는 1467년 12세 때 왕자 시절의 성종에게 시집왔는데 2년 뒤 그가 왕위에 오르면서 자연히

| 정현왕후릉의 무신석과 문신석 | 정현황후릉의 문신석과 무신석은 얼굴 표정이 독특하여 조형적으로 뛰어나다는 평을 받고 있다.

왕비가 되었다. 그러나 공혜왕후는 왕비가 된 지 얼마 되지 않아 1474년 19세의 젊은 나이로 소생 없이 세상을 떠나 파주 삼릉(三陵, 공·순·영릉)에 있는 순릉(順陵)에 안장되었다.

공혜왕후가 묻힌 순릉 바로 곁에는 자신의 친언니인 장순왕후(1445~61)의 공릉(恭陵)이 있으니 이 또한 묘한 운명이다. 공혜왕후는 한명회의 넷째 딸이고 장순왕후는 셋째 딸이었다. 장순왕후는 1460년 세자로 있던 예종과 결혼하여 이듬해에 인성대군을 낳았으나 얼마 안 가 산욕으로 16세의 어린 나이에 죽어 공릉에 묻혔다.

이처럼 한명회는 두 딸이 왕비가 되는 왕가의 사돈이었다. 그는 권

| 선정릉의 벚꽃 길 | 중종대왕의 정릉과 정현왕후 능 사이로 난 길은 벚꽃 가로길로 방문객들이 가장 좋아하는 산책길이다.

력욕이 강해 세조가 일으킨 쿠데타인 계유정난의 참모로 두각을 나타냈다. 사육신을 죽이는 데 앞장서서 벼슬이 승승장구하여 세조와 예종 2대에 걸쳐 영의정을 지냈다. 그가 한강변에서 갈매기를 벗으로 삼는다며 지은 정자가 압구정(狎鷗亭)이다. 그러나 그의 사후 17년이 되는 연산군 10년(1504)에 일어난 갑자사화 때 한명회는 연산군의 어머니인 폐비 윤씨 사건에 가담했다는 이유로 사림파의 김종직, 정여창 등과 함께 부관참시되었다.

공혜왕후가 죽고 성종의 두 번째 왕비가 된 이는 폐비 윤씨(1455~82)이다. 후궁으로 숙의(淑儀, 종2품) 지위에 있던 윤씨는 성종의 계비가 되어 아들(연산군)도 낳았는데, 질투가 심해 '성종의 얼굴을 할퀴는' 등 왕비의 체통에 어긋난 행동을 많이 했다는 이유로 1479년에 폐비가 되어

| 정릉 | 단릉인 중종의 정릉은 어딘가 쓸쓸해 보인다. 실제로 중종은 세 명의 왕비 중 누구와도 함께 묻히지 못했다.

궁에서 쫓겨났고 이내 사약을 받고 죽었다. 그 폐비 윤씨의 뒤를 이은 세 번째 왕비가 바로 정현왕후이고 그가 낳은 아들이 중종이다.

중종대왕 정릉

중종대왕의 정릉으로 가는 길은 방문객들이 선정릉 안에서 가장 좋아하는 산책길이다. 벚꽃나무 숲길을 지나가다보면 왼쪽으로 정릉의 정자각과 능침이 비껴 보인다. 그러나 정릉은 그 옛날이나 오늘날이나 쓸쓸하기만 하다. 오늘날 쓸쓸해 보이는 까닭은 바로 곁으로 큰길이 나 있고 그 너머로는 빌딩들이 숲을 이루고 있으며 수복방과 수라간이 복원되지 않아 전체적 균형이 맞지 않기 때문이다.

그 옛날에도 쓸쓸했다는 것은 중종에게 3명의 왕비가 있었으나 사후 어느 왕비와도 함께 묻히지 못하고 홀로 누워 있는 단릉이기 때문이다. 중종의 첫째 왕비는 단경왕후, 둘째 왕비는 장경왕후, 셋째 왕비는 문정왕후다. 장경왕후는 인종을 낳았고, 문정왕후는 명종을 낳았다.

단경왕후(1487~1557)는 좌의정을 지낸 신수근의 딸로 연산군 5년(1499)에 진성대군 시절의 중종과 결혼했는데 1506년 연산군을 몰아내는 반정으로 중종이 왕위에 오르면서 자연히 왕비가 되었다. 그런데 중종반정 때 반대편에 있었던 아버지가 죽임을 당했다. 이에 단경왕후는 역적의 딸이라고 하여 왕비가 된 지 7일 만에 폐위되어 궁궐에서 쫓겨났다.

궁궐에서 강제로 쫓겨난 신씨는 인왕산 아랫마을 서촌에 살면서 중종을 향한 그리움을 전하기 위해 다홍치마를 산자락 바위에 펼쳐놓고 눈물을 흘리다 내려오곤 했다고 한다. 이 바위가 인왕산 치마바위다.

단경왕후 뒤를 이은 중종의 계비는 장경왕후 윤씨(1491~1515)다. 장경왕후는 영돈녕부사 윤여필의 딸로 중종 1년(1506)에 대궐에 들어가 숙의에 봉해졌다가 단경왕후가 쫓겨난 이듬해인 1507년에 왕비로 책봉되었다. 그러나 장경왕후는 중종 10년(1515) 아들(인종)을 낳은 뒤 산후병으로 죽었다. 장경왕후의 능은 고양 서삼릉(西三陵, 희·효·예릉)에 있는 희릉(禧陵)이다.

문정왕후 태릉

장경왕후의 뒤를 이은 계비가 문정왕후 윤씨(1501~65)이다. 문정왕후는 영돈녕부사 윤지임의 딸로 나이 17세 되는 중종 12년(1517)에 간택되어 왕비로 책봉되었다. 문정왕후는 중전으로 28년, 1545년 아들 명종이

| 태릉 | 중종 사후 막강한 권력을 행사한 여장부 문정왕후는 중종 곁에 묻히기 원했지만 서울 노원구 공릉동 태릉에 따로 묻혔다.

12세에 왕위에 오른 뒤 수렴청정 8년간 왕권을 강력히 행사하여 당나라의 측천무후, 청나라의 서태후에 비견되는 여걸이다.

대표적인 예가 을사사화를 일으켜 동생인 소윤(少尹)의 윤원형(尹元衡)에게 정권을 쥐게 하고 대윤(大尹)의 윤임(尹任) 등을 사사시킨 것이다. 또 독실한 불교신도로서 보우(普雨)를 앞장세워 불교의 부흥을 꾀했으며 선교(禪教) 양종(兩宗)을 확립하고 승과를 부활시켜 임진왜란 때 맹활약을 펼친 휴정, 유정 같은 명승이 나올 수 있는 토대를 마련한 것으로 유명하다.

1544년 중종이 57세 나이로 세상을 떠나자 장경왕후의 희릉 곁에 동원이강릉으로 장사 지낸 뒤 능호를 편안하다는 뜻의 정릉(靖陵)이라고 고치고 정자각을 두 능침 가운데로 이설했다.

그러나 그 후로 18년이 지난 1562년 문정왕후는 대신들의 반대를 무릅쓰고 중종의 무덤을 지금의 자리로 이장했다. 때는 임꺽정이 등장해 정국이 어수선하던 시기였다. 문정왕후가 중종의 무덤을 천장한 이유는 자신이 중종과 함께 묻히길 원하는 속셈이 있었고, 보우는 자신이 주지로 있는 봉은사 인근으로 옮겨와 사세를 넓히려는 심산이었다.

그러나 명종 20년(1565)에 세상을 떠난 문정왕후는 중종 곁에 묻히지 못했다. 대신들은 정릉이 지대가 낮아 또 하나의 능침을 조성하는 것은 불가하다고 반대했다. 실제로 정릉은 무리하게 이장한 것이어서 장마 때마다 홍살문과 정자각이 침수되었다. 이에 명종은 다시 정릉을 원래 있던 희릉으로 옮길 생각까지 갖고 있었다.

그리하여 문정왕후는 지금의 서울 노원구 공릉동 언덕에 홀로 묻히고 능호를 태릉(泰陵)이라고 했다. 이리하여 문정왕후의 태릉은 외따로 떨어진 단릉으로 조성되었지만 능침과 정자각 사이가 어느 왕릉보다 길고 문신석·무신석의 조각상도 늠름하여 장중한 기상을 보여준다. 그래서 사람들은 과연 여장부 문정왕후의 능 같다고들 말한다.

이처럼 중종의 무덤은 계비 장경왕후 곁에 나란히 모셔져 있던 것을 굳이 이곳으로 이장해 결국 외따로 떨어진 단릉이 되었다. 조선왕릉 중 왕만 홀로 있는 무덤은 태조의 건원릉, 단종의 장릉 이외엔 중종의 정릉밖에 없다. 그나마 위안이 된다면 아버지 성종과 어머니 정현왕후의 곁에 묻혀 있다는 점이다.

왜적들의 선정릉 도굴

선정릉의 역사에서 빼놓을 수도 잊혀서도 안 되는 역사적 사실은 선릉과 정릉이 모두 선조 25년(1592) 임진왜란 때 왜군에 의해 도굴당한 것이다. 임진왜란 때 왜군에 의해 한양이 함락된 것은 개전 20일 만인 음력 5월 2일이었다(이하 기록은 모두 『조선왕조실록』을 참고했고, 날짜는 음력이다).

그런데 9월 27일 왕세자인 광해군에게 선정릉이 도굴되었다는 보고가 들어왔다. 또 12월에는 지금의 노원구에 있는 명종의 강릉과 문정왕후 태릉이 왜군에 의해 도굴되었는데 회벽이 단단해 뚫지 못하고 돌아갔다는 사실을 의병장 김천일에게서 보고받았다.

그리고 이듬해(1593) 4월 17일 관악산에 진지를 두고 있던 김천일 휘하에 있던 종실의 덕양령(德陽令) 이충윤이 이준경과 봉상시(奉常寺, 종묘제사를 준비하는 관청)의 노비 서개똥을 데리고 파괴된 선정릉의 현장에 왔는데 성종 능과 정현왕후 능 안에는 오직 타다 만 나뭇조각과 재만 남아 있었다. 정릉의 능 안은 완전히 불에 탔고 밥 해 먹은 흔적도 있는데 이상하게도 그 안에는 염할 때 입힌 옷이 벗겨진 시신이 가로놓여 있어서 이들은 자신들이 입고 있던 옷을 벗어 시신을 싸두었고, 나중에 능 밖으로 꺼내와 송산(松山)으로 옮겼다고 한다.

한양을 수복한 것은 4월 20일이었다. 이에 5월 4일, 의주 행궁의 청민당(聽民堂)에서 삼정승, 육조판서를 비롯한 대신 수십 명이 모여 선조 앞에서 선정릉 파괴의 실상을 보고하고 사후처리를 논의했다. 이때 가장 큰 문제는 재궁(관)이 불에 타 재만 남았는데도 시신이 광중에 놓여 있었다고 하는데 이 시신이 과연 중종이 맞느냐는 문제였다.

선조는 울면서 "생전에 중종 얼굴을 본 사람을 찾아 시신을 확인하라"고 하고는 또 얼굴을 가리고 울었다고 한다. 그러나 중종이 돌아가신 지 이미 49년이나 되어 중종의 얼굴을 직접 본 대신이 없었다. 그래서 늙은 궁인(宮人) 중에서 찾아보니 덕양부인 권씨, 상궁 박씨, 서릉군의 모친 등 다섯 명이 직접 뵌 적이 있어 이들에게 들으니, 한결같이 중종은 '수척하고 얼굴은 갸름하며 턱 끝이 굽고 콧등은 높고 키는 훤칠하되 허리 둘레는 풍만하지 않았고 수염은 갈색으로 말아 올리면 입을 덮을 정도였으며, 양 눈 사이에 검은 사마귀가 있었고 얼굴에 약간 얽은 흔적이 있었다'고 증언했다.

선정릉 도굴 현장

이리하여 영의정 최흥원, 우의정 유홍, 풍원부원군 류성룡, 지중추부사 성혼, 형조판서 이덕형 등 중신 15명이 증언할 수 있는 이들을 데리고 직접 현장에 가서 시신을 확인했다. 그런데 중종의 능침에서 나온 시신은 살이 썩어서 떨어졌고, 검은 사마귀는 알아볼 수 없고, 비만한데다가 얼굴은 네모형이었다. 또한 배 위에 대여섯 군데의 칼 맞은 흔적이 있었다. 여러 정황으로 볼 때 중종의 시신과는 달랐다.

1593년 6월 28일 이때 조사에 참여한 사람들은 제각기 의견을 적어 선조에게 보고서를 올렸는데 덕양부인 권씨, 상궁 박씨, 서릉군의 모친 등은 평소 뵙던 모습이 아니라고 확실하게 말했고, 대신들은 한결같이 '확인할 길이 없습니다'라는 대답으로 일관했다. 그중 영중추부사 심수경은 이렇게 말했다.

> "송산에 있는 옥체를 보았는데 (…) 깡마르고 용모가 수척함을 보았을 뿐입니다. 누차 입시했던 사람들도 모두 알아볼 수 없다고 합니다. (…) 사리로써 추측해보면, 안팎의 재궁(관)이 모두 불에 탔는데 옥체는 오히려 보존되었다니 그런 이치는 없을 것이요, 옥체를 꺼내놓고 재궁만 불태우고 나서 다시 옥체를 광중에 넣었다는 것은 이치에 맞지 않습니다."

그리하여 결론 내리기를 중종의 능은 다 불에 탔고 왜적들이 다른 곳에 있던 시신을 이곳으로 옮겨놓았다고 보았다. 그리하여 신원 미상의 이 시신은 관에 넣어 인근 깨끗한 곳에 묻었고, 성종 능, 정현왕후 능, 중종 능에는 제각기 그곳에 남아 있는 재와 뼈를 수습해 새로 짠 재궁에 넣어 현궁(광중)에 묻었다.

소실된 지석(誌石)과 애책(哀冊)은 전주사고의 실록을 보고 재작성했다. 지석은 돌에 이 능의 주인이 성종임을 알리는 글을 새긴 것이고, 애책은 여러 개의 옥을 죽간 모양으로 엮어 돌아가신 분을 애도하는 글을 새긴 옥책(玉冊)으로, 애도의 뜻이 담겨 있어 애책이라고 한다.

왜적들이 선정릉을 파괴한 것은 부장품을 노리고 도굴한 것이었을 텐데 조선시대 왕릉에는 신라 왕릉처럼 화려한 금은보화를 부장하지 않았다. 현재는 임진왜란 이전의 『국장도감의궤(國葬都監儀軌)』가 남아 있지 않아 선릉과 정릉의 부장품을 정확히는 알 수 없지만, 후대의 선조, 인조, 효종의 예를 보면 제기가 36점, 악기류가 약 30점, 활·화살 등 무기류가 5점, 목용(木俑) 6점이다(장경희 『조선왕릉』, 솔과학 2018). 도굴범들은 아마도 크게 실망했을 것이다.

이리하여 선릉이 완전히 개장(改葬)된 날은 7월 27일, 정릉은 8월 15일이었다. 선조가 10월 1일 한양에 입성했고 10월 15일에 선정릉을 찾아 예를 올리면서 이 사건은 종결되었다.

여기서 한 가지 아쉬운 점은 선릉과 정릉이 석실분이었기 때문에 돌문을 열고 광중까지 파헤쳐 재궁을 불태울 수 있었던 것으로 보인다는 사실이다. 만약에 세조의 유지대로 석실 대신 단단한 강회로 이루어진 회격분이었다면 명종의 강릉과 문정왕후의 태릉처럼 도굴되지 않았을 것이다.

범릉적을 잡아 보내라

임진왜란, 정유재란이 끝난 지 얼마 안 되어 선정릉의 도굴 사건은 다시 역사의 큰 이슈로 등장한다. 선조 31년(1598), 도요토미 히데요시가 죽고 도쿠가와 이에야스의 에도막부가 들어서면서 일본은 조선에 다시 국교 정상화를 요청했다. 에도막부는 쇄국정책을 펴면서 문명의 젖줄로 조선과는 교류하기를 희망했던 것이다.

정유재란이 끝난 이듬해인 1599년 7월 14일 조선 사정에 밝은 대마도(쓰시마) 영주인 소 요시토시는 명나라 인질과 포로로 끌려간 조선인 피로인(被虜人)을 송환하며 세 차례에 걸쳐 국교 정상화를 요청했다. 일본에 퇴계학을 전한 유학자 강항(姜沆)도 이때 돌아왔다.

이에 조선 조정은 1604년, 일본의 진심을 알아보기 위해 사명대사를 탐적사(探賊使)로 파견했다. 이때 사명당은 일본 정세를 파악하고 외교 재개의 뜻을 확인한 다음 약 3,000명의 피로인을 고국으로 데리고 돌아왔다.

이후 조정에서는 치열한 찬반논란 끝에 1606년 7월, 일본과 외교관계를 재수립하기 위한 세 가지 전제조건을 제시했다.

① 국서를 정식으로 먼저 보내올 것.
② 왜란 중 조선왕릉을 도굴한 범릉적(犯陵賊)을 압송할 것.
③ 일본으로 끌려간 피로인을 송환할 것.

이에 대해 일본 측에서는 넉 달 뒤인 11월에 일본 국왕 도장이 찍혀 있는 도쿠가와 이에야스 명의로 다음과 같은 요지의 서계(書契)를 보내왔다.

| 사명당 유정 | 사명당은 의승군으로 활약했고 1604년 일본 막부의 정치외교적 분위기를 정탐하는 탐적사로 파견되어 도쿄에 다녀왔다. 이때 사명당은 정유재란 때 끌려간 약 3,000명의 피로인을 고국으로 데리고 돌아왔다.

여러 번 귀국에 화친을 청하였으나 귀국에서는 혐의를 풀지 못하여 지금까지 지연시키고 있어 직접 서계를 만들어 이와 같이 통서(通書)합니다. 범릉적은 다행히 대마도에 있으므로 반드시 결박하여 보낼 것입니다. 또 누방(陋邦, 일본)이 전대(前代, 도요토미 히데요시)의 잘못을 고치는 것에 대해서는 지난해 사명대사 유정과 첨지 손문욱 등에게 모두 이야기하였으니 지금 다시 무슨 말을 하겠습니까. 바라건대 전하께서는 속히 바다 건너 사신을 보내도록 쾌히 허락하여 우리 60여 주(州)의 인민들이 화호(和好)의 실상을 알 수 있게 하여 주시면 피차에 다행일 것입니다. 계절에 따라 나라를 위해 자중하소서.

이와 함께 범릉적 2명도 보내왔다. 이들은 37세의 마고사구(麻古沙九)와 27세의 마다화지(麻多化之)로, 둘다 대마도인이었다. 그런데 문초를 하자 둘 다 '나는 도굴범이 아니올시다'라는 것이었다. 이에 인두로 지지는 낙형(烙刑)을 가하며 엄하게 국문을 가해도 마고사구는 "전쟁 동안 서울에는 올라오지도 않았다"고 했다. 마다화지는 "조선 땅은 이번이 처음"이라며 "'조선에 가서 허튼소리 하지 않는다면 너의 어미와 아내는 양료(糧料)를 주어 후하게 보살피겠다'는 말에 속았다"고 했다.

대마도 영주가 조일관계를 정상화할 욕심으로 감옥에 갇혀 있던 잡범 두 명을 보낸 가짜 범릉적이었다. 사실 도쿠가와 이에야스 명의와 '일본 국왕' 도장도 위조라는 사실이 나중에 드러났다.

조정에서는 이 가짜 범릉적을 어떻게 처리할 것인가 갑론을박이 있었다. 그러나 낙형까지 당해 온몸이 다 망가진 이들을 대마도로 도로 돌려보내기도 마땅치 않았다. 이에 선조는 "진범이 아니라도 대마도의 왜인이라면 누군들 우리의 적이 아닌 자가 있겠는가"라며 처형을 허락하면서 한 가지 단서만 덧붙였다.

"헌부례(獻俘禮)만 하지 않으면 된다."

헌부례는 전쟁 포로를 종묘에 바치는 의식이다. 그들이 진범이 아닐 수 있으니 종묘사직에 고하지만 말자는 뜻이었다. 이리하여 두 사람은

| 〈조선통신사 행렬도〉 | '신뢰가 통한다'는 뜻의 조선통신사(朝鮮通信使)는 1636년부터 1811년까지 모두 9차례에 걸쳐 파견되었다. 조선통신사가 일본에 도착하면 약 500명에 이르는 사절단의 행렬을 보기 위해 군중이 구름같이 모였다고 한다. 일본에서 제작된 이와 같은 〈조선통신사 행렬도〉는 여러 폭 전하고 있다.

12월 20일 길거리에서 능지처참되었다. 그리고 조선 조정은 더 이상 범릉적을 문제로 삼지 않았다. 비록 가짜였지만 과거사 문제 해결을 위한 일본 측의 성의로 받아들인 것이다.

탐적사와 쇄환사

그리고 한 달 뒤인 1607년 1월, 강화를 위한 조선의 사절단이 일본으로 파견되었다. 정사 여우길(呂祐吉)을 단장으로 한 507명이었다. 그때 사절단의 이름은 '회답(回答) 겸 쇄환사(刷還使)'였다. 회답은 국서에 대한 답례이고, 쇄환이란 피로인을 모두 송환한다는 뜻이다. 쇄환사는 돌아올 때 1,418명을 고국으로 데려왔다.

그리고 1609년 대마도 영주에게 통상을 허락하여 '조선에 들어오는 모든 왜선은 대마도 영주의 허가장을 지녀야 한다' '대마도 영주의 세견선(왕래를 허락한 무역선)은 20척으로 한다' 등 7개 조항의 기유약조(己酉約條)를 맺었다.

1617년에도 제2차 쇄환사가 가서 피로인 321명을 데려왔고, 1624년 제3차 쇄환사는 146명을 송환받았다. 이처럼 전쟁이 끝나고 27년이 되도록 피로인 송환 문제에 적극적이었던 조선왕조는 국민을 끝까지 보호하는 모습을 보여주었다. 다만 쇄환 후 대책까지 마련한 것은 아니었다는 한계가 있었다.

제3차 쇄환사가 일본에 가서 피로인들을 면접해보니 그중에는 일본에 끌려온 지 27년이 지나 이미 결혼해 아이까지 낳고 살고 있는데 지금 고향에 간들 무얼 먹고 살 것인가 막막하다며 귀국을 사양하는 사람도 있었다. 이후 더 이상 쇄환사를 보내지 않았다.

조선통신사의 길

과거사 문제 해결을 위해 30년에 걸쳐 이와 같은 치유의 과정이 이루어진 뒤 조선과 에도막부 사이에는 비로소 친선 외교의 길이 열렸다. 다만 일본의 사신이 조선에 들어오는 것이 아니라 조선의 사신이 일본으로 갈 테니 그 경비는 일본 측이 부담하라는 조건을 달았다. 일본 측은 이를 받아들였다.

그리하여 1636년 일본으로 떠나는 사신은 이제 쇄환사라는 이름을 버리고 '신뢰가 통한다'는 뜻의 조선통신사(朝鮮通信使)라는 이름을 달고 출발했다. 조선통신사의 일행은 정사, 부사 이하 400명에서 500명에 이르는 규모였고 왕복 열 달이 걸리는 긴 여정이었다. 이때부터 1811년까지 조선통신사가 모두 아홉 차례 파견되었다.

이것이 임진왜란 이후 과거사 문제를 해결하고 조일 간의 평화와 선린외교가 이루어지는 과정이다. 이는 오늘날 일제 식민지배라는 과거사 문제를 풀어가는 데 하나의 시사점을 보여주는 역사적 경험으로 삼을 만하다.

절집의 큰 자산은 노스님과 노목

강남의 절집, 봉은사 / 영암 스님의 봉은사 사수 /
봉은사 일주문 / 천왕문 또는 진여문 / 부도밭의 청호 스님 공덕비 /
견성사에서 봉은사로 / 문정왕후와 보우의 불교 중흥 /
보우 스님의 죽음에 대하여 / 임진왜란 이후 봉은사 /
봉은사 대웅전의 삼존불상 / 선불당 / 상유현의 「추사방현기」 /
절필, 봉은사 〈판전〉 / 법정 스님의 『무소유』

강남의 절집, 봉은사

서울 강남 한복판에 있는 봉은사(奉恩寺)는 현대사회로 들어와 도심 속의 섬처럼 남아 있지만 그렇다고 이 사찰이 갖고 있는 불교계에서의 위상과 문화유산으로서의 가치가 크게 변한 것은 아니다.

봉은사는 명종 5년(1550) 문정왕후(중종의 왕비)가 어린 명종을 대신해 대리청정하면서 보우(1509~65) 스님을 앞세워 조선불교를 중흥하며 선·교 양종(兩宗)을 부활시킬 때 선종의 수사찰(首寺刹)이 되었다. 그때 교종의 수사찰은 세조 광릉의 능사인 남양주 봉선사(奉先寺)였다. 그리고 보우 스님은 판선종사 도대선사(判禪宗事 都大禪師)로 봉은사 주지를 맡으면서 사실상 오늘날 봉은사의 중창조가 되었다.

일제강점기로 들어와서는 1911년 조선총독부가 사찰령을 내려 기존불교를 30본산(本山) 체제로 바꿀 때 봉은사도 그중 하나로 꼽혔다. 봉은사의 이러한 위상은 지금도 변하지 않아 경주 불국사, 양양 낙산사 등과 함께 조계종 총무원의 직할 교구에 속한다.

문화유산으로 말할 것 같으면 국가지정문화재로 보물 제321호 〈봉은사 청동은입사향완〉과 보물 제1819호 〈봉은사 목조석가여래 삼불좌상〉이 있으며, 서울시 유형문화재로는 〈선불당〉(제64호), 〈판전 현판〉(제83호), 〈목조십육나한상〉(제228호), 〈봉은사 괘불도〉(제231호) 등 무려 17건에 이른다.

봉은사의 이런 영광은 선정릉의 능침사찰로 한양에서 가까운 경기도 광주군 언주면에 위치했다는 지리적 장점 덕분이었다. 그러나 현대사회로 들어와서는 서울과 가깝다는 사실이 정반대 상황으로 작용했다.

서울이 날로 팽창하여 1963년에는 서울특별시 성동구로 편입되더니 강남 개발이 본격화되는 1975년에는 강남구가 신설되면서 사찰 영역 전체가 개발 압력을 받게 되었다. 1976년 강북에서 강남으로 이전하는 경기고등학교 부지를 선정릉과 봉은사의 뒷산인 수도산 일대로 정한 것이 그 시작이었다. 봉은사는 건물이 들어선 4천여 평만 남기고 토지를 전부 내주게 될 판이었다. 이 위기를 헤쳐나간 분이 당시 주지직을 맡고 있던 영암당(暎巖堂) 임성(任性, 1907~87) 스님이었다. 봉은사 주지를 역임한 진화 스님은 "영암 스님이 안 계셨다면 오늘의 봉은사는 없다"고 했다.

영암 스님의 봉은사 사수

영암 스님은 현대 조계종의 큰스님으로 월정사, 해인사 등의 주지를 맡으셨고 동국역경원장, 동국대 이사장, 조계종 총무원장 등을 두루 역

| 1910년대의 봉은사 | 일제강점기 조선불교를 30본산 체제로 바꿀 때의 봉은사 모습이다. 그때도 봉은사는 높은 사격을 지니고 있었다.

임하셨다. 영암 스님은 종단의 일에 열성을 다하면서 공명정대하여 불교계 안팎으로 존경을 받아온 큰스님으로 한국 불교의 청백리로 칭송되고 있다.

영암 스님은 1975년 봉은사 주지를 맡으면서 관계(官界) 요로에 호소하며 봉은사의 사역을 확보하는 데 전력을 다했다. 영암 스님 서거 30주년 추모식 때 참회상좌였던 밀운 스님은 다음과 같이 회상했다.

“1만 6,500평인가가 상공부 땅으로 다 넘어가버리고 땅이 한 평도 없었어요. 이미 주택조합으로 다 넘어갔고 봉은사는 돈이 없었지요.”

| 영암 대종사 사리탑 비 | 첫 번째 비석이 영암 스님의 사리탑 비다. 조계종의 큰스님인 영암 스님은 1975년 봉은사 주지를 맡으면서 강남 개발로 위기에 처한 봉은사를 살려냈다.

또 영암 스님의 은법상좌였던 대운 스님은 그때 상황을 이렇게 말했다.

"봉은사 땅이 11개 국영기업체에 등록이 돼 있었어요. 그 11개 기업체 전부 다 봉은사로 땅을 환원하자고 이사회에 부치게 해서 봉은사 땅으로 얻어냈어요."

그리고 영암 스님은 '봉은사 땅 한 평 사기' 운동을 벌여 봉은사 주위에 난립해 있는 낡은 주택들을 매입하고 주변 환경도 정비했다. 그렇게 해서 오늘날 봉은사를 살려낸 것이다. 영암 스님은 미륵대불 조성을 추진하여 10년간의 대역사 끝에 1996년에 점안식을 가졌다. 이 미륵대불은 봉은사의 경관에 맞지 않는다고 말하는 분이 많다. 그러나 봉은사가 도심 속의 사찰이 되면서 수도처에서 기도처로 바뀌는 것을 현실적으로 받아들여야 한다고 말하는 분도 있다. 영암 스님은 미륵대불이 완성된 이듬해인 1987년 6월 열반에 들었다. 세수 80세, 법랍 65세. 어록으로는 『마음 없는 마음』(1986)을 남기셨다.

절집의 자산은 노스님과 노목

제3공화국 시절 무지막지하게 추진되던 강남 개발 때 봉은사가 이처럼 건재했다는 사실에 나는 감사하는 마음을 갖고 있다. 봉은사는 우리 집에서 가까워 자주 들른다. 한때 아내가 봉은사 구역법회 법륜보살을 맡은 적이 있고, 선친의 사십구재도 여기서 지냈기 때문에 다른 절집보다 각별한 인연을 갖고 있기도 하다.

내가 문화재청장으로 있던 2007년 어느 날이었다. 몇 안되는 나의 스님 지기 중 한 분인 명진당(明盡堂)이 갑자기 봉은사 주지직을 맡게 되었다. 당시 조계종에 시끄러운 일이 생기자 고(故) 지관 총무원장이 파격적으로 재야운동가로 이름 높은 명진당에게 봉은사 주지라는 중책을 맡긴 것이었다. 그의 담대함과 청렴함을 빌리기 위해서였다. 그때 인사차 찾아갔었다.

봉은사 일주문을 지나 천왕문(진여문)에 들어서니 만세루(법왕루)까지 오르는 비탈길 진입로에 공사가 한창이었다. 주지실(다래헌)로 가서 명진당을 보면서 다짜고짜 말했다.

"명진당이 주지가 되면 불사(佛事)를 일으키지 않을 것이라 생각했는데 공사판이 되었네 그려."

"화내지 말게. 화려한 전각을 짓는 그런 불사야 내가 할 리 있나. 절집의 진입로가 저렇게 길바닥에 나 앉아 뻥 뚫린 주차장과 맞대고 있는 것

| 봉은사에 식재된 노송들 | 봉은사는 아름다운 수형의 노송을 50여 주를 마치 옛날부터 그 자리에 있었던 것처럼 식재하여 도심 속에서도 산사의 분위기를 자아내고 있다.

을 어떻게 그대로 두고 살 수 있단 말이오. 유교수가 『답사기』에서 절집의 진입로는 성속을 가르는 시간적·공간적 거리라고 하지 않았소."

"그래서 어떻게 할 계획이오?"

"가지런히 기와돌담을 쌓아 주차장과 차단하고 그 아래로 물이 흐르게 해서 도심 속의 사찰답게 단정하면서 차분한 분위기를 주려고 합니다."

"그다음엔?"

"아직 생각 중예요. 좋은 생각이 있으면 알려주구려."

"그러면 나무를 심으세요. 절집의 가장 큰 자산은 노스님과 노목이라고 했어요."

나의 이 말에 명진당은 크게 기뻐하며 노목을 심겠다고 했다. 그로부터 4년간 명진당은 봉은사에 노송(老松)을 심기 시작했다. 아름다운 수형의 키 큰 노송을 무려 50여 주나 심었다. 소나무 주위에는 우람한 산석(山石)을 배치하여 마치 옛날부터 그 자리에 있었던 것처럼 조경했다. 이것이 지금 봉은사로 들어서는 사람들의 눈길을 사로잡는 노송들이다.

봉은사 일주문

지하철 9호선 봉은사역 1번 출구로 나와 직진하면 이내 일주문이 나와 여기가 봉은사임을 알려주지만 험한 행로가에 자리하고 있어 건물의 존재감이 전혀 느껴지지 않는다. 주변 환경과 어울리지 않아 봉은사가 도심 사찰이 되면서 망가진 절 같다는 인상을 줄 뿐이다.

봉은사로서도 이 일주문의 처리가 난제 중의 난제였다. 일주문이란 사찰의 첫인상인데 이대로 둘 수는 없는 일이었다. 그래서 봉은사에서는 화강암으로 제법 큰 연꽃 조각상과 코끼리 조각상을 곁에 두어 보강도 해보았지만 오히려 일주문이 어수선해졌다. 이에 1986년에는 아예 이 일주문을 해체해 양평 사나사(舍那寺)로 보내주었다.

사실 일주문 자체는 그리 작지도 초라하지도 않았다. 용케도 1930년대에 찍은 사진이 전해지고 있는데 건물 자체는 허름해 보이지만 멀리 강북의 산들이 내다보이는 아련한 풍경을 전해준다. 이것이 도심 속의 절로 환경이 변하면서 멀리 쫓겨난 것이었다.

그러나 사나사에서도 이 일주문은 대접을 받지 못하고 새 일주문에게 자리를 내준 뒤 2011년에는 양주 오봉암 석굴암으로 옮겨갔다. 여기에서 이 일주문은 제빛을 발하여 오봉산과 너무도 잘 어울렸다. 추녀 끝 네 귀퉁이에서 지붕의 하중을 지탱해주는 활주를 없애고 〈불이문(不二門)〉이라는 현판을 걸어 절집에 오는 이를 반갑게 맞아주었다.

1

不二門
2

奉恩寺
49일 기도
3

그런데 일주문이 사라진 봉은사는 절 입구가 너무도 허전하다 생각해 모처럼 자리 잡고 잘 있는 오봉산 석굴암에서 다시 이 자리로 옮겨온 것이다. 초정 권창륜이 쓴 〈수도산 봉은사〉라는 현판을 달고 찰주도 반듯하게 깎아 비스듬히 받쳐둔 것이 오늘날 이 봉은사 일주문의 모습이다.

이 과정을 보면서 나는 이런 생각을 해보았다. 중창의 개념으로 새로운 환경에 맞는 일주문을 세우면 어떨까 하는 생각이다. 이를테면 중후한 아름다움을 보여주는 부산 금정산 범어사의 일주문을 벤치마킹한다든지, 아니면 아예 건축가에게 의뢰하여 도심 사찰에 어울리도록 현대 건축 개념을 도입한 새로운 일주문을 세워본다든지. 아무튼 이 일주문으로 봉은사는 첫인상에서 꽤나 손해를 보고 있다.

천왕문 또는 진여문

일주문을 지나면 바로 진여문(眞如門)이라는 이름을 갖고 있는 천왕문이 나온다. 문 안쪽 좌우로 사천왕을 모시어 성역 수호를 상징하고 있다. 여기서부터 옳게 사찰 경내인 것이다.

지금의 천왕문은 1982년에 세워진 것이고 여기에 모신 높이 4미터의 거대한 사천왕상은 2020년에 점안식을 갖고 새로 모신 것이다. 본래의 법왕루에 모셔져 있던 〈봉은사 목조 사천왕상〉(서울시 유형문화재 제160호)은 높이 2미터의 목조각상으로 1746년에 여찬(呂贊) 등 9명의 조각승이 제작했다는 발원문이 발견되어 불교미술사에서 주목받았는데 지금은 수장고로 옮겨져 있다.

진여문을 지나면 법왕루까지 돌 비탈길이 곧게 뻗어 있다. 왼쪽으로

| 봉은사 일주문 | ① 1930년대 봉은사 일주문 ② 양주 오봉산 석굴암의 일주문 ③ 봉은사로 다시 돌아온 일주문

| 진여문 | 일주문을 지나면 바로 진여문이라는 이름의 천왕문이 나온다. 여기서부터 옳게 사찰 경내다.

는 기와돌담이 길게 뻗어 있고 담장 아래로는 가는 물줄기가 흐르며 곳곳에 수련이며 옥잠화 같은 수생식물과 포대화상(布袋和尙) 같은 돌조각이 장식되어 있다. 그리고 담장 끝에는 주차장 쪽에서 들어오는 작고 예쁜 쪽문인 하심문(下心門)이 있다. 하심이란 '마음을 내려놓는다'는 깊은 뜻이 있는 단어인데 그 글씨 또한 오묘하게 쓰여 있다. 그리고 진입로 오른쪽으로는 돌축대 위로 비석과 승탑이 줄지어 있는 부도밭이 있다.

부도밭의 청호 스님 공덕비

부도밭에는 두 기의 커다란 승탑이 육중한 비석과 함께 세워져 있는 것이 눈에 들어온다. 하나는 봉은사를 반석 위에 올려놓은 보우 스님의

| 비탈길 진입로 | 진여문에서 법왕루까지 뻗어 있는 비탈길 왼쪽은 주차장이 드러나지 않게 담장을 쌓게 그 아래로 물길을 내어 자연스러운 분위기를 자아낸다.

승탑으로 검은 대리석과 화강암 조각이 어울리는 현대식 조형으로 되어 있고, 또 하나는 강남 개발의 압력을 극복한 영암 스님의 승탑으로 전통적인 팔각당 승탑 형식을 따르고 있다. 옛 분은 오늘의 감각으로, 오늘날의 스님은 옛 전통으로 모신 셈이다.

승탑 저쪽에 있는 비석들은 대개 사찰에 시주한 분들에게 감사하는 공덕비들인데 그중에는 온정이 가득 들어 있는 '나청호 대선사 수해구제 공덕비(羅晴湖 大禪師 水害救濟 功德碑)'가 있다. 청호(晴湖, 1875~1934) 스님의 속성은 나(羅)씨이고 12세에 출가했다. 법명은 학밀(學密)이다. 23세부터 학승으로 명성이 널리 퍼지고 37세에 봉은사 주지를 맡은 이래 입적까지 22년을 봉은사에 주석했다. 스님은 법력과 원력이 탁월하여 1917년 법회 때는 인산인해를 이루어 절 밖까지 인파가 줄을 이었다고 하며 봉은사 부근 황무지를 개간하여 전답과 임야 20만 평을 확보해

| 청호 스님의 사리탑과 공덕비 | 일제강점기 봉은사 주지였던 청호 스님은 많은 업적을 남겼는데 가운데 비석이 '나청호 대선사 수해구제 공덕비'다.

봉은사 재정을 반석 위에 올려놓았다고 한다.

본래 봉은사의 위치는 한강 뚝섬 건너편에 있어서 성수대교가 놓이기 전에는 배를 타고 건너다녔다. 그런데 1925년 을축년 대홍수 때 한강이 범람해 강남 일대가 완전히 물에 잠겨 수많은 사람들이 지붕과 큰 나무 위로 올라가 구제를 호소했다. 이에 스님이 직접 뱃사람과 함께 배를 타고 가서 구해온 사람이 총 708명이었다고 한다. 이 비는 그때 구조된 사람들이 감사의 뜻으로 세운 공덕비다.

견성사에서 봉은사로

부도밭을 지나 법당(대웅전)으로 들어가자면 절집에서 보통 만세루라고 부르는 2층 누마루 밑으로 난 계단으로 올라야 한다. 봉은사 만세루

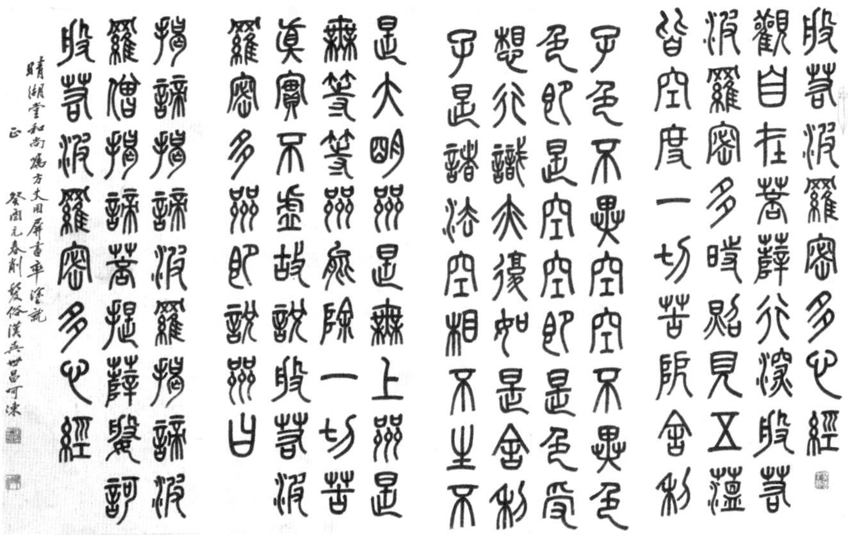

| 위창 오세창의 〈반야심경 8곡병〉 부분 | 위창 오세창 선생이 청호 스님의 방장을 위하여 전서로 『반야심경』 여덟 폭 대작을 써준 것이다.

인 법왕루(法王樓)는 1997년에 웅장한 규모로 준공되어 아래층에는 종무소가 들어서 있고 위층은 3,333불의 관세음보살상을 모시고 관음신앙의 신행 공간으로 사용하면서 사시예불을 올리는 장소로 이용되고 있다.

법왕루에는 위창 오세창 선생이 '불기 2970년(서기 1943년) 오세창'이라고 낙관한 〈대도량(大道場)〉이라는 현판이 걸려 있다. 위창은 이 현판 글씨를 쓰면서 오른쪽에 가느다란 전서체로 '선종종찰(禪宗宗刹)'이라는 협서를 붙였는데 이 네 글자는 봉은사의 위상과 자랑을 한마디로 말해준다.

본래 위창 선생은 청호 스님과 가까이 지냈던 모양이다. 2021년 10월 케이옥션에는 위창 선생이 『반야심경(般若心經)』을 전서로 쓴 여덟 폭 병풍 대작이 출품되었는데 낙관을 보니 '계유년(1933년) 원춘(元春, 1월)에 청호당 스님의 방장(方丈, 조실 스님의 방)을 위해 삭발속한(削髮俗漢) 오세

| 법왕루 | 1997년에 웅장한 규모로 준공되어 아래층에는 종무소가 들어섰고, 위층은 3,333불의 관세음보살상을 모시고 관음신앙의 신행 공간으로 사용되고 있다.

창이 쓰다'라고 되어 있었다. 위창 선생의 전서 중에서도 득의작이라 할 만했다. 내가 이 사실을 봉은사에 알려주자 주지 원명 스님이 내게 봉은사가 낙찰받을 수 있게 해달라고 했다. 지금 성보박물관 개관을 준비하고 있어 꼭 필요하다는 것이었다. 경매 당일 이 작품은 워낙에 명품이라 서예박물관을 추진하는 분을 비롯해 여러 명이 경합했지만 결국 봉은사에서 낙찰받아 제자리로 돌아오게 되었다.

봉은사는 신라 원성왕 10년(794)에 연회국사(緣會國師)가 창건한 견성사(見性寺)에 기원을 두고 있다. 이후 통일신라, 고려시대의 상황에 대해서는 알려진 것이 없다. 고려시대 〈청동 은입사 향완(靑銅 銀入絲 香垸)〉이 전해져 내려오고 있지만 이 향완의 명문(銘文)에는 충혜왕 5년(1344)에 제작되어 삼각산(三角山) 중흥사(重興寺) 불전에 봉헌되었다고 했으니 꼭 봉은사를 증언하는 유물이라고는 할 수 없다. 이 향완은 서산대사

| 만세루의 〈대도량〉 현판 | 만세루에는 위창 오세창 선생이 '불기 2970년(서기 1943년) 오세창'이라고 낙관한 〈대도량(大道場)〉이라는 현판이 걸려 있다.

유품으로 전하며 현재 조계종에서 설립한 불교중앙박물관에 기탁되어 있다.

조선왕조는 성리학을 이데올로기로 삼으면서 국초부터 숭유억불(崇儒抑佛) 정책을 강력히 시행해 태종 6년(1406) 조계종, 천태종 등 11개 종파의 242개 사찰만 공인했는데 이때 견성사라는 이름은 보이지 않는다. 그리고 세종 6년(1424)에 조선불교를 선교 양종 체제로 통폐합하고 선종은 덕수궁 자리에 있던 흥천사(興天寺), 교종은 당시 연희방(연희동)의 흥덕사(興德寺)로 지정하며 최종적으로 36개 사찰만 공인했다. 이때도 견성사는 보이지 않는다.

견성사가 다시 역사 속에 등장하는 것은 1495년에 타계한 성종의 선릉이 견성사 곁에 조성되고 나서다. 이에 견성사는 왕릉을 지키는 왕실의 원찰(願刹)이 되어 연산군 4년(1498)에 크게 중창하고 절 이름도 능침사찰에 걸맞게 봉은사라는 새 이름을 얻었다.

문정왕후와 보우의 불교 중흥

이렇게 새로 태어난 봉은사는 이내 중종의 비인 문정왕후의 대리청정과 함께 전국 으뜸 사찰로 발전한다. 문정왕후는 1545년 중종이 죽자 11세로 즉위한 아들 명종을 대신해 섭정하면서 1553년 명종이 친정을 시작하기 전까지 8년간 조선불교를 대대적으로 부활시켰다.

문정왕후는 명종 5년(1550) 사실상 와해되었던 선교 양종 체제를 부활시키고 봉은사를 선종 수사찰로, 봉선사를 교종 수사찰로 삼았다. 그리고 이듬해인 명종 6년(1551)에 보우 스님을 판선종사 도대선사로 임명하고 봉은사 주지로 삼았다. 이때 교종은 봉선사 주지 수진(守眞) 스님을 판교종사(判教宗事)로 임명했다.

이어서 명종 7년(1552)에는 과거 시험에서 승과(僧科)를 부활시켜 선종의 예비 합격자 400명 중 최종적으로 33명을 선발했다. 보우 스님이 주관한 첫 승과 시험이 봉은사 앞뜰에서 시행되어 이곳은 승과평(僧科坪)이라 불리게 되었다. 이때 합격자 중에는 서산대사 휴정이 포함되어 있었다.

당시 과거 시험은 3년마다 행해져 명종 10년(1555)에 제2회 승과 시험이 열렸다. 보우 스님은 이를 주관한 뒤 봉은사 주지와 선종판사를 그만두고 춘천 청평사(清平寺)로 들어갔다. 이에 보우 스님의 뒤를 이어 휴정 스님이 봉은사 주지를 맡았다. 휴정 스님은 2년 뒤 봉은사 주지직을 사임하고 금강산으로 들어가 수행에 전념했다.

명종 15년(1560), 보우 스님은 5년간의 청평사 은거를 마치고 다시 봉은사 주지직을 맡으며 명종 17년(1562)에 제4회 승과 시험을 주관했는데, 이때 사명당 유정이 합격했다. 그리고 사명당 유정 또한 봉은사 주지에 임명되었으나 곧 사직하고 묘향산 보현사(普賢寺)에 은거하고 있던

| 보우대사 봉은탑 | 봉은사는 명종 5년(1550) 중종의 왕비 문정왕후가 대리청정하면서 보우 스님을 앞세워 조선불교를 중흥시킬 때 선종의 수사찰이 되었다. 보우 스님은 판선종사 도대선사로 봉은사 주지를 맡으면서 사실상 봉은사의 중창조가 되었다.

휴정을 찾아가 참선에 전념했다.

보우 스님이 다시 주지직을 맡은 지 2년이 지난 명종 17년 9월에는 중종의 정릉을 지금 자리로 천장하는 대역사가 벌어졌다. 중종의 능은 본래 서삼릉에 있는 첫째 부인인 장경왕후의 희릉에 나란히 묻혀 있었는데, 풍수를 이유로 들어 아버지인 성종대왕의 선릉 곁으로 이장한 것이었다.

이때 봉은사는 중종대왕 정릉에 자리를 내주고 지금의 수도산 아래로 옮기게 되었다. 정릉의 이장은 죽으면 중종과 함께 묻히고 싶었던 문정왕후의 생각과 봉은사를 중창하고 싶어하는 보우의 생각이 맞아떨어진 결과였다.

이때 왕실에서 새 봉은사 건립을 위해 도감(都監, 임시행사 본부)을 설치

| 〈회암사명 약사여래삼존도〉 | 문정왕후의 조선불교 중흥을 상징적으로 보여주는 불화들이다. 양주 회암사에서 열린 무차대회 때 이와 같은 불화를 400점 제작했는데 현재 국내외에 남아 있는 것은 6점에 불과하다.

하고 대대적인 불사를 일으켜 봉은사는 이른바 '경산제찰(京山諸刹)의 으뜸'에 걸맞은 위용을 갖추게 되었다. 대웅보전·관음전·명부전·응향각·나한전·천왕문·해탈문 등 산사의 체제를 완벽하게 갖추고 여기에 왕실 12명의 위패를 모신 어선루까지 들어섰다. 이때가 봉은사의 전성기였다.

문정왕후의 불교 중흥

문정왕후의 불교 중흥은 대대적인 것이었다. 많은 사찰이 중창되고 여러 불상과 불화가 조성되었다. 그 대표적인 예가 명종 20년(1565) 4월에 보우 스님 주관 아래 양주 회암사(檜巖寺)에서 열린 무차대회(無遮大會)이다. 무차대회란 승려·속인을 가리지 않고 누구나 자유롭게 참여하는 대법회다.

이 무차대회는 명종의 아들인 순회세자가 요절하자 문정왕후가 세자의 명복을 빌고 명종의 건강과 후손의 번영을 기원하며, 동시에 부처의 힘을 빌려 나라의 어려움을 극복하기 위해 회암사 중창불사 낙성식을 겸해 열린 행사였다. 이 행사를 위해 탱화 400점이 새로 제작되었다. 석가삼존도, 아미타삼존도, 약사삼존도, 미륵삼존도 등을 각기 100점씩 그렸는데 50탱은 채색화, 50탱은 비단에 금물로 그리는 이금(泥金) 선묘화였다. 그때 그려진 탱화는 현재 국내외에 6점이 남아 있는데 국립중앙박물관에 소장된 〈회암사명 약사여래삼존도〉는 보물 제2012호로 지정되어 있다.

이 무차대회에는 수천 명의 승려들이 참석하고 수만 명의 불자들이 몰려드는 대성황을 이루었다. 그러나 이 대회가 열리고 얼마 안 되어 바로 그달에 문정왕후가 향년 64세로 세상을 떠났다. 조선불교가 모처럼 나타난 후견인을 잃어버린 것이었다. 이에 보우 스님은 설악산 한계사(寒溪寺)로 들어가 은거했다.

보우 스님의 죽음에 대하여

문정왕후가 죽자마자 조정에서는 그동안 불교 중흥에 불만이 가득

했으나 왕후의 위세에 눌려 있던 대신과 사림 들이 기다렸다는 듯이 벌떼처럼 일어나 보우의 처벌을 요구하고 나섰다. 성균관 유생들은 동맹휴학을 하고 전국의 사림들이 극렬하게 상소를 올렸다. '보우 죽이기'라는 마녀사냥이 일어난 것이다.

이런 반이성적 광풍이 몰아칠 때 퇴계 이황과 율곡 이이 같은 대학자들은 역시 합리적 지성인다운 모습을 보여주었다. 2019년 4월 9일, 퇴계 선생 마지막 귀향길 450주년 재연 행사 때 이광호 국제퇴계학회 회장은 '퇴계 선생 마지막 귀향길의 의미'라는 강연에서 퇴계 선생은 당시에 "이렇게 행동하는 것은 유자의 도리가 아니라고 했다. 이에 안동과 예안의 유림들은 상소문을 올리지 않았다"라고 했음을 소개했다. 꼭 이 때문은 아니지만 실제로 퇴계 선생이 마지막 귀향길 첫째 날 밤을 보낸 곳이 봉은사였고, 그래서 2019년 제1회 재연의 출발 행사도 봉은사 보우당에서 열렸다.

율곡 이이는 「요승 보우를 논하는 상소문(論妖僧普雨疏)」을 올렸다. 이 상소문은 과격한 제목 때문에 율곡 선생이 보우 스님의 처벌에 앞장섰던 것처럼 인식되기도 한다. 그러나 『율곡집』에 실려 있는 이 글을 끝까지 읽어보면 보우 스님을 참수하지 말고 귀양 보내라는 내용이다. 본래 사람을 벌줄 때와 선처할 때는 문장 구조가 서로 다르다. 판사들이 집행유예를 선고하는 판결문을 보면 앞에서는 죄상을 낱낱이 구체적으로 엄하게 꾸짖고 뒤에 가서는 정상을 참작해 선처를 내린다. 율곡의 「요승 보우를 논하는 상소문」의 핵심도 과격한 글의 제목이나 보우의 죄를 논한 앞부분에 있는 것이 아니라 그를 귀양 보내라는 뒷부분에 있다.

결국 보우 스님은 제주도에 유배되었다. 그러나 유배 중 제주목사 변협(邊協)에게 갖은 모욕을 당하고 무자비한 폭력에 시달리다 결국 장살(杖殺)을 당했다. 유몽인의 『어우야담(於于野談)』은 보우 스님의 죽음을 이렇게 전했다.

제주목사는 보우에게 객사를 청소시키고 날마다 힘이 센 무사 40명에게 각각 한 대씩 늘 때리도록 하니 마침내 보우는 주먹에 맞아 죽었다.

당시 유학자들은 보우가 죽이고 싶을 정도로 미웠던 것이다. 보우의 불교 중흥은 문정왕후의 권세를 끼고 벌인 사상적 반역이라고 생각했다. 보우에 대한 증오는 오랫동안 유가 사회에 내려와 급기야 벽초 홍명희의 『임꺽정』에는 진짜 '요승'으로 묘사되어 있다. 나 역시 한때는 보우 스님에 대해 그런 이미지를 갖고 있었다.

그러나 보우 스님은 진심으로 불교를 다시 중흥시키고자 노력했던 당대의 능력 있는 스님이었다. 그는 문정왕후의 부름을 받아 열과 성을 다해 불교를 일으켰을 뿐이다. 결과적으로 보우 스님은 비참한 죽음을 맞았고 유학자들의 기록에 역사를 더럽힌 죄인으로 묘사되고 있지만 만약에 보우 스님이 없었다면 조선시대 불교는 진짜 미미했을 것이다.

보우 스님이 부활시킨 승과에서 15년 동안 휴정, 유정 같은 엘리트를 비롯하여 4천여 명의 승려를 배출한 것이 임진왜란 때 의승군(義僧軍)이 맹활약을 펼치는 기틀이 되었음은 누구도 부정하지 않는다. 보우 스님은 사라져가는 조선불교에 새 불씨를 일으켜준 조선불교의 중흥조이다.

임진왜란 이후 봉은사

임진왜란 때 서산대사, 사명당을 비롯한 의승군의 맹활약으로 전란

| 〈봉은사 시왕도〉 부분 | 본래 네 폭에 나누어 그려졌는데 뿔뿔이 흩어져 두 폭만 동국대학교박물관이 소장해왔다. 이후 1990년 미국 경매에 나온 한 폭을 국립중앙박물관에서 구입했고, 2018년 미국 경매에 나온 나머지 한 폭을 봉은사에서 구입해 봉안했다.

후 조선불교는 새로운 부활을 맞이하게 되었다. 민중들은 전란을 치르면서 불교에 많이 귀의했다. 죽음의 문제에 무관심한 유교와 달리 불교는 삶의 고난 앞에서는 희망을, 죽음 앞에서는 내세의 위안을 말했다. 왕실과 일부 사대부들까지 절집을 찾아와 복을 빌며 시주하고 기도드렸다. 이에 전국 각지에서 대대적인 불사가 일어났다. 나라에서는 이제 불교를 용인할 수밖에 없었다. 이제 조선왕조는 '숭유억불'이 아니라 '숭유존불(崇儒存佛)'의 사회가 되었다.

전란 후 불교계를 이끈 분은 벽암(碧巖) 각성(覺性, 1575~1660) 스님이었다. 벽암 스님은 건축에도 뛰어나 남한산성 축조를 비롯하여 법주사·화엄사·쌍계사 등 대찰들의 복원을 도맡았던 큰스님이다.

벽암 스님은 광해군 4년(1612) 판선교도총섭에 임명되어 봉은사 주지가 되었다. 봉은사는 여전히 조선불교의 중심 사찰로 남은 것이다. 1636년에 일어난 병자호란 때 봉은사는 당우 몇 채만 남고 전소되는 피해를 입었으나 이내 복구되어 변함없이 '선종종찰' 역할을 했다. 지금 대웅전에 모셔져 있는 〈봉은사 목조석가여래 삼불좌상〉(보물 제1819호)은 병자호란이 지난 1651년에 봉안된 것이다.

이후 봉은사는 몇 차례 재앙과 복구를 거듭하다가 정조 원년(1777)에 영파(影波) 스님이 주지가 되면서 대웅전 삼불좌상의 개금불사가 이루어지고 삼장탱, 시왕탱이 조성되었다.

〈봉은사 시왕도(十王圖)〉는 삼장보살도와 함께 그려진 것으로 본래 네 폭에 나누어 그려졌는데 일찍이 뿔뿔이 흩어져 두 폭은 동국대학교 박물관이 소장해왔다. 이후 1990년 미국 경매에 나온 한 폭을 국립중앙박물관에서 구입했고, 또 한 폭이 2018년 미국 경매에 나온 것을 구입해 봉은사에 봉안했다. 이 네 폭은 인물이 많이 나오기 때문에 대단히 복잡하지만 오히려 화면이 단조롭지 않아서 시왕도의 별격을 보여준다.

그리고 철종 7년(1856)에는 화엄경 80권 등을 새긴 목판을 보관하는 판전(板殿)을 짓는 위업을 달성했으며, 이 판전의 현판은 추사 김정희의 절필로 큰 명성을 얻었다.

조선 말기에도 봉은사는 계속 불사를 이어가 1886년에는 거대한 〈괘불도〉를 제작했고, 1892년에는 대웅전의 〈삼세불도〉 〈감로도〉, 1895년에는 영산전의 〈사자도〉 〈신중도〉 〈십육나한도〉가 봉안되었다. 이때 불화를 시주한 분들은 궁중의 상궁들이었다고 한다.

그리고 한일합병으로 나라를 빼앗긴 이듬해인 1911년, 일제가 조선불

| 대웅전 | 봉은사 대웅전은 높은 석축 위에 올라앉아 늠름한 자태를 뽐낸다. 내부에는 화려한 후불탱화를 배경으로 삼불좌상을 모셨고 여러 탱화들이 있어 불교미술 전시장을 방불케 한다.

교를 대대적으로 개편하여 전국의 사찰을 30본산 체제로 바꿀 때 그중 하나가 되었다.

그러나 1938년 대화재로 판전과 일주문을 제외한 모든 건물이 소실되는 불운이 있었다. 1941년에 다시 복구했으나 한국전쟁으로 또 사찰 건물들이 대부분 소실되었다. 그 때문에 봉은사에서 볼 수 있는 건물들은 판전을 제외하고는 모두 근래에 복원된 것들이다. 그런 와중에도 불상과 불화들은 구해내 그것이 오늘날 봉은사의 귀중한 문화유산으로 남아 있다.

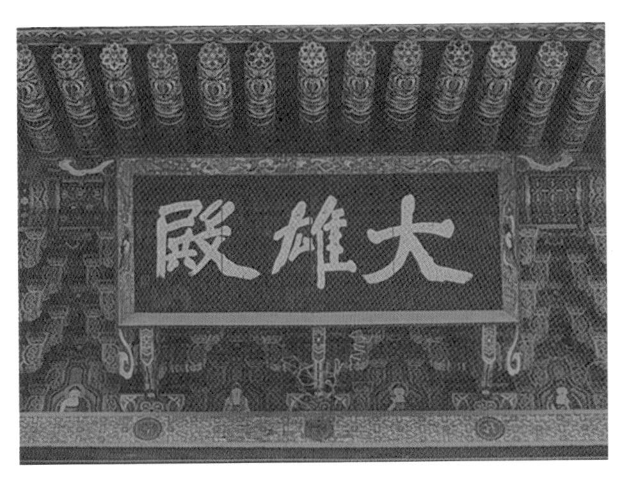

| 대웅전 현판 | 북한산 진관사에 있는 추사 김정희 글씨를 모각한 것이다. 서체의 조형적 변형으로 강렬한 힘이 느껴져 봉은사 대웅전 앞에 서면 현판부터 눈에 띈다.

봉은사 대웅전의 삼존불상

본래 사찰 답사의 핵심은 대웅전이다. 봉은사 대웅전은 우선 현판부터 눈에 띈다. 글씨의 모양새가 반듯하지 않지만 뻗어나간 필획에서는 강철을 오려놓은 듯한 강한 힘이 느껴지는 아주 개성적인 서체다. 이는 전형적인 추사 김정희 글씨로 북한산 진관사에 있는 것을 그대로 모각한 것이다.

법당 안으로 들어가면 화려한 후불탱화를 배경으로 연화좌대에 세 분의 불상이 모셔져 있고 그 좌우에는 〈삼장보살도〉(서울시 유형문화재 제235호) 〈감로도〉(서울시 유형문화재 제236호) 〈대웅전 신중도〉(서울시 유형문화재 제229호) 〈삼세불도〉(서울시 유형문화재 제234호)가 있어 불교미술 전시장을 방불케 한다.

〈봉은사 목조석가여래 삼불좌상〉은 임진왜란 이후 대대적으로 유행한 전형적인 형식의 삼존불상으로 특히 미술사적으로 크게 주목되고 있

| 봉은사 목조석가여래 삼불좌상 | 참으로 차분하고 조용한 분위기를 지닌 삼존불상이다. 고개를 약간 앞으로 숙인 모습이어서 더욱 인간미가 느껴지고, 단정한 선비 같기도 하다.

다. 이 불상에서 발견된 발원문 덕에 제작 과정이 소상히 밝혀져 있기 때문이다.

이 세 불상은 1651년 조각승 승일(勝一) 등 9명이 대웅보전에 봉안하기 위하여 조성한 것인데, 1689년에 발생한 화재로 인해 소실된 본존 석가여래좌상을 1765년에 새로 조성하여 기존의 아미타여래좌상, 약사여래좌상과 함께 봉안한 것이라며 불상들의 이름을 명확히 알려주고 있다.

좀더 설명하자면 조선 후기에 부처님만 세 분 모신 삼존불은 삼세불(三世佛)인 경우도 있고 삼신불(三身佛)인 경우도 있어 이를 구별하기 쉽지 않다. 삼세불은 시간적 개념으로 약사여래(과거불), 석가여래(현재불),

아미타여래(미래불)를 모신 것이고, 삼신불(三身佛)은 존재론적 개념으로 비로자나불(법신불) 석가모니불(응신불)과 노사나불(보신불)을 모신 것이다. 그런데 봉은사 삼존불은 명확히 삼세불이라고 밝혀주고 있는 것이다.

이 삼존불상의 인상을 보면 참으로 차분하고 조용한 분위기를 지니고 있다. 고개를 약간 앞으로 숙인 모습이어서 더욱 인간미가 느껴진다. 어찌 보면 단정한 선비의 이미지 같기도 하다.

본래 불상이란 그 시대의 이상적인 인간상을 반영한다. 삼국시대 청동불이 절대자의 친절성을 나타내는 미소가 특징이고, 통일신라 석불이 이상적인 인간상으로서 절대자의 근엄한 이미지를 지니고 있고, 나말여초의 철불에 힘있고 현세적인 능력이 강조되어 있고, 고려시대 철불·석불이 파격적인 괴력을 보여주고 있는 것에 반하여 조선시대 불상은 이 봉은사 삼존불상처럼 거의 다 조용히 앉아 있는 침묵의 좌상 모습을 하고 있다.

봉은사의 작은 불전들

봉은사는 큰 사찰인 만큼 작은 불전들이 많이 들어서 있다. 대웅전 마당 좌우로는 심검당(尋劍堂)과 선불당(選佛堂)이 있다. 본래 부엌으로 사용되던 심검당은 문자대로 해석하면 '칼을 찾는 집'으로, 이 부엌에서 사용하는 칼은 '번뇌를 자를 수 있는 지혜의 칼'이라는 뜻을 담고 있다. 선불당은 참선하는 선방(禪房)으로 다른 절집에서는 대개 적묵당(寂默堂)이라고 하는데 참선수행을 하기 때문에 선불당, 즉 부처를 뽑는 곳이라는 이름을 갖고 있다.

선불당 옆으로 돌아 뒷산으로 오르자면 새로 잘 지은 이층 한옥 두 채가 나온다. 여기는 2017년에 템플스테이를 위해 지은 전통문화체험관

| 영각으로 가는 길 | 대웅전 뒤편에 올라 영각까지 가는 길에 지장전, 영산전 등 봉은사의 작은 불전들을 만날 수 있다.

으로 제1관에는 정초관(精草館), 제2관에는 수월관(水月館)이라는 현판이 걸려 있다.

여기서 산자락을 따라 대웅전 뒤편으로 오르면 지장전, 영산전, 북극보전, 영각이 차례로 이어진다. 지장전은 돌아가신 분의 넋을 인도하여 극락왕생을 기원하는 곳인데 2002년 불의의 화재로 전소되었다가 2003년에 40평 규모로 중창하여 다른 불전보다 규모가 크다.

지장전 다음의 영산전은 석가모니를 주불로 모시고 좌우로 아난존자와 가섭존자가 시립해 있고 주위에 십육나한이 둘러 있는데 조각상들이 제법 사실적으로 묘사되어 한 분씩 표정을 살펴볼 만하다. 아난존자는 젊은이, 가섭존자는 노인으로 표현되어 있는데 특히 가섭존자의 표정이 아주 실감난다. 십육나한은 제각기 다른 동작을 보여준다. 조는 듯한 나한상이 있는가 하면 귀를 후비고 있는 나한도 있어 불가의 허허로움을

| 영각 | 봉은사를 중창한 보우대사에서 현대 불교계 큰스님이었던 석주 스님까지 봉은사의 역대 주지 중 일곱 분의 영정이 모셔져 있다.

느끼게 한다.

북극보전(北極寶殿)은 보통 절집에서 산신각, 삼성각, 칠성각이 있는 자리에 위치한 건물로 민간신앙을 불교가 받아들인 곳인데, 봉은사에서는 산신님, 칠성님에 더해 나한 중에서도 원력이 뛰어난 독성(獨聖, 나반존자)까지 모두 모시고 있어 제법 큰 규모다. 이름 또한 독특하게 북극성을 끌어와 지었다. 북극보전은 대중들이 대웅전 다음으로 선호하는 기도처이다.

영각(影閣)에는 봉은사의 역대 주지 중 일곱 분의 영정이 모셔져 있다. 연회국사, 보우대사, 서산대사, 사명당, 그리고 〈판전〉의 화엄경판을 제작한 영기 스님, 오늘의 봉은사를 지킨 영암 스님, 그리고 불교계의 큰스님이었던 석주 스님 등이다. 참으로 봉은사는 영각을 지어 자랑스러운 주지 스님들을 기릴 만하다.

| 선불당 | 선불당은 장대한 규모로 예불과 수행 등 여러 용도로 사용되고 있다. 이 건물에 딸려 있던 목조 가건물에서 추사 김정희가 생의 마지막을 보냈다.

선불당

봉은사의 많은 당우(堂宇) 중 가장 주목받는 곳은 선불당이다. 선불당은 긴 기왓골에 합각을 6개나 두어 얼핏 보기에도 규모가 장대하다. 실제로 정면 6칸, 측면 3칸의 18칸인데 기둥과 기둥 사이가 넓어 공간이 무척 넓고 툇마루가 세 쪽이나 되어 아주 넓고 시원하다. 그리고 동쪽 맨 끝 칸 천왕상 두 분이 그려져 있는 두 문짝 안은 부엌과 온돌방이 따로 마련되어 있다.

선불당은 여러 공부하는 모임의 장소로도 사용되곤 한다. 10여 년 전, 문화계 인사 10여 명이 더 늙기 전에 동양고전 원본을 읽어보자고 연세대 이광호 교수(동양사상)와 한양대 손예철 교수(중국학)를 모시고 매월 셋

| **선불당의 사천왕** | 선불당 끝에 붙어 있는 별도 공간으로 드나드는 문에는 사천왕이 그려져 있다.

째 일요일에 모여 공부한 고독회(古讀會)라는 모임은 봉은사의 배려로 선불당에서 공부를 시작했다. 인문학 강사 박소영 씨가 총무를 맡고 소설가 고 박완서 선생, 재가불자회장을 역임한 김동건 변호사, 작곡가 이건용 등이 참여한 이 고전강독회에 나도 한 자리 끼어 공부한 것은 지금도 잊을 수 없는 추억이 되었다.

지금의 선불당은 1941년에 지은 것이고 옛날에는 자그마한 건물이었다고 한다. 이 선불당이 역사적으로 유명한 이유는 추사 김정희가 바로 이 건물 남쪽 벽에 딸려 있는 목조 가건물에서 생애 마지막을 보냈기 때문이다.

김약슬의 「추사방현기」 발견 과정

추사 김정희는 1856년, 나이 71세로 타계하는 바로 그해에 봉은사에 머물면서 선불당 자리에 기거하고 있었다. 봉은사에서의 추사 모습은 상유현(尙有鉉, 1844~1923)이 쓴 「추사방현기(秋史訪見記)」에 아주 생생히 묘사되어 있다.

이 글은 서지학자이자 장서가인 김약슬(金約瑟, 1913~71) 선생의 집요한 추적 끝에 발굴되고 세상에 알려졌다. 김약슬 선생은 일찍이 「추사의 선학변(禪學辨)」이라는 중후한 논문을 발표한 추사 연구가이기도 한데, 어느 날 인사동 고서점에서 필자를 알 수 없는 「추사방현기」라는 육필본을 만나게 되었다. 이에 이 고문서가 흘러나온 곳을 끝까지 역추적하여 말죽거리(양재동)에 있는 어떤 집까지 찾아갔다. 거기서 그는 한약방을 하고 있는 상유현의 손자 상철(尙喆)을 만나 전후 사정을 소상히 알아낸 다음, 이 글은 상유현의 미간행 저서인 『전수만록』(顫手漫錄, 떨리는 손으로 쓴 만록)이라는 저서 속에 들어 있는 글임을 밝혀내게 되었다. 이에 을유문화사에서 간행하고 있던 잡지 『도서』 제10호(1966)에 김약슬 선생이 원문과 함께 번역문을 발표하면서 비로소 세상의 빛을 보게 되었다. 김약슬 선생의 이 집념에 깊은 존경을 보내지 않을 수 없다.

상유현의 「추사방현기」

저자인 상유현은 본관이 목천(木川), 호가 명교(明橋)이며, 한의사로 본래 공부하는 것을 좋아하여 20년간 중국을 출입하며 청나라 학자 탕상헌과 의형제를 맺기도 했다고 한다. 「추사방현기」는 추사를 찾아가게 된 경위부터 시작된다. 그가 13세 때인 병진년(1856) 봄과 여름 사이에 간암(礀菴)·어당(峿堂)·단번(檀樊)·식암(寔庵) 네 선생이 추사 선생을 뵈러 봉은사에 갈 때 따라갔다고 한다. 이들은 모두 추사의 제자인 유신환(兪莘煥)의 제자들이니 추사의 손자 제자인 셈이다. 이 중 어당은 이상수(李象秀)로 『동행산수기(東行山水記)』라는 유명한 금강산 기행문을 남겼고 유배 중인 추사를 만나 뵈러 북청까지 갔던 인물이다.

일행이 봉은사에 당도하여 추사 선생이 계신 곳을 물으니 '동편 큰 방에서 글쓰기를 마치고 한가히 앉아 계십니다'라고 했다. 이에 일행이 그곳으로 갔는데 상유현은 추사가 머물고 있던 방의 모습부터 아주 세세하게 기록해놓았다.

| 추사 김정희 초상 | 추사 김정희는 1856년, 나이 71세로 타계한 바로 그해에 봉은사에 머물면서 선불당 자리에 기거하고 있었다.

가옥 안을 보니 화문석을 폈고, 자리 위에 꽃담요를 폈고, 담요 앞에 큰 책상을 놓고, 책상 위에는 벼루 1개가 뚜껑이 덮인 채 놓여 있고, 곁에 푸른 유리 필세(筆洗, 붓을 빠는 그릇)가 있고, 또 발이 높은 작은 향로가 있어 향 연기가 피어오르고 있었다.

또 필통이 2개 있는데, 하나는 크고 붉으며, 하나는 작고 희었다. 큰 필통에는 큰 붓이 3~4개 꽂혀 있고, 작은 필통에는 작은 붓이 8~9개 꽂혀 있었다. 그 사이에 백옥으로 만든 인주합 1개와 청옥 문진 1개가 놓여 있었다.

책상에는 또 큰 벼루 1개가 있어 먹을 갈아 오목한 못을 채웠고, 왼편에 목반 하나가 있어 도장 수십 방이 크기가 고르지 않게 놓여 있고, 바른편에 붉은 대나무로 만든 작은 탁자가 1개 있는데, 단 위에는 비단과 종이가 가득 꽂혀 있었다.

이 대목에서 놀라운 것은 상유현의 기억력이다. 그가 추사를 만났을

| 추사 김정희의 〈춘풍추수〉 대련 | 상유현이 봉은사에 와서 보았다는 추사의 작품 내용 중 〈춘풍추수〉는 꼭 그 작품인지는 알 수 없지만 현재 간송미술관에 한 점 전하고 있다.

때는 12세였고 이 글을 쓸 때는 60세였다고 하는데 그렇다면 48년 전에 본 장면을 이렇게 생생히 기록해놓은 것이다. 오늘날 예산의 추사고택 사랑채는 이 증언에 근거해 재현해놓은 것이다. 이어 상유현은 추사의 인상을 더없이 섬세하게 묘사했다.

> 방 가운데 노인 한 분이 앉아 계셨는데, 신체가 작고 수염은 희기가 눈 같고 많지도 적지도 않았다. 눈동자는 밝기가 칠같이 빛나고, 머리카락이 없고, 중들이 쓰는 대로 짠 둥근 모자를 썼으며, 푸른 모시, 소매 넓은 두루마기를 걸쳤다. (…) 젊고 붉은 기가 얼굴에 가득했고, 팔은 약하고 손가락은 가늘어 섬세하기가 아녀자 같고, 손에 한 줄 염주를 쥐고 만지며 굴리고 있었다.

이리하여 우리는 비로소 추사의 모습을 생생하게 떠올릴 수 있다. 상유현의 예리한 눈은 마침내 추사가 이미 써놓은 서예 작품에까지 이르러 "동편 가장자리 불탁(佛卓) 아래 옥색 화전(華牋, 문양 있는 종이) 서련(書聯) 세 짝을 펴놓고 방금 볕에 쬐어 먹 마르기를 기다리고 계셨다"라며 석 점 대련의 내용까지 기록해놓았다. 그중 하나가 현재 간송미술관에 소장된 추사의 유명한 대련 작품과 내용이 같다.

> 봄바람 같은 아량은 만물을 능히 포용하고　　春風大雅能容物
> 가을 물 같은 문장 티끌에도 물들잖네　　秋水文章不染塵

이윽고 상유현의 「추사방현기」는 추사의 목소리를 전해준다. 추사는 찾아온 일행에게 침계(梣溪) 윤정현(尹定鉉)의 안부를 물었다.

"그래, 침계공은 기거가 편하시냐?"

침계 윤정현은 추사의 북청 유배 시절에 함경도 관찰사를 지냈다. 그는 추사의 제안대로 황초령 진흥왕 순수비를 함흥으로 옮겨놓았고 이때 함께 간 간암 이인석(李寅碩)은 침계의 외조카다. 이 대목을 읽는 순간 나는 기록문학가로서 상유현이라는 분의 탁월함에 다시 한번 감탄했다. 김약슬 선생도 이 대목에서 귓가에 추사의 육성이 들리는 듯한 환상조차 일어났다고 했다. 이어 상유현은 추사가 스님들과 똑같이 발우공양을 하고 자화참회(刺火懺悔) 하는 모습까지 증언했다.

늙은 스님 한 분이 댓가지를 하나 가지고 들어왔다. 그리고 댓가지 끝에 작은 종이 통 하나를 매달았다. 통 가운데에는 바늘과 같은 작은 봉(針芒)이 있었다. 1개를 골라 공의 바른팔 근육 위에 곧추세웠다. 작은 스님이 석유황에 불을 붙여 가지고 와서 작은 봉 끝에 붙였다. 타는 것이 촛불 같았으나 바로 꺼졌다.

나로서는 평생 처음 보는 일이었다. 스님이 나간 후 공들에게 물었다. "그 하시는 것은 무슨 뜻이고, 무슨 법이며, 뭐라고 부릅니까?"

어당 이상수 선생이 말씀하기를 "이는 자화참회라는 것이다. 수계(受戒)라고도 부른다. (…) 이는 모든 더러운 것을 살라버리고 귀의청정(歸依淸淨)하는 맹세이니 불법(佛法)이 그러하니라." 하였다.

나는 처음으로 이 일을 보았고, 비록 말하지는 않았으나 심히 의아스럽고 괴이하다는 생각이 들면서 추사처럼 높고 귀한 분이 어찌 이렇게 불심(佛心)에 미망되었는지 늘 의심했다.

추사는 그때 실제로 불교에 크게 '미망'되어 있었다. 나이 71세, 늙고

| 판전 | 추사가 봉은사에 머물고 있을 때 『화엄경 소초본』 등 3천여 매의 목판이 완성되어 이를 보관하는 경판고로 지은 것이 판전이다.

병들어 자신의 그림자를 보는 것조차 부끄럽게 여겼다는 노(老) 추사. 몇 달 뒤 세상을 떠날 사람이었기에 불교가 그렇게 절실히 그에게 다가온 것인지도 모른다.

절필, 봉은사 〈판전〉

추사는 이처럼 말년을 봉은사에서 지내며 대웅전 서편에 있는 판전에 기념비적 작품을 남겼다. 판전은 당대에 화엄 강의로 이름 높았던 남호(南湖) 영기(永奇, 1820~72) 스님이 봉은사에 간경소(刊經所)를 차리고 왕실 내탕금(판공비)과 대신들의 시주를 모아 『화엄경 소초본(疏鈔本)』 80권 등을 목판으로 새기는 불사를 일으켜 마침내 3,175매의 목판으로 완성하고, 이를 보관할 경판고로 지은 건물이다.

| 추사의 〈판전〉 현판 | 추사는 병들고 쇠약한 몸임에도 현판으로 걸 〈판전(板殿)〉 두 글자를 크게 쓰고는 '칠십일과 병중작(七十一果 病中作)'이라고 낙관했다. 어린아이 글씨 같은 고졸한 멋이 우러나오는 무심한 경지의 글씨다.

이때 봉은사에 머물고 있던 추사는 병들고 쇠약한 몸임에도 불구하고 현판으로 걸 〈판전(板殿)〉 두 글자를 대자(大字)로 쓰고는 '칠십일과 병중작(七十一果 病中作)'이라고 낙관했다. 즉 '71세 된 과천 사람이 병중에 쓰다'라는 뜻이다.

이 판전의 현판 액틀에는 작은 글씨로 누군가가 써놓은 오래된 글씨가 하나 있었다. 내용인즉, 추사가 이 글씨를 쓰고 3일 뒤에 세상을 떠났다는 것이다. 판전이 건립된 때가 1856년 9월 말이었고 추사가 세상을 떠난 날이 10월 10일이었으니 대략 들어맞는다. 이 〈판전〉은 추사의 절필(絶筆)인 것이다.

추사의 〈판전〉 글씨를 보면 추사체의 졸(拙)함이 극치에 달해 있다. 어린아이 글씨 같은 고졸한 멋이 우러나온다. 이쯤 되면 뛰어난 솜씨는 어리숙해 보인다는 '대교약졸(大巧若拙)'의 경지라고 할 것이다.

30여 년 전의 일이다. 내가 추사의 일대기로 『완당평전』을 준비하면서 어느 날 틈을 내어 봉은사에 갔다. 〈판전〉 글씨를 보고 있자니 홀연히 추사가 7세 때 아버지에게 보낸 편지 글씨와 꼭 닮아 보였다. 참으로 신기한 느낌이었다. 그날 저녁 은사이신 동주 이용희 선생을 뵐 일이 있어 오늘 본 판전 글씨가 추사의 어릴 때 글씨 같아 보였다고 말씀드렸더니 동주 선생은 한참을 생각하시고 나서 이런 이야기를 하셨다.

"우리 아버님은 아흔여섯에 세상을 떠나셨어요. 본래 아버님은 경주와 대구에서 자랐기 때문에 어려서 경상도 사투리를 썼지만 젊어서 서울로 올라와 사시면서 경상도 말투는 다 없어지고 서울말을 하게 되어 사람들은 아버지가 서울 사람인 줄로만 알았죠. 그런데 돌아가시던 그해 어느 날부터 갑자기 아버님이 경상도 사투리로 말하기 시작하셨어요. 그러고는 얼마 안 되어 운명하셨죠."

이와 비슷한 또 하나의 전설적인 얘기가 하나 있다. 흔히 이승만 대통령은 유언을 남기지 못하고 사망했다고 알려져 있지만 진실은 그렇지 않다. 이승만은 하와이에 망명했을 당시 부인 프란체스카와 단둘이 쓸쓸히 지냈다. 두 분은 항시 영어로 대화했다. 프란체스카 여사가 한국어를 할 줄 몰랐기 때문이다. 그런데 이승만은 운명할 때만큼은 침상에 누운 채로 프란체스카를 바라보며 힘들여 한국어로 유언을 말했다고 한다. 그러나 프란체스카 여사는 그 말을 알아듣지 못했고, 끝내 그의 유언은 세상에 전해질 수 없었다.

이렇게 인생이 처음 모습으로 돌아가는가보다. 그것이 자연의 법칙이겠지.

| **다래헌** | 주지 스님의 거처로 한때 법정 스님이 여기에 기거하며 그 유명한 『무소유』를 썼다.

법정 스님의 『무소유』

〈판전〉을 보고 일주문 쪽으로 발길을 돌리면 길 바로 아래에는 돌기와 남상을 낮게 누른 한옥이 한 채 보인다. 여기는 주지 스님의 거처로 사용되고 있는 다래헌(茶來軒)이다. 한때 법정 스님은 여기에 기거했다. 법정의 대표적인 산문인 『무소유』에는 이 다래헌 때 이야기가 실려 있다.

> 나는 지난해(1968) 여름까지 난초 두 분(盆)을 정성스레, 정말 정성을 다해 길렀었다. 3년 전 거처를 지금의 다래헌으로 옮겨왔을 때 어떤 스님이 우리 방으로 보내준 것이다. (…) 애지중지 가꾼 보람으로 이른 봄이면 은은한 향기와 함께 연둣빛 꽃을 피워 나를 설레게 했고, 잎은 초승달처럼 항시 청정했었다. 우리 다래헌을 찾아온 사람마다 싱싱한 난을 보고 한결같이 좋아라 했다. (…)

| 백송 | 판전 옆에는 추사와 깊은 인연이 있는 백송 두 그루가 자못 싱싱히 자라고 있다.

(그러나) 나는 난초에게 너무 집념해버린 것이었다. 난을 가꾸면서는 산철(승가의 유행기遊行期)에도 나그네 길을 떠나지 못한 채 꼼짝 못하고 말았다. (…) 며칠 후, 난초처럼 말이 없는 친구가 놀러왔기에 선뜻 그의 품에 분을 안겨주었다. 비로소 나는 얽매임에서 벗어난 것이다. 날듯 홀가분한 해방감. 3년 가까이 함께 지낸 '유정(有情)'을 떠나보냈는데도 서운하고 허전함보다 홀가분한 마음이 앞섰다. (…)

우리들의 소유 관념이 때로는 우리들의 눈을 멀게 한다. 그래서 자기의 분수까지도 돌볼 새 없이 들뜨게 되는 것이다. 아무것도 갖지 않을 때 비로소 온 세상을 갖게 된다는 것은 무소유의 역리(逆理)이니까.

이것이 법정 스님이 무소유 사상을 펴는 계기가 되었다.

| 라일락 노목 | 연회다원 앞마당에는 수령 300년 된 라일락이 있다. 한 그루는 분홍 꽃, 또 한 그루는 흰 꽃을 피우는데 부처님오신날 무렵 만개하면 그 짙은 향기가 봉은사 경내에 가득하다.

신경림의 명시 「나무」

다래헌을 곁에 두고 일주문을 향해 비탈길을 걸어 내려오다 잠시 발길을 멈추었다. 봉은사 경내를 다시 한번 사방으로 훑어보니 빈 하늘엔 늠름하게 잘 자란 미송들이 곳곳에서 준수한 자태를 자랑하고 있다.

그리고 저 앞쪽으로는 찻집 연회다원 앞마당에 있는 수령 300년의 라

| 산사나무 | 이 산사나무는 오랫동안 잡목 속에 갇혀 보이지 않았는데 부도밭을 정비하면서 환히 드러나게 되었다. 다른 나무들과 어울리며 자라는 바람에 줄기가 용트림하듯 휘어져 있다.

일락 노목 두 그루가 여전히 기품있는 자태를 뽐내고 있다. 한 그루는 분홍 꽃, 또 한 그루는 흰 꽃을 피우는데 부처님오신날 무렵 만개하면 그 짙은 향기가 온 봉은사에 가득하다.

판전 옆에는 추사와 깊은 인연이 있는 백송 두 그루가 자못 싱싱히 자라고 있다. 어려서 추사는 서울 통의동 백송나무가 있는 동네에서 살았고, 예산 추사고택의 김흥경(추사의 고조부) 묘소 앞에는 추사가 북경에 다녀올 때 가져다 심은 백송나무(천연기념물 제106호)가 있다.

문화재청장 시절 나는 명진당이 봉은사에 한창 노송을 심는 것을 보고 문화재청에서 유적지에 심기 위해 기르고 있는 수령 30년 백송 두 그루를 보내주었다. 그 백송들이 고맙게도 잘 자라고 있다. 백송의 줄기는 처음엔 초록빛을 띠다가 수령 50년을 넘기면 비로소 껍질을 벗고 흰빛을 띤다고 한다. 이제 5년만 더 지나면 아름다운 백송이 되겠거니 하는 기쁜 마음으로 바라보았다.

발길을 돌려 다시 법왕루 아래로 내려와 일주문을 향해 내려가자니 부도밭 돌축대 위쪽에 구불구불하게 몸을 비틀고 자란 산사나무 노목에 새빨간 열매가 주렁주렁 매달려 있었다. 봉은사에서 간행하는 잡지 『판전』(현 월간 『봉은판전』)에는 이 나무에서 유래한 '산사나무 아래서'라는 고정지면이 있었다. 이 산사나무는 오랫동안 잡목 속에 갇혀 보이지 않았는데 부도밭을 정비하면서 환히 드러나게 되었다. 다른 나무들과 어울리며 자라는 바람에 이처럼 기굴(奇崛)한 모습이 되어 오히려 귀한 정원수인 양 자태를 사랑하고 있다. 신경림 선생의 「나무1: 지리산에서」라는 시가 절로 떠오른다.

> 나무를 길러본 사람만이 안다
> 반듯하게 잘 자란 나무는
> 제대로 열매를 맺지 못한다는 것을
> 너무 잘나고 큰 나무는
> 제 치레 하느라 오히려
> 좋은 열매를 갖지 못한다는 것을
> 한 군데쯤 부러졌거나 가지를 친 나무에

또는 못나고 볼품없이 자란 나무에
보다 실하고
단단한 열매가 맺힌다는 것을

나무를 길러본 사람만이 안다.
우쭐대며 웃자란 나무는
이웃 나무가 자라는 것을 가로막는다는 것을
햇빛과 바람을 독차지해서
동무 나무가 꽃 피고 열매 맺는 것을
훼방한다는 것을
그래서 뽑거나
베어버릴 수밖에 없다는 것을
사람이 사는 일이 어찌 꼭 이와 같을까만

예부터 전하는 말대로 '절집의 큰 자산은 노스님과 노목이다'라는 생각을 하며 나는 산사나무를 뒤로 하고 다시 일주문을 향해 걸어나갔다.

겸재정선미술관과 허준박물관

〈경교명승첩〉과 『동의보감』의 현장

강서구 가양동의 두 박물관 / 양천현아 터가 강서구에 있는 이유 /
양천현아 / 양천향교 / 겸재정선미술관 / 진경문화체험실 /
겸재 〈경교명승첩〉의 〈양천십경도〉 / 한강변의 풍경과 압구정 /
궁산의 소악루 / 소악루 주인 소와 이유 / 공암 / 허가바위 /
허준박물관 / 유네스코 세계기록유산 『동의보감』 /
구암 허준의 의관 시절 / 『동의보감』 편찬 과정 / 박물관 인생

강서구 가양동의 두 박물관

『나의 문화유산답사기』를 11권 펴내는 동안 박물관·미술관을 주요 답사처로 삼은 적은 없다. 그러나 이번 서울 답사기에서는 강서구 가양동에 있는 '겸재정선미술관'과 '허준박물관'으로 향한다.

이 미술관과 박물관은 국립도 시립도 아닌 구립(區立)으로 규모가 큰 것도 아니고 건물이 뛰어난 것도 아니고 유물이 많은 것도 아니다. 그러나 이 땅에 역사가 열린 이후 우리의 삶을 아름답고 풍요롭게 만들어준 문화사의 두 위인, 화성(畵聖) 겸재(謙齋) 정선(鄭敾, 1676~1759)과 의성(醫聖) 구암(龜巖) 허준(許浚, 1537~1615)을 기리는 기념관이기에 답사처로서 충분한 의의를 가진다.

두 분의 기념관이 이곳 가양동에 세워지게 된 데는 확실한 지역적 연

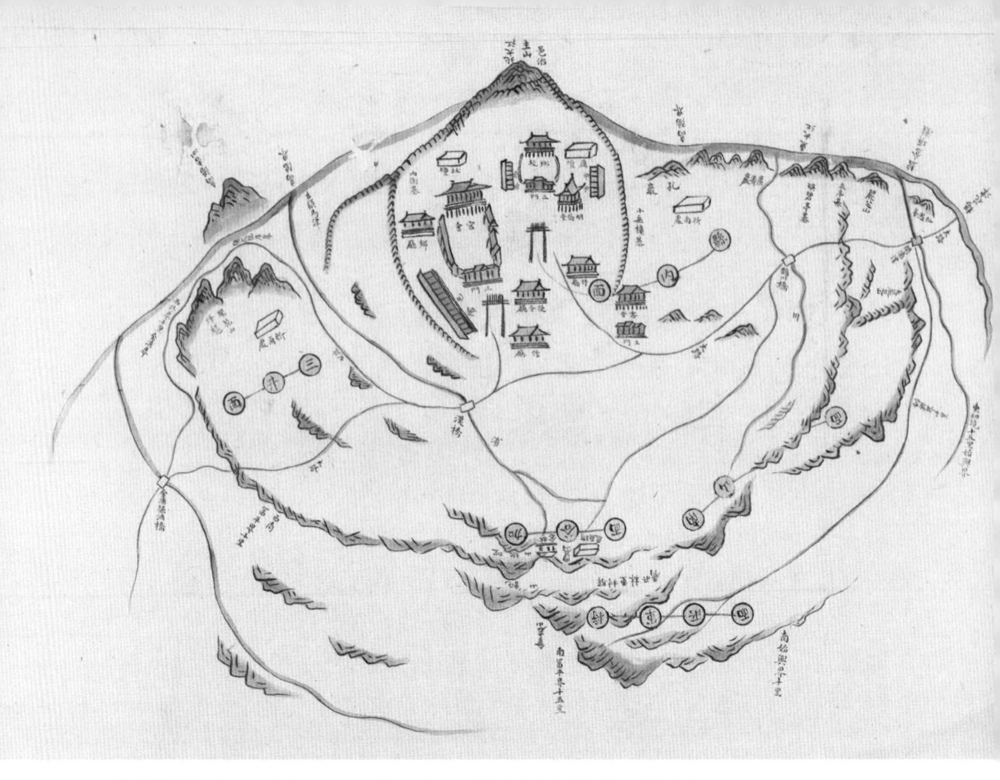

| 양천현 지도 | 조선 후기에 제작된 양천현 지도로 관아의 배치가 자세히 그려져 있다.

고가 있다. 겸재정선미술관은 겸재가 65세부터 70세까지 5년간 현령으로 근무했던 양천현의 관아가 있던 자리로 '양천향교'가 그 옛날을 증언하고 있고, 허준박물관은 그의 관향(貫鄕)에 세워진 것으로 여기엔 '허가바위'가 있다.

이 미술관과 박물관은 서로 가까이 있으며 주변 환경이 아주 아름답다. 겸재정선미술관은 한강변의 궁산(해발 76미터)이라는 야트막한 동산 남쪽에 자리 잡고 있는데 궁산 산책로를 따라 오르면 겸재가 그림으로도 그린 정자 소악루(小岳樓)가 복원되어 있어 여기서 한강을 조망할 수 있다. 허준박물관 곁에는 구암근린공원이 있고 올림픽대로를 가로질러 한강변으로 나아갈 수 있는 구름다리도 있다. 그래서 이 답사 코스는 한강의 어제와 오늘을 그려보는 한 차례 여로가 된다.

| 양천현아 터 | 서울의 강서구, 양천구는 조선시대에 경기도 양천현이었다. 길 한가운데에 옛터 표지판이 있다.

양천현아 터가 강서구에 있는 이유

겸재정선미술관 답사는 양천현아 터에서 시작하는 것이 좋다. 그래야 이 지역의 역사성을 담보할 수 있기 때문이다. 그런데 여기에 오면 답사객들은 양천현아 터가 양천구가 아니라 강서구에 있는 것을 의아해한다. 이는 서울이 팽창하면서 계속 분구에 분구를 거듭하는 과정에서 생긴 결과다.

조선시대에 서울의 강서구, 양천구는 경기도 양천현이었다. 그때 양천현의 중심지는 관아가 있던 강서구 가양동이었다. 이후 1914년 대대적으로 행정구역이 통폐합될 때 양천현은 김포군에 속하게 되면서 아예 이름을 잃어버렸다. 그러다 서울이 팽창하면서 1963년 옛 양천현 지역이 김포에서 떨어져 나와 서울시 영등포구로 편입되었다.

그리고 1977년 영등포구가 분구되면서 옛 양천현 지역이 강서구가 된 것이다. 또 1988년 강서구가 분할되면서 양천의 중심가인 가양동은 강서구에 남게 되고 남동쪽 지역이 양천구라는 옛 이름을 갖게 되었다.

양천현아

양천현아 터는 큰길 로터리에 표석만 남아 있는데 건축에서 말하는 입지(location)가 아주 뛰어나다. 궁산을 등지고 남향으로 앉아 있는데 궁산 산줄기는 동쪽으로 공암(孔巖), 서쪽으로 개화산(開化山)이 뻗어 있으며 산 너머로는 한강이 유유히 흐른다.

현아 터 동남쪽으로는 넓은 들판이 펼쳐져 있다. 그 옛날엔 기름진 논밭으로 이 고을 사람들의 경제적 토대였고, 오늘날에는 아파트촌을 이루고 있으며, 서쪽의 넓은 습지에는 방대한 규모의 '서울식물원'이 들어서 있다. 1872년 흥선대원군 시절에 제작된 군현지도에 수록된 양천현 지도를 보면 그 옛날 양천현의 지형이 또렷이 나타나 있다.

겸재가 그린 〈양천현아도〉(간송미술관 소장)가 있어 양천현 관아의 모습을 여실히 복원해볼 수 있다. 현감의 집무실인 동헌(東軒)을 중심으로 하면서 외삼문과 내삼문의 행랑채가 겹으로 감싸고 있는 것이 아주 실감나게 그려져 있다. 겸재가 남의 집을 제3자의 입장에서 본 것이 아니라 자신이 생활하는 공간을 그렸기 때문에 더욱 정감있게 그린 것 같다.

그림 우측 상단의 화제는 겸재가 양천으로 떠날 때 그의 절친한 벗이자 당대의 시인이었던 사천(槎川) 이병연(李秉淵, 1671~1751)이 써준 전별시의 첫 구절이다.

양천을 박(薄)하다고 말하지 말라　　　　莫謂陽川薄

| 정선의 〈양천현아도〉 | 양천현 관아의 모습은 겸재가 그린 〈양천현아도〉가 있어 여실히 복원해볼 수 있다. 현감의 집무실인 동헌을 중심으로 하면서 외삼문과 내삼문의 행랑채가 겹으로 감싸고 있는 것이 아주 실감나게 그려져 있다.

양천의 흥(興)엔 여유가 있을지니 陽川興有餘

화제 글자 중 박(薄) 자를 낙(落) 자로 읽기도 하지만 문집을 보면 박(薄) 자임이 분명하다. 실제로 양천은 물산이 박하지 않아 종6품의 현감(縣監)이 아니라 종5품의 현령(縣令)이 다스리는 한 급수 높은 고을이었다.

양천현아를 그린 그림으로 겸재의 제자인 김희겸(金喜謙)이 그린 〈양천현해도(陽川縣廨圖)〉(리움미술관 소장)도 있다. 김희겸의 또 다른 이름은 김희성(金喜誠)이고 호는 불염자(不染子)인데, 그는 겸재의 제자로 도화

| **김희겸의 〈양천현해도〉** | 김희겸은 정선의 제자로 스승을 뵈러 양천현을 방문했을 때 이 그림을 그린 것이 아닌가 싶다. 부감법으로 그려 관아 전체 모습을 엿볼 수 있다.

서 화원이 되어 어진과 의궤 제작에 참여하여 사천현감까지 지냈고 중인문학 서클인 송석원시사에도 참여하여 『풍요속선(風謠續選)』에 그의 시가 실려 있기도 하다. 불행히도 요절하여 표암 강세황이 그의 단명을 애도한 글을 지은 바 있다. 그는 아마도 스승을 뵈러 양천현을 방문하여 이 그림을 그린 것이 아닐까 생각된다.

이 두 그림을 보고 있으면 진경산수는 회화적 아름다움과 동시에 카메라가 없던 시절 당시의 풍광을 그대로 전해준다는 시각적 기록의 기능이 따로 있음을 다시 한번 실감하게 된다. 이런 그림이 아니었다면 우리가 어떻게 양천현의 옛 모습을 그려볼 수 있었겠는가.

양천향교

양천현아 터 로터리에서 북쪽으로 약간만 올라가면 궁산 기슭에 있는 양천향교가 나온다. 양천향교는 이 일대가 옛 양천의 다운타운이었음을 말해주는 명확한 유적이다. 이 때문에 내가 사람들을 데리고 겸재정선미술관을 답사할 때면 먼저 이곳에 들러 명륜당으로 오르는 돌계단에 답사객들을 앉혀놓고 양천현과 겸재 정선 답사의 개요를 설명하고, 겸하여 향교 자체에 대해서도 이야기해주곤 한다.

"조선시대에 관아가 있는 고을엔 반드시 향교가 있었습니다. 유교는 종교이면서 동시에 학문이었기 때문에 향교에서는 교(教)와 학(學)이 동시에 이루어졌습니다. 향교는 공자를 모신 사당인 대성전과 교육이 행해지는 명륜당, 그리고 학생들의 기숙사인 동재와 서재로 구성되어 있습니다.

향교의 학생 정원은 『경국대전』에 따르면 목사 고을엔 90명, 각 현에는 30명으로 규정되어 있습니다. 조선시대에 학업은 7, 8세부터 서당에서 시작되고 향교의 입학은 16세부터로 제한했습니다. 이는 16세부터가 바로 군역의 대상이 되기 때문이었습니다. 향교생에게는 군역이 면제되고 학업 성적이 우수한 경우 생원·진사 시험에 직접 응시할 수 있는 기회가 부여되었습니다.

향교의 대성전에는 공자와 맹자를 비롯한 유교의 4성(聖), 그리고 설총, 최치원을 비롯한 우리나라 18현(賢)의 위패를 모시는 것이 보통이었습니다. 향교는 일종의 종교 건축이었기 때문에 조선왕조의 멸망 후에도 각 고을의 유림들에 의해 그대로 보존되어 현재 남한에만 234개의 향교가 있습니다. 그 많은 향교 중 서울특별시에 유일하게 남아 있는 것

| 양천향교 | 양천향교는 이 일대가 옛 양천의 다운타운이었음을 말해주는 명확한 유적이다. 현재 서울시에 유일하게 남아 있는 향교이기도 하다.

이 이 양천향교입니다."

이렇게 향교에 대해 설명하고 나면 답사객들은 이제 비로소 향교가 무엇인지 알게 되었다고 좋아했다. 그러고 보면 우리는 좀처럼 향교가 어떤 곳인지 배울 기회가 없었고 안내판도 건물 배치만 언급했을 뿐 정작 향교의 기능에 대해서는 설명이 없기 때문이다. 그래서 답사객들은 답사의 '본봉'보다 '보너스'가 더 크다고 말하기도 했다.

향교는 제례와 강학의 공간인 만큼 남북 축선상 좌우대칭의 엄격한 구조로 되어 있는데, 자리앉음새가 평지인 경우는 성균관처럼 대성전이 앞에 오고 명륜당이 뒤에 있는 전묘후학(前廟後學)으로 되어 있지만 양천향교처럼 대지가 구릉 위의 경사진 곳이면 공자님을 위쪽에 모셔야 한다는 이유로 뒤쪽 높은 곳에 배향 공간을 두고 앞쪽 낮은 터에 강학

공간을 두는 전학후묘(前學後廟)로 배치된다.

현재의 양천향교는 1981년에 복원된 것으로 옛날에 관아 앞에 있었던 역대 현령 공덕비가 이곳으로 옮겨져 줄지어 있다. 그런데 여기에는 정작 겸재 정선 현령의 공덕비는 없다. 이에 겸재정선미술관 개관부터 관장을 맡았던 고(故) 이석우 관장은 지금이라도 세워보려고 노력하셨는데 갑자기 세상을 떠나 뜻을 이루지 못하셨다.

이석우 관장은 참으로 조용하고 성실한 분으로 경희대 역사학과 교수를 정년퇴임한 뒤 일생의 후반을 겸재정선미술관장으로 보낸 '박물관 인생'으로 나와 가까이 지냈는데 갑자기 세상을 떠나시고 나니 허전한 마음이 일면서 더욱 그리워진다.

겸재정선미술관

양천향교에서 얼마 떨어지지 않은 곳에 겸재정선미술관(양천로47길 36)이 있다. 2009년에 개관한 미술관은 지하 1층, 지상 3층에 연면적 1,000평(3,300제곱미터) 규모로 궁산을 등지고 있고 넓은 호수를 낀 서울식물원이 내려다보이는 풍광 수려한 곳에 위치해 있다.

겸재정선미술관은 '겸재정선기념실' '진경문화체험실'이 상설전시실로 꾸며져 있고 기획전시실, 세미나실이 따로 마련되어 겸재 정선에 관한 학술행사와 지역 미술인을 중심으로 한 이른바 '박물관 액티비티(활동)'가 자못 활발하게 이루어지고 있다. 특히 어린이 미술관이 활성화되어 있고, 미술관 한쪽에는 겸재 정선이 툇마루에 앉아 국화꽃을 감상하는 장면이 그려진 〈독서여가도(讀書餘暇圖)〉를 입체적으로 재현하여 겸재와 함께 사진을 찍을 수 있게 만든 포토존도 있다.

그중 겸재정선미술관을 답사하는 참 의의는 영상실의 11분짜리 동영

| 겸재정선미술관 전경 | 2009년에 개관한 미술관은 지하 1층, 지상 3층에 연면적 1,000평(3,300제곱미터) 규모로 궁산을 등지고 서울식물원이 내려다보이는 풍광 수려한 곳에 위치해 있다.

상과 연대기를 소개한 패널을 통해 겸재의 일생과 예술세계를 새겨보는 데 있다고 할 것이다. 그러나 그 친절성이 좀 지나쳐 설명문은 미세한 사항까지 쓰여 있어 너무 길고, 작품 사진이 너무 많아서 관객들은 오히려 찬찬히 읽어보지 않고 게걸음으로 지나쳐버리게 하는 것 같다. 본래 안내판의 정보는 '짧고 쉽고 간단하게' 하는 것이 친절한 것이다. 지난번 답사 때 새로 부임한 김용권 관장에게 내 생각을 말하니 그렇지 않아도 조만간 리노베이션할 계획을 갖고 있다고 하니 그때를 기대해보며 내가 알고 있는 겸재 정선의 삶과 예술을 여기에 옮긴다.

관아재 조영석의 겸재론

우선 겸재가 화성으로까지 존숭받고 있는 이유는 조선적인 산수화풍인 '진경산수(眞景山水)' 네 글자로 요약된다. 겸재의 진경산수는 그의 벗 관아재(觀我齋) 조영석(趙榮祏)이 겸재의 산수화첩 〈구학첩(丘壑帖)〉에 부친 발문에 잘 나타나 있다.

> 가만히 생각해보건대, 그동안 우리나라 산수화가들은 산수의 윤곽과 구도를 잡을 때 (중국 화본에 나오는) 16준법(皴法, 산주름을 표현하는 법)을 따랐기 때문에 (…) 오직 한 가지 수묵법으로만 표현하였으니 (…) 어찌 (진정한) 산수화가 있다고 하겠는가.
>
> 겸재는 일찍이 백악산 아래 살면서 그림을 그릴 뜻이 서면 앞산을 마주하고 그렸고 (…) 금강산 안팎을 두루 드나들고 영남을 편력하면서 여러 경승지에 올라가 유람하여 그 물과 산의 형태를 다 알았다. 그리고 그가 작품에 얼마나 공력을 다했는가를 보면, 쓰고 버린 붓을 땅에 묻으면 무덤이 될 정도였다.
>
> 이리하여 스스로 새로운 화법을 창출하여 우리나라 산수화가들의 병폐와 누습을 씻어버리니, 조선적인 산수화법은 겸재에서 비로소 새롭게 출발하게 되었다 할 것이다.

이어서 관아재는 겸재 정선의 예술적 역량과 성취는 중국회화사상 최고의 화가로 지칭되는 송나라 미불(米芾), 명나라 동기창(董其昌)과 거의 필적할 만하다며 이는 조선 300년 역사 속에 볼 수 없는 경지라고까지 말했다. 바로 이런 이유로 오늘날 겸재를 화성으로 기리고 있는 것이다.

겸재의 일생과 대표작품

겸재 정선은 숙종 2년(1676) 서울 북악산 아래 동네인 유란동(幽蘭洞,

현 청운동 경복고등학교 자리)에서 태어났다. 몰락한 양반 집안 출신으로 가세는 빈한했으나 같은 동네에 사는 삼연 김창흡의 문하생이 되면서 김창집, 김창업 등 안동 김씨 형제들과 어울렸고 이들의 지지와 후원에 힘입어 화가의 길로 나아가게 되었다.

그의 벗으로는 당대 최고의 시인으로 불린 사천 이병연, 많은 서화를 수장하고 있던 담헌 이하곤, 뛰어난 문인화가였던 관아재 조영석 등이 있다. 겸재가 어울린 이 문인들의 활동은 훗날 백악사단(白岳詞壇)이라는 이름으로 칭송되고 있다.

겸재는 36세 때인 1711년(신묘년)과 그 이듬해인 1712년(임진년)에 김창흡, 이병연 등과 금강산을 유람하고 돌아왔다. 이때 겸재는 〈신묘년 풍악도첩(楓岳圖帖)〉과 〈해악전신첩(海岳傳神帖)〉을 그렸는데 이것이 겸재 진경산수의 획기적인 전환점이 되었다. 〈해악전신첩〉은 현재 전해지지 않고 있지만 겸재가 72세 때 이를 다시 그린 것(보물 제1949호)이 간송미술관에 소장되어 있어 그 대략을 짐작할 수 있다.

39세 때 겸재는 김창집의 천거로 왕세자를 호위하는 위수(衛戍)라는 종6품 벼슬을 얻었다. 이는 관로로 진출했다기보다 생계를 위한 취식의 성격이 강한 것으로 이후 생활의 안정을 찾은 겸재는 그림에 더욱 열중할 수 있었다.

46세에는 경상도 하양현감(종6품), 54세에 의금부도사(종6품), 58세에 청하현감(종6품)을 지냈다. 의금부 시절에는 〈의금부도(義禁府圖)〉를 그렸고, 청하현감 시절엔 〈청하성읍도(淸河城邑圖)〉와 인근의 명소인 내연산을 그리며 진경산수 화가의 면모를 보여주었다. 특히 부임 이듬해인 59세에는 그의 기념비적인 작품인 〈금강전도(金剛全圖)〉(국보 제217호)를 그렸다. 이때부터 겸재의 필치는 원숙한 경지로 나아가게 된다. 그래서 겸재는 대기만성의 화가였다고 말하기도 한다.

| 〈신묘년 풍악도첩〉 | 겸재는 36세 때인 1711년과 그 이듬해인 1712년에 김창흡, 이병연 등과 금강산을 유람하고 돌아와 본격적으로 금강산 그림을 그리기 시작했다. 이 〈신묘년 풍악도첩〉은 겸재 진경산수의 획기적인 출발점이 되었다.

청하현감을 지내던 60세 때 모친이 별세하여 겸재는 상경한 이후 옥인동 인왕산 아래 살면서 원숙한 필치로 인왕산과 북악산을 소재로 한 많은 명작들을 남겼다. 〈청풍계도(淸風溪圖)〉 〈삼승정도(三勝亭圖)〉 등이 이 시절의 대표작이다.

그리고 65세 되는 1740년 12월 겸재는 양천현령(종5품)에 제수되어 70세 되는 1745년 1월까지 5년간 근무했다. 이 양천현령 시절은 그의 인생의 황금기였고 겸재 예술의 전성기였다. 이 시절 겸재는 〈경교명승첩(京郊名勝帖)〉(간송미술관 소장, 보물 제1950호)을 비롯하여 한강을 소재로 한 많은 진경산수를 그렸고, 또 임진강에서 경기도 관찰사, 연천군수 등과

| 〈금강전도〉 | 겸재가 59세에 그린 기념비적인 작품이다. 이때부터 겸재의 필치는 원숙한 경지로 나아가게 된다.

셋이서 소동파의 「적벽부」를 본받아 뱃놀이하며 〈연강임술첩(漣江壬戌帖)〉이라는 대작도 남겼다. 겸재의 초상화는 전하는 것이 없지만 〈경교명승첩〉 하권 맨 처음 면에 실려 있는 〈독서여가도〉는 인왕산 아래 살던 시절, 한가하게 국화꽃을 감상하며 여가를 즐기는 자화상적 이미지를 그린 것으로 보인다.

양천현령에서 물러난 겸재는 이후 만년까지 정력적으로 그림에 열중

| 〈독서여가도〉 | 〈경교명승첩〉에 실린 이 그림은 인왕산 아래 살던 시절 여가를 즐기던 겸재 자신의 모습을 그린 것으로 보인다. 겸재정선박물관은 이 그림 속 인물의 모습을 마네킹으로 세워 포토존으로 운영하고 있다.

하여 71세에는 현재 1천 원권 지폐에 그림으로 실려 있는 〈계상정거도(溪上靜居圖)〉(보물 제585호)를 그렸고, 76세에는 한국미술사의 기념비적 작품으로 꼽히는 〈인왕제색도(仁王霽色圖)〉(국보 제216호)를 그렸다.

81세 때는 동지중추부사(종2품)에 제수되었다. 이는 비록 명예직이지만 그만큼 사회적 지위가 높이 올라간 것을 의미한다. 이미 팔순을 넘긴 노령이었지만 겸재는 이때까지도 붓을 놓지 않아 82세에 그린 〈청송당도(聽松堂圖)〉가 전하고 있다.

그리고 영조 35년(1759) 3월 24일 84세로 세상을 떠났다. 장지는 양주 해등촌면 계성리(현 도봉구 쌍문동) 어디쯤일 것으로 추정되고 있다. 손자 정황(鄭榥)이 그린 〈양주송추도(楊州松楸圖)〉가 겸재의 묘소를 그린 것으로 여겨지고 있다.

겸재정선미술관 원화전시실

겸재정선기념실 맨 마지막 진열장에는 '원화전시실'이 따로 마련되어 이 미술관이 소장하고 있는 겸재의 진품들을 전시하고 있다. 미술관에 원화전시실이 따로 있는 곳은 아마도 여기뿐일지 모른다. 사실 미술관에 원화를 전시하는 것은 당연한 일인데 겸재의 중요 작품들은 이미 국립중앙박물관, 간송미술관, 리움미술관 등 유명한 박물관과 유수한 개인 컬렉션에 소장되어 있어 원화를 들이기가 너무 어려워 많은 부분을 복제화로 대신하고 어렵사리 소장하고 있는 원화를 한곳에 전시하며 한편으로는 원화도 있음을 사랑하는 것이다. 겸재정선미술관은 개관 때부터 고 이석우 관장과 지역 유지인 전 강서문화원 김병희 원장이 열과 성을 다하여 현재 10건 12점(수탁 소장 포함 24점)의 원화를 소장하고 있으니 그것만으로도 장하다고 할 만하다.

원화전시실 한가운데 전시되어 있고 근래에 구입한 〈동작진도(銅雀津圖)〉는 비록 소품이지만 한강의 동작나루의 풍광이 아련하게 그려져 있는 진경산수의 걸작이다. 이미 공개된 사실이어서 밝혀두자면 2021년 6월 서울옥션 경매에서 치열한 경쟁 끝에 강서구가 4억 4천만 원(수수료 포함 약 5억 원)에 낙찰받은 것이다.

〈청하성읍도〉는 고 조재진 영창제지 사장의 청관재 컬렉션을 인수받

|〈동작진도〉| 원화전시실에 전시되어 있는 〈동작진도〉는 비록 소품이지만 한강 동작나루의 풍광을 아련하게 그린 진경산수의 걸작이다.

은 것으로 겸재가 자신이 근무했던 청하읍성을 넓은 시각으로 포착한 겸재의 또 다른 기념적인 작품이다. 〈피금정도(披襟亭圖)〉는 금강산 가는 길목에 있는 북한강 상류의 아름다운 정자인 강원도 금성(현 북한 금화군)의 피금정 풍광을 그린 것으로 겸재 특유의 부드러운 필치가 돋보인다. 이 그림에는 백하 윤순이 지은 시 한 구절을 훗날 정조 때 애연가로 유명했던 허필이 화제로 쓴 글씨가 들어 있어 그 회화적 가치를 한층 높여주고 있다.

이외에도 〈광릉주중도(廣陵舟中圖)〉 〈총석정도(叢石亭圖)〉 〈청풍계도(淸風溪圖)〉 〈망부석도(望夫石圖)〉 〈귀거래도(歸去來圖)〉 등 진경산수와, 비바람 몰아치는 강변풍광을 그린 〈산수도(山水圖)〉, 한가하게 낚시질하는 모습을 그린 〈조어도(釣魚圖)〉 등이 있어 방문객들은 이 원화를 통하여 겸재의 예술세계를 맛볼 수 있다.

진경문화체험실

그러나 겸재정선미술관의 핵심 공간은 겸재가 양천현령 시절에 한강변의 풍광을 그린 진경산수화를 바탕으로 하여 옛 한강의 모습과 오늘의 실경을 비교할 수 있도록 입체적으로 재구성한 '진경문화체험실'이다. 여기에는 한강 하류의 입체 지도가 있어 관람객들이 터치스크린을 이용하여 버튼을 누르면 강변 곳곳의 명승지를 그린 겸재의 진경산수화와 오늘의 실제 모습을 비교할 수 있다.

행주산성, 난지도, 양화진, 동작진, 압구정, 광나루, 송파나루, 쪽잣여울, 우천, 미호, 양수리…

눈길이 가는 대로 관심이 가는 대로 버튼을 누르다보면 오늘의 한강과 겸재가 그린 그림이 동시에 화면에 떠오른다. 그리하여 우리는 270여 년 전 한강나루의 모습을 생생히 복원해볼 수 있다.

여기에 나오는 이미지들은 겸재가 양천현령 시절에 그린 대표작으로 주로 〈경교명승첩〉에 실린 그림들을 이용한 것이다. 그리고 서예가인 고(故) 일중 김충현이 소장하고 있던 〈양천팔경도〉가 있는데 이 화첩은 1993년에 도난당한 뒤 아직껏 소재를 알지 못하고 있다. 하지만 원색도판으로 남아 있어 모두 소개하고 있다.

진경문화체험실에서 한강의 어제와 오늘을 비교해보면 겸재가 양천현령에 제수되어 5년간 이곳에서 지낸 것은 그의 예술을 위해서도 한국문화사를 위해서도 큰 복이었다는 감회조차 일어난다.

| 진경문화체험실 | 진경문화체험실은 겸재정선미술관의 핵심공간이다. 여기에는 한강 하류의 입체 지도가 있어 터치스크린을 이용해 버튼을 누르면 강변 곳곳의 명승지를 그린 겸재의 진경산수화와 그림 속 장소의 현재 모습을 비교할 수 있게 했다.

겸재 정선 〈경교명승첩〉

겸재가 〈경교명승첩〉을 그리게 된 동기는 아름다운 우정의 산물이기도 하다. 겸재가 양천현령으로 부임하면서 서울을 떠날 때, 그와 이웃하여 살며 절친하던 사천 이병연은 다음과 같은 전별시를 지었다.

내 시와 자네 그림 서로 바꿔 봄세	我詩君畵換相看
경중을 어이 값으로 따지겠는가	輕重何言論價間
시는 가슴에서 나오고 그림은 손에서 나오니	詩出肝腸畵揮手
누가 쉽고 누가 어려운지 모르겠구나	不知誰易更誰難

겸재와 사천의 이 약속은 지켜졌다. 겸재는 부임한 첫해인 1740년과

| 정선의 〈시화상간도〉 | 겸재가 양천현령으로 부임하며 서울을 떠날 때 겸재와 사천은 서로 시와 그림을 주고받기로 약속했다. 이 〈시화상간도〉는 두 사람의 아름다운 우정을 말해준다.

이듬해인 1741년 사이에 〈양천십경도〉을 그려 주고받았다. 그래서 이 화첩은 '시와 그림을 바꾸어 본' 그림이라고 해서 〈시화상간첩(詩畵相看帖)〉이라고도 불린다.

〈경교명승첩〉에 실린 겸재의 작품은 총 33폭이 한 권으로 꾸며져 겸재의 아들 정만수(鄭萬遂, 1710~95)가 소중히 간직했고, '천금을 준다 해도 바꾸지 않는다'는 의미의 '천금물전(千金勿傳)'이라는 도장이 거의 매 폭마다 찍혀 있다. 그러다 이 화첩은 심환지(沈煥之, 1730~1802) 소유가 되었고 1802년에 새로 장황(粧䌙, 표구)하면서 상하 두 권으로 분첩되었다.

상첩에는 〈양천십경도〉를 비롯하여 한강변의 풍광을 그린 작품 18점과 자화상적 이미지를 그린 〈독서여가도〉 등 19점이 수록되어 있다. 하첩은 상첩보다 10여 년 뒤에 그려진 것으로, 겸재 자신의 집을 그린 〈인곡유거도(仁谷幽居圖)〉를 비롯하여 서울 주변의 실경도들과, 타계한 이병연을 회상하며 양천에 있을 때 그에게 받은 시찰(詩札)을 화제(畵題)로 하여 그린 14점이 실려 있다(김가희 「정선과 이병연의 우정에 대한 재고」, 『미술사와 시각문화』 23호, 2019).

겸재의 〈경교명승첩〉의 〈양천십경도〉

〈경교명승첩〉에서 겸재가 그림을 그리고 제목까지 붙인 〈양천십경도〉에 사천 이병연이 지은 시를 예쁜 시전지에 써서 함께 장황한 작품은 다음과 같다.

〈목멱조돈도(木覓朝暾圖)〉: 목멱산(남산)의 해돋이
〈안현석봉도(鞍峴夕烽圖)〉: 안산(모악산)의 저녁 봉화
〈공암층탑도(孔巖層塔圖)〉: 공암의 다층탑
〈금성평사도(錦城平沙圖)〉: 금성(난지도)의 모래톱
〈양화환도도(楊花喚渡圖)〉: 양화진에서 나룻배를 부르다
〈행호관어도(杏湖觀漁圖)〉: 행호(행주산성)에서 물고기를 바라보다
〈종해청조도(宗海廳潮圖)〉: 종해헌(양천현아 건물)에서 조수 소리를 듣다
〈소악후월도(小岳候月圖)〉: 소악루(궁산의 정자)에서 달을 기다리다
〈설평기려도(雪坪騎驢圖)〉: 설평(눈 내린 들판)에 나귀 타고 가는 사람
〈빙천부신도(氷遷負薪圖)〉: 빙천(얼어붙은 길)에 나뭇짐 지고 오는 사람

모든 작품이 한강변의 그윽한 풍광을 잔잔한 필치로 담고 있는데 이

| **정선의 〈목멱조돈도〉** | 겸재는 아침 햇살이 목멱산(남산)에 걸린 은은하면서도 평화로운 강변 풍경을 그렸다. 옆에는 사천이 예쁜 시전지에 쓴 시가 붙어 있다.

중 서울 남산의 해돋이를 그린 〈목멱조돈도〉를 보면 예쁜 시전지에 이병연의 다음과 같은 시가 실려 있다.

새벽빛 한강에 떠오르니	曙色浮江漢
높은 산봉우리들 희미하게 나타나네	觚稜隱約參
아침마다 나와서 우뚝 앉으면	朝朝轉危坐
첫 햇살 남산에서 오르네	初日上終南

〈목멱조돈도〉에는 아침 햇살이 목멱산에 걸린 은은하면서도 평화로운 강변 풍경이 그려져 있다. 그런데 서울 남산(목멱산)의 봉우리가 지금과 사뭇 다른 모습인데 겸재 당년에는 실제로 이처럼 뾰족했다고 한다. 그러던 남산 봉우리가 세월의 흐름 속에 점점 깎이어 일제강점기 사진

| 정선의 〈종해청조도〉 | 겸재는 양천현아의 건물이었던 종해헌에서 조수 소리를 들으며 이 그림을 그렸다. 멀리 목멱산이 보인다.

에는 뾰족한 봉우리가 사라져 있다.

근대 한국화 6대가 중 한 명인 심산 노수현은 한국전쟁 때 피란 가지 못하고 서울 명륜동 집에 있었는데, 9·28 서울 수복 3일 전부터 서울에 폭격이 있어 밖에 나오지 못하고 있다가 폭격이 끝나고 나와보니 남산 봉우리가 더 낮아져 있어 옛 모습을 회상하며 〈남산고의〉(南山古意, 남산의 옛 모습)라는 그림을 그렸다고 한다.

한강변의 풍경과 압구정

〈경교명승첩〉에는 겸재가 누군가와 한강을 따라 뱃놀이를 한 뒤 그렸을 것으로 추정되는 한강 유람도가 있다. 양수리부터 양천까지 한강을 따라 내려오는 명승 여덟 곳을 그린 것이다.

| 정선의 〈압구정도〉 | 〈압구정도〉는 오늘날 현대아파트가 들어선 곳에 있던 압구정을 그린 작품이다. 그 옛날 풍광이 이처럼 평온하고 아름다운 곳이었다는 사실에 금석지감을 느끼게 한다.

녹운탄(綠雲灘, 높은 여울), 독백탄(獨栢灘, 쪽잣 여울), 우천(牛川), 미호(渼湖), 석실서원(石室書院), 광진(廣津, 광나루), 송파진(松坡津, 송파나루), 압구정(狎鷗亭)

이 그림들은 오늘날 변해버린 옛 한강의 모습을 아름다운 풍경화로 보여준다. 더욱이 노년에 들어 더욱 원숙해진 겸재의 필력을 유감없이 보여주는 명작들이어서, 겸재의 진경산수에서 한강이 차지하는 비중은 금강산에 버금가는 위상을 갖게 되었다. 겸재의 진경산수는 〈인왕제색도〉에서 보이듯 짙은 먹을 사용한 웅혼한 필치의 작품이 많다. 그러나 그의 한강 그림들은 은은한 담채를 사용한 아주 부드러운 그림이다. 그래서 학자들은 겸재는 산을 그릴 땐 남성적, 강을 그릴 땐 여성적인 필치를 보여준다고 말하고 있다.

진경문화체험실에 가면 관람객들이 관심 가는 대로 버튼을 누르면서 빠짐없이 눌러보는 것이 '압구정'이다. 동호대교 건너 고급 아파트의 상징인 현대아파트가 있는 곳이기에 더욱 호기심이 일어나는 것이다. 그러고는 그 옛날 압구정동의 풍광이 이처럼 평온하고 아름다운 곳이었다는 사실에 금석지감을 느끼곤 한다.

압구정 정자를 세운 한명회(韓明澮)는 세조가 왕위를 찬탈하는 계유정란의 일등공신으로 이후 세조대부터 줄곧 정승 자리를 차지하고 두 딸을 예종과 성종의 왕비로 시집보낸 당대의 권세가였다. 압구정이라는 정자 이름은 한명회가 중국에 사신으로 갔을 때 예겸이라는 당대의 문인에게 부탁하여 기문과 함께 받은 것이다. 뜻인즉, 송나라 때 한 재상이 정계를 떠나 갈매기와 벗하며 지냈다는 고사를 이끌어 만년에 자연과 벗하면서 지낼 만한 곳이라고 지어준 것이다. 이후 압구정은 한강변의 뛰어난 명소로 수많은 문인들이 찾아와 시문을 남겼다.

압구정은 조선 말기까지 존속하여 철종의 사위로 개화파 인사였던 박영효의 별장이 되었는데 어느 땐가 철거되고 압구정동 일대는 거대한 배밭이 되었다가 1970년대에 현대아파트가 들어섰다. 정자의 위치는 그림에서 보이는 높은 언덕을 감안한다면 현대아파트 12동 위치로 추정되는데, 현재 72동과 74동 사이에 있는 작은 공원에 압구정 터 표석이 세워져 있다.

| 정선의 〈소악루도〉 | 〈양천팔경첩〉에 있는 강변 소악루 그림이다. 〈경교명승첩〉에는 소악루에서 남산 너머 동쪽에서 떠오르는 달을 그린 〈소악후월도〉가 있다. 겸재는 이처럼 소악루를 즐겨 그렸다.

궁산의 소악루

진경문화체험실에서 옛 한강의 풍광을 디지털 화면으로 두루 살펴보고 겸재정선미술관을 나오면 〈경교명승첩〉에 그려진 '소악루'가 미술관 바로 곁에 있어 우리의 답사는 자연히 그쪽으로 향하게 된다.

| 소악루 | 궁산 기슭에 있는 현재의 소악루는 1994년에 복원된 것으로, 겸재 당년의 소악루는 올림픽대로로 깎여나간 강변의 '세숫대바위'라는 자리에 있었다.

소악루는 궁산 기슭 한강이 넓게 조망되는 편평한 곳에 있다. 궁산은 높이가 76미터에 불과한 야트막한 산으로 둘레길이 2킬로미터가 채 안 된다. 하지만 한강변에 우뚝 솟아 있기 때문에 예부터 군사지형적으로 중요한 위치에 있어, 강 건너 행주산성, 파주 오두산성과 함께 한강 어귀를 지키던 중요한 군사시설이 여기에 있었다. 지금도 정상에는 산봉우리를 띠처럼 두른 테뫼식 산성의 자취가 200미터 정도 남아 있어 '양천고성(陽川古城) 터'라는 안내판이 있다. 그리고 산기슭 한쪽에는 마을 제사를 지냈던 성황사(城隍祠)가 있어 이곳이 양천현의 진산(鎭山) 역할을 해왔음을 알 수 있다.

미술관에서 궁산 둘레길 산책로를 따라 발길을 옮기다보면 얼마 안 가 비탈길이 끝나는 곳에 번듯한 소악루가 나온다. 화강석 8각 주추에 정면 3칸, 측면 2칸의 팔작지붕으로 정자 위에 난간을 둘러 한강 경관을

| 소악루에서 본 한강 | 소악루에 오르면 유유히 흐르는 한강 건너 난지도가 길게 뻗어 있고 그 너머 북한산이 아련하게 펼쳐진다.

조망할 수 있게 했다. 소악루에 오르면 한강이 유유히 흐르고 강 건너 난지도가 길게 뻗어 있고 그 너머로 북한산이 아련하게 펼쳐진다. 난지도는 쓰레기 매립장으로 이루어진 곳이지만 겸재의 〈금성평사도〉를 보면 그 옛날에는 금성이라 불린 긴 둔덕으로 남쪽으로는 모래사장이 펼쳐져 있었다.

지금의 소악루는 1994년에 복원된 것으로, 겸재 당년의 소악루는 올림픽대로로 깎여나간 강변의 '세숫대바위'라고 불리는 자리에 있었다. 겸재는 〈양천팔경첩〉에서 이 강변의 소악루를 그렸고, 또 〈경교명승첩〉에는 소악루에서 남산 너머 동쪽에서 떠오르는 달을 그린 〈소악후월도〉가 있어 여기가 그가 즐겨 오르던 곳임을 말해준다.

소악루 주인 소와 이유

소악루는 중국 동정호의 유명한 누각인 악양루(岳陽樓)에 버금간다는 의미로 이름 지은 것이다. 겸재가 양천현령으로 부임하기 3년 전인 영조 13년(1737)에 왕손으로 현감을 지낸 이유(李楺)가 벼슬을 버리고 고향인 양천으로 귀향하여 정자를 짓고 여기서 음풍농월하며 지냈다고 한다.

이유는 호를 '소와'(笑窩, 웃으며 지내는 작은 집)라 했으며 벼슬에 뜻이 없고 학문과 시에 전념하며 문장으로 이름을 떨쳤는데 57세 때인 영조 8년(1732)에는 큰 형 강(漮)의 말을 듣고 단종의 능인 영월 장릉의 참봉으로 나갔다. 이 시절 이유가 단종의 슬픈 사연을 읊은 시조 「자규삼첩(子規三疊)」이 김수장의 『해동가요(海東歌謠)』에 실려 있다.

그리고 60세 때인 1735년에 화순 동복의 현감을 지낸 뒤 고향으로 돌아와 '강산주인(江山主人)'임을 자처하며 소악루에서 시를 벗하며 살았다. 이때 지은 그의 시조가 유명한 「산중에 폐호하고」이다.

> 산중에 폐호(閉戶)하고 한가히 앉아 있어
> 만권서(萬卷書)로 생애(生涯)하니 즐거움이 그지없다
> 행여나 날 볼 임 오셔든 날 없다고 사뢰라

이유는 겸재의 양천현령 재임 기간 내내 양천에 살았는데 두 분의 교류가 따로 알려진 것이 없어 여기에 소개하지 못한다. 그러나 이유는 당색이 겸재와 같은 노론이고 시로 명성이 높아 사천 이병연과도 교류한 것으로 알려져 있으니 서로가 좋은 말벗이 되었을 것으로 짐작이 가는데 아직 알려지지 않았을 뿐이라는 생각이 든다. 겸재와 이유의 교류를

밝혀내는 것은 회화사의 숙제겠는데 조선시대 회화사가 전공인 내가 그런 깊은 연구는 게을리하고 이처럼 한가한 답사기만 쓰고 있으니 미안하고 부끄럽기만 하다.

| 정선의 〈소요정도〉 | 겸재가 그린 〈양천팔경첩〉의 〈소요정도〉에서 한강과 어우러진 공암의 모습을 확연히 볼 수 있다.

공암

소악루 답사로 겸재정선미술관의 답사는 끝나고 곧바로 한강변의 또 다른 옛 명승인 공암(서울시 기념물 제11호)으로 향한다. 공암은 공암(孔巖), 공암(孔嵒), 또는 구멍바위라고도 하는데 겸재정선박물관에서 걸어서 15분, 차로 5분 거리인 같은 가양동에 있으며 가까이 허준박물관이 있다.

공암은 현재 올림픽대로 안쪽에 위치해 있지만 겸재의 그림에서는 한강변에 우뚝한 벼랑으로 그려져 있다. 겸재는 이 공암을 즐겨 그린 듯 〈경교명승첩〉에 〈공암층탑도〉가 들어 있고 〈안현석봉도〉에서는 오른쪽 강변에 공암을 그려넣었고 〈양천팔경첩〉에 있는 〈소요정도〉 그림은 사실상 공암을 그린 것이다.

이 그림들은 보면 공암 절벽 위에는 석탑이 있었던 모양인데 지금은 사라지고 탑산이라는 이름만 남아 있다. 그리고 이 세 폭의 그림에는 한결같이 공암 바로 곁에 2개의 바위가 섬처럼 물속에 잠겨 있는데 이 중

| 광주바위 | 구암근린공원 안의 연못 속에는 옛 강변 바위들이 조경 장식처럼 솟아 있다. 연못 뒤로는 탑산초등학교가 있다.

하나는 광주바위라고 한다. 전설에 의하면 경기도 광주에서 떠내려왔다고 해서 붙여진 이름이다.

이 광주바위는 오늘날 구암근린공원 안의 연못 속에 장식 바위처럼 윗부분만 보일 뿐이다. 이로써 한강변의 지형이 얼마나 바뀌었는지 실감하게 되는데 광주바위 뒤쪽으로는 '서울탑산초등학교'라는 팻말이 크게 붙어 있어 그 옛날을 상상하게 한다.

허가바위

공암은 1982~86년에 올림픽대로를 건설하면서 한강의 일부와 함께 매립되어 지금처럼 육지의 바위처럼 되어 있지만 그 옛날에는 나루터가 있어 공암나루라고 불렸다. 공암나루는 한양과 강화를 이어주는 중간에

| 공암바위 | 공암은 1982~86년에 올림픽대로를 건설하면서 한강 변의 일부와 함께 매립되어 현재는 육지의 바위처럼 보인다. 그 옛날에는 나루터가 있어 공암나루라고 불렸다.

위치한 수상교통의 길목이었다고 하는데 지금 가양동성당 앞에는 '공암나루터'란 표석이 세워져 그 옛날에 한강의 폭이 얼마나 넓었는가를 말해주고 있다.

공암은 현재 땅에 묻혀 전모를 볼 수 없지만 폭 6미터, 깊이 5미터, 높이 2미터로 한번에 10여 명이 둘러앉을 수 있는 제법 넓은 동굴이 남아 있다. 전설에 의하면 이 동굴에서 고려왕조의 개국공신이자 가야 김수로왕 왕비 허황후의 30대손인 허선문(許宣文)이 태어나 양천 허씨의 시조가 되었다고 하여 '허가(許家)바위'란 이름도 갖고 있다. 실제로 공암이 있는 탑산 부근에서는 '허선문'이라고 새겨진 토기편이 발견되었다고 한다.

이 허가바위가 유명해진 것은 『동의보감(東醫寶鑑)』을 펴낸 구암 허준의 관향이기 때문이다. 양천 허씨 대종회와 몇몇 학자는 양천이 허준

| 허가바위 | 공암은 현재 땅에 묻혀 전모를 볼 수 없지만 한번에 10여 명이 둘러앉을 수 있는 제법 넓은 동굴로 남아 있다.

의 관향일 뿐만 아니라 그가 이곳에서 태어나고 말년에 여기서 『동의보감』을 완성했다고 주장하고 있다. 그러나 아직 확증된 것은 아니어서 일단 양천이 허준의 관향임만을 말해두고 있는 것이다. 옛 문헌에는 공암이 바위 암(巖) 자 대신 암자 암(庵) 자를 써서 공암(孔庵)으로 표기되기도 했다. 아무튼 이 허가바위에 근거하여 근린공원은 그의 아호를 따서 '구암근린공원'이라는 이름을 갖고 있고, '허준박물관'이 여기에 세워졌다.

허준박물관

허준박물관은 2005년 3월에 강서구립 박물관으로 개관했다. 대한한의사협회 건물 바로 옆 2천여 평의 대지에 연건평 1,300여 평 규모의 3층 건물로 박물관 안은 허준기념실, 약초약재실, 의약기실, 내의원·한의원, 어린이체험실, 약초원 등으로 구성되어 있다.

허준박물관은 전통 한의학 관련 자료 소장품 1천여 점을 소장하고 있으며, 이 중 『신찬 벽온방(新撰辟瘟方)』(보물 제1087-2호), 『구급 간이방(救急簡易方)』(보물 제1236-2호) 등 주요 전적들과 함께 국내는 물론 중국, 일본에서 간행된 다양한 판종의 『동의보감』을 전시하고 있다.

| 허준박물관 전경 | 2005년 3월에 강서구립 박물관으로 개관하여 전통 한의학 관련 자료 1천여 점을 소장하고 있다.

특히 허준기념실은 허준의 일생, 『동의보감』의 편찬 과정과 그 내용이 아주 훌륭하게 설명되어 있다. 누구든 이 전시실을 관람해보면 허준이 역경 속에서 얼마나 강한 집념으로 『동의보감』을 편찬했고, 『동의보감』이 얼마나 위대한 의학서인가를 감동적으로 깨닫게 된다.

유네스코 세계기록유산 『동의보감』

내가 문화재청장으로 재직하고 있던 2007년 어느 날이었다. 당시 대한한의사협회 유기덕 회장이 『동의보감』 유네스코 세계기록유산 등재를 추진하겠다며 찾아왔다. 이에 나는 다소 의아했다. 나는 이은성의 『소설 동의보감』과 서인석·이순재·김용림·최불암 등 대배우들이 출연한 MBC 월화드라마 「동의보감」(1991)을 본 바 있어 허준에 대해서는 대

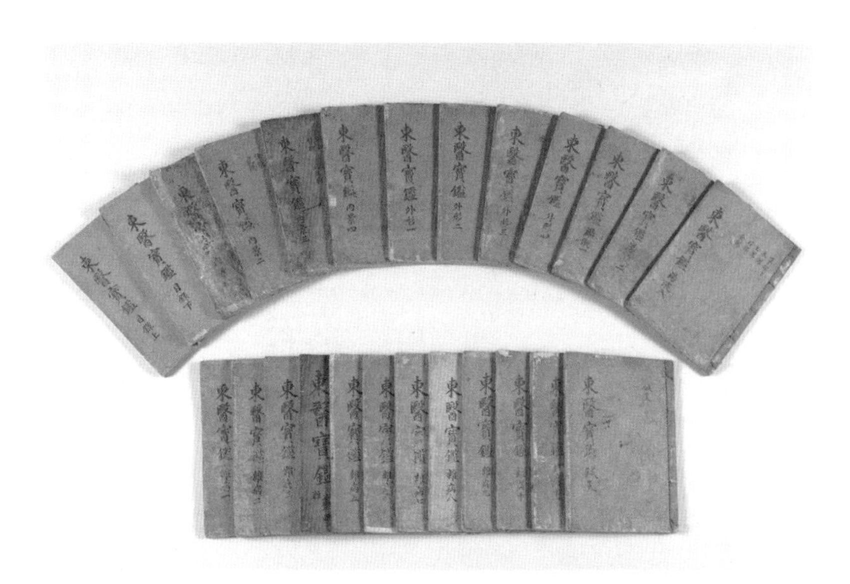

| 동의보감 | 2009년 7월 『동의보감』은 제9차 유네스코 세계기록유산 국제자문위원회에서 세계기록유산으로 등재되었다.

략 알고 있었다.

『동의보감』이 뛰어난 우리나라 한의서임은 분명하겠지만 이것이 과연 세계기록유산으로 등재할 만한 것인가라는 의구심이 들었다. 그러자 관계자들은 한·중·일 동양의학에서 이보다 뛰어난 의학서는 없다며 미리 준비해온 자료를 펼치며 중국과 일본에서 허준의 『동의보감』이 출간되는 과정을 이렇게 말했다.

"『동의보감』이 1613년에 간행된 이후 중국과 일본에서는 이 책을 얻기 위해 무척 노력했습니다. 그러나 조선왕조는 백 년간 이를 내주지 않았습니다. 그러다 18세기 들어와 일본에서 1724년에 『동의보감』 초간본이 나왔습니다. 중국에서는 1763년 건륭판(乾隆版)이 초간본으로 나왔습니다.

이후 일본에서는 1799년에 구두점을 찍은 재간본이 나와 에도시대 의가(醫家)들이 반드시 읽어야 할 필독서가 되었습니다. 중국에서는 1796년에 가경판(嘉慶版)이 재간본으로 나왔고, 이후 30여 차례 출간되었는데 1890년에 나온 광서판(光緖版) 복간본(覆刊本)은 일본 간행본을 복제한 것이었습니다."

듣고 보니 대단한 사실이었다. 그러면 도대체 『동의보감』이 어떤 책이기에 중국과 일본이 그토록 어렵게 얻어가 복간에 복간을 거듭했느냐고 물어보았더니 이렇게 대답했다.

"『동의보감』은 『의방유취(醫方類聚)』, 『향약집성방(鄉藥集成方)』 등 조선의 의학서를 집대성했을 뿐 아니라 중국 한나라부터 명나라에 이르는 200여 종의 문헌을 두루 참고했습니다. 특히 중국의 의학책은 책마다 다르게 말하고 앞뒤가 맞지 않는 경우가 많았는데 허준은 자신의 학식과 경험으로 이를 일목요연하게 정리했습니다.

그리고 중국에서는 의학과 양생이 별개로 전개되었지만 『동의보감』에서는 병났을 때의 치료는 물론이고 병을 예방하고 건강을 추구하는 양생을 하나로 합쳐냈습니다. 그뿐만 아니라 이 책은 총 25권 중 목차만 2권일 정도로 자세히 분류하여 백과사전의 색인 구실을 할 수 있도록 했고 참고자료의 인용처를 일일이 밝힘으로써 근거를 명확히 한 것입니다."

들을수록 감탄이 절로 나오는 것이었다. 그래서 잠시 말을 잊고 있었는데 유기덕 회장은 힘주어 다음과 같이 말했다.

"『동의보감』의 동(東)은 동국(우리나라)의 의학서라는 뜻이지만 실제 그 내용은 동양(東洋)의학의 보감입니다."

이에 나는 곧바로 문화재청 실무자를 불러 유네스코 세계기록유산 국제자문위원인 서경호 교수(당시 서울대 중문과)와 유네스코 세계기록유산 아태지역 위원인 조은수 교수(서울대 철학과)의 자문을 받아 진행하라고 했다. 그리고 2년 뒤인 2009년 7월 『동의보감』은 카리브해의 작은 나라인 바베이도스에서 열린 제9차 유네스코 세계기록유산 국제자문위원회에서 세계기록유산으로 등재되었다.

소설과 드라마의 오류

허준기념실은 허준의 일생을 패널에 시기별로 자세히 설명하고 있는데 그에 앞서 『소설 동의보감』, 1999년에 방영된 MBC 드라마 「허준」 등 소설과 드라마의 내용을 정정하는 정오표를 붙여놓았다. 워낙에 인기 있는 책과 드라마였기 때문에 이렇게 시작하지 않을 수 없었다는 것이다. 내용인즉 다음과 같다.

아버지 이름은 허륜(許綸)이 아니라 허론(許碖)이다. 아버지 출생지는 충남 해미가 아니라 양천현이다. 어머니는 밀양 손씨가 아니라 영광 김씨이다. 어머니는 천기(賤妓)가 아니라 양반집 서녀(庶女)였다. 허준의 아내는 전주 이씨가 아니라 안동 김씨이다. 스승은 류의태가 아니라 양예수다. 허준은 의과에 장원급제한 것이 아니라 유희춘의 천거로 내의원에 들어간 것이다……

허준박물관 정오표 내용(일부)

출생·출생지

구분	사실	잘못 알려진 내용(소설 · 드라마 등)
출생	* 1537년(정유년) - 허준박물관 소장 『내의선생안』에 수록된 허준의 서문 등에 근거.	* 1539년(기해년)
출생지	* 경기도 김포군 양천현 파릉리 (현 서울시 강서구 등촌2동 능곡마을)	* 파주, 장단, 장성, 영광, 담양, 부안, 나주, 용천, 산청 등

가족 관계·내의원 입사

구분	사실	잘못 알려진 내용
아버지	* 허론(許碖)	* 허론(許論) · 허륜(許綸) · 허윤
어머니	* 영광 김씨 김욱감의 딸(소실)	* 밀양 손씨 손희조의 둘째 딸(후실) * 일직 손씨(후실)
부인	* 안동 김씨	* 전주 이씨
형제 · 자매	* 형 허옥(내금위) * 누이(권광택, 손욱에게 출가) * 동생 허징	* 형 허옥(성격이 포악한 내의원 직속 상관)
내의원 입사	* 미암 유희춘의 추천	* 의과시험 합격 - 합격자 명단이 실린 『의과방목』에는 허준의 이름이 없음.

스승·유배지

구분	사실	잘못 알려진 내용
스승	* 양예수(楊禮壽)	* 류의태, 유이태
해부 사실	* 해부, 수술 안 함	* 가공의 인물인 스승 류의태의 시신 해부
유배지	* 공암(허가바위)	* 의주
사망지	* 공암(허가바위)	* 경기도 파주 묘소 인근

『소설 동의보감』과 드라마 「허준」이 있었기 때문에 허준과 『동의보감』이 널리 알려지고 국민들에게 깊이 각인된 것이 분명하지만 이런 오류는 역사소설과 드라마의 맹점이다. 드라마의 극적 효과를 위해 과장하거나 실제와 다소 다르게 묘사할 수는 있겠지만 사실 자체를 이렇게 잘못 전한 것은 문제가 아닐 수 없다.

구암 허준의 의관 시절

허준은 중종 32년(1537)에 태어나 호를 구암(龜巖)이라고 했다. 허준의 할아버지(허곤)는 무과에 급제하여 벼슬이 경상우수사(정3품)에 이르렀고 아버지 역시 무과에 급제하여 부안군수(종4품)을 지냈다. 허준은 이런 무인 가문에서 태어났지만 서자였다.

그런 허준이 어떤 경로로 의학의 길로 들어섰고 서출이라는 신분적 제약을 넘어 종1품 숭록대부에까지 이를 수 있었는지에 대해서는 아직 명확히 밝혀져 있지 않다. 그의 유년 시절에 대해서는 『의림촬요(醫林撮要)』의 '본국 명의' 편에 나오는 짧은 증언밖에 없다.

> 허준은 본성이 총민하고 어릴 때부터 학문을 좋아했으며 경전과 역사에 박식했다. 특히 의학에 조예가 깊어 신묘함이 깊은 데까지 이르러 사람을 살리는 일이 부지기수였다.

허준은 이처럼 일찍부터 의원으로 이름을 날린 것으로 보이는데, 당시 대사성을 지내고 있던 미암(眉巖) 유희춘(柳希春)의 병을 치료해주자 그가 이조판서에게 편지로 32세의 허준을 내의원에 천거했다고 한다(『미암일기』 1569년 윤6월 3일). 내의원은 궁중의 의약을 맡아 보던 곳으로 창덕궁 안에 관아가 있었다.

이리하여 의관이 된 허준은 34세에 내의원 첨정(僉正, 종4품)이 되고 36세에는 내의원 정(正, 정3품)이 되었다. 서자인 그가 서출의 직위를 종6품까지로 제한한 한품서용(限品敍用)의 제약을 벗어난 것은 아주 예외적인 일이었다.

의관 허준은 의학서를 열심히 탐구하여 44세(1581) 때는 중국의 진맥

| 허준 초상 | 구암 허준은 일찍부터 의원으로 이름을 날렸고 선조의 지원 아래 동양의 의학지식을 집대성한 『동의보감』을 펴냈다.

의학서인 『찬도방론맥결집성(纂圖方論脈訣集成)』을 알기 쉽게 재편집하고 잘못된 숫자를 바로잡았다. 그리고 53세(1590) 때는 선배인 명의 양예수와 함께 왕자 광해군의 병을 고쳤다. 이 공로로 선조는 허준을 당상관인 통정대부(정3품 상계)로 높여주었다. 이때 사헌부와 사간원에서는 지위가 너무 높다며 반대하고 나섰지만 선조는 물러서지 않았다.

『동의보감』 편찬 과정

선조 25년(1592) 임진왜란이 일어나자 허순은 임금의 시의(侍醫, 궁중 주치의)가 되어 스승 양예수와 함께 임금의 피난길을 따라 의주로 갔다. 전쟁의 참화로 질병이 창궐하고 많은 의학서들이 소실되어 책을 구하기 힘들게 되자 선조는 1596년 허준에게 새 의학서를 펴내라고 지시했다.

이리하여 59세의 허준은 왕명을 받들어 어의인 양예수·이명원·김응탁·정예남, 민간에서 명성을 떨치고 있는 유의(儒醫) 정작 등과 『동의보감』의 편찬에 들어갔다.

그러나 일이 채 진행되기도 전에 정유재란(1597)이 일어나 의원들이 뿔뿔이 흩어졌고 편찬 사업도 중단되었다. 이듬해 전쟁이 끝나자 선조는 궁중에 있는 내장방서(內藏方書) 500여 권의 의학서적을 허준에게

주며 단독으로 책임지고 다시 의서를 편찬하라고 명했다. 동시에 백성들이 사용할 시급한 한글 의학서인 『언해 태산집요(諺解胎産集要)』 『언해 구급방(諺解救急方)』 『언해 두창집요(諺解痘瘡集要)』 3종을 우선 지어내라는 명령을 내렸다. 『동의보감』은 이처럼 선조의 강력한 의지와 지원 아래 추진된 것이었다.

선조는 임진왜란이라는 전란을 겪었기 때문에 간혹 의주로 피란한 무능한 임금으로만 생각되기도 한다. 그러나 선조는 문예를 아끼고 키운 인문군주였다. 허준에게 『동의보감』을 펴내게 지시하며 왕실 소장본까지 내준 것도 놀라운 일이지만, 한석봉을 만년에 조용한 곳으로 가서 편안히 작품활동 많이 하라며 한직인 가평군수로 내려보낸 것도 감동적이다. 또 율곡 이이에게는 매월당 김시습 전기를 지어오라고 명하기도 했다. 그래서 영·정조 시대 문인들은 선조의 치세를 일컬어 그의 능 이름을 따서 '목릉성세(穆陵盛世)'라고 칭송했다. 풀이하자면 선조대왕 문예부흥기라는 뜻으로 명문이 나오면 '목릉성세에도 이런 문장은 없었다'라며 칭송하곤 했다.

『동의보감』의 편찬 원칙

허준은 『동의보감』 편찬에 세 가지 원칙을 세웠다. 첫째, 병을 고치기에 앞서 수명을 늘리고 병에 안 걸리도록 하는 방법을 중요시한다. 둘째, 처방은 요점만을 간추린다. 셋째, 백성들이 쉽게 알 수 있도록 약초 이름에 민간에서 부르는 이름을 한글로 쓴다는 것이었다.

『동의보감』 편찬에 열중하고 있던 허준은 67세인 1604년, 전란 중 공을 세운 신하들을 공신으로 책봉할 때 당시 임금을 호위한 공으로 호성공신(扈聖功臣) 3등에 올라 양평군(陽平君)이라는 칭호를 받고 숭록대부

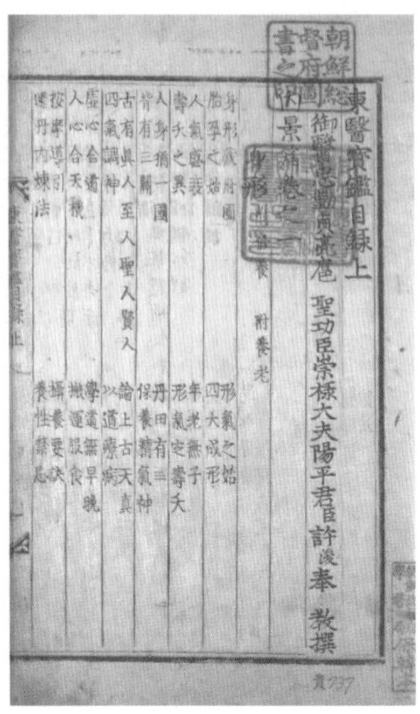

東醫寶鑑目錄上
御醫忠勤貞亮扈聖功臣崇祿大夫陽平君臣許浚奉 教撰
內景篇卷之一
身形 附養老
身形藏府圖　形氣之始
胎孕之始　四大成形
人氣盛衰　年老無子
壽夭之異　形氣定壽夭
人身猶一國　丹田有三
背有三關　保養精氣神
古有眞人至人聖人賢人　論上古天眞
四氣調神　以道療病
虛心合道　學道無早晚
人心合天機　搬運服食
按摩導引　攝養要訣
還丹內煉法　養性禁忌

| 『동의보감』의 구성 | 『동의보감』은 총 25권으로 내과·외과·유행병·부인병·소아병 등을 두루 다루었으며 각종 약재와 침구에 대해서도 상세히 기술했다.

(崇祿大夫)에 봉해졌다. 그러자 이때도 문관들이 심하게 반대하고 나섰지만 선조는 이를 물리치고 작호를 그대로 내리게 했다.

『동의보감』 편찬에 착수한 지 10여 년이 되어 바야흐로 완성 단계에 접어들었는데 1608년 2월, 갑자기 선조가 기도가 막혀 세상을 뜨고 말았다. 이렇게 되면 어의는 죄인이 되어 유배되는 것이 상례였다. 유배지는 실록에 명확히 나와 있지 않은데 다른 가족들에 따르면 공암으로 문외출송(門外黜送, 관직을 빼앗기고 도성 밖으로 추방되는 형벌) 되었다고 한다. 유배지에서도 허준은 의서 편찬에 전념했다. 그리고 이듬해인 1609년(72세)에 풀려났고 그 이듬해인 1610년에 마침내 『동의보감』 집필을 마쳤다. 착수한 지 14년 만에 총 25권으로 완성한 것이다.

『동의보감』의 내용은 내경편(內景篇, 내과), 외형편(外形篇, 외과), 잡병편(雜病篇, 유행병 · 급성병 · 부인병 · 소아병), 탕액편(湯液篇, 약제 · 약물), 침구편(鍼灸篇, 침과 뜸 등) 등으로 분류되어 있다.

책이 완성되어 광해군에게 바치자 광해군은 출판을 서두르게 하여 광해군 5년(1613)에 개주 갑인자(改鑄 甲寅字) 목활자로 출간되었다. 이때 허준의 나이 76세였다. 내의원에서 펴낸 『동의보감』 초간본 중 보존 상태가 좋은 3종(국립중앙도서관 소장본, 한국학중앙연구원 소장본, 서울대 규장각 소장본)은 국보 제319호로 지정되었다.

이 책을 완성한 뒤 허준은 칠순을 넘긴 고령임에도 끊임없이 전염병의 예방과 치료에 관한 의서를 펴냈다. 그것이 온역(瘟疫, 급성 전염병으로 티푸스로 추정된다고 함)에 대한 대책을 내놓은 『신찬 벽온방』과 성홍열에 대한 처방책인 『벽역신방(辟疫神方)』이다. 그리고 1615년 78세로 세상을 떠났다. 『동의보감』이 완성되고 5년 뒤 세상을 떠난 것이다. 광해군은 그에게 보국숭록대부라는 칭호를 내렸다.

허준의 묘는 임진강을 굽어보는 파주 진동면에 자리 잡았다. 민통선 가까이 있어 오랫동안 방치되던 것을 군 당국 협조로 새 단장을 했고 1992년 경기도기념물로 지정했다.

박물관 인생

허준박물관은 비록 구립으로 규모는 작지만 전시실 구성과 진열이 아주 훌륭하여 방문객들에게 깊은 인상과 감동을 준다. 허준기념실에서는 관련 자료를 동원하여 허준의 일대기를 친절하게 알려주고, 약초·약재실에는 『동의보감』에 나오는 곡부·과부·채부·초부·목부·쌍화탕·십전대보탕 등의 약초와 약재가 전시되어 있다. 또 의약기실에는 한국 전

| 약초원 | 허준박물관 약초원에는 『동의보감』에 실린 120여 종의 약초들이 자라고 있다. 직접 견학과 체험도 할 수 있다.

통 한의약기가 자세한 설명과 함께 전시되어 있고, 실외 약초원에는 『동의보감』에 나오는 약초 100여 종을 재배하고 있다.

그리고 박물관 활동도 활발하여 체험 공간에서는 약첩 싸기, 나의 체질 알아보기 등을 직접 해볼 수 있고 '허준 건강·의학교실' 등의 사회교육 프로그램도 운영 중이다. 우리나라 역사인물 기념관 중 가히 모범을 보이고 있다고 할 수 있다.

허준박물관이 이처럼 알찬 박물관이 될 수 있었던 것은 개관 이래 관장을 맡고 있는 김쾌정 관장이 있기 때문이다. 박물관은 관장이 누구냐에 따라 성격과 성패가 좌우된다. 그는 고려대 사학과를 졸업하고 군에서 제대한 1970년대에 한독약품에 입사한 뒤 줄곧 한독의약박물관에 근무했는데 여기에는 김두종 박사가 기증한 의학 관계 자료와 전적 2,743권이 소장되어 있다. 그중에는 보물로 지정된 허준의 『찬도방론맥

결집성』(보물 제1111호)과 『구급 간이방』(보물 제1236호) 두 점이 들어 있다. 이 유물을 40년간 관리하면서 그는 자연히 한국의약사와 허준의 전문인이 되었다.

이런 그가 2005년 허준박물관이 개관될 때 관장으로 부임했다. 김쾌정 관장은 유물의 성격을 완전히 파악하고 있고 바람직한 박물관 활동이 무엇인지를 몸으로 알고 있기에 이와 같은 알찬 박물관을 만들어냈다.

이처럼 다른 것에 욕심 없이 국립이든 사립이든 시립이든 구립이든 그 직급이 높든 낮든, 월급이 많든 적든 관계없이 박물관에서 일생을 문화유산과 함께 살아가는 분을 우리는 '박물관 인생'이라고 부른다. 지난 여름 허준박물관을 답사할 때 한국박물관협회 회장을 역임한 이 '박물관 인생'과 함께 약초원을 거닐면서 『동의보감』에 나오는 풀 한 포기, 한 포기에 대한 설명을 들었던 일은 잊지 못할 아련한 추억으로 남아 있다.

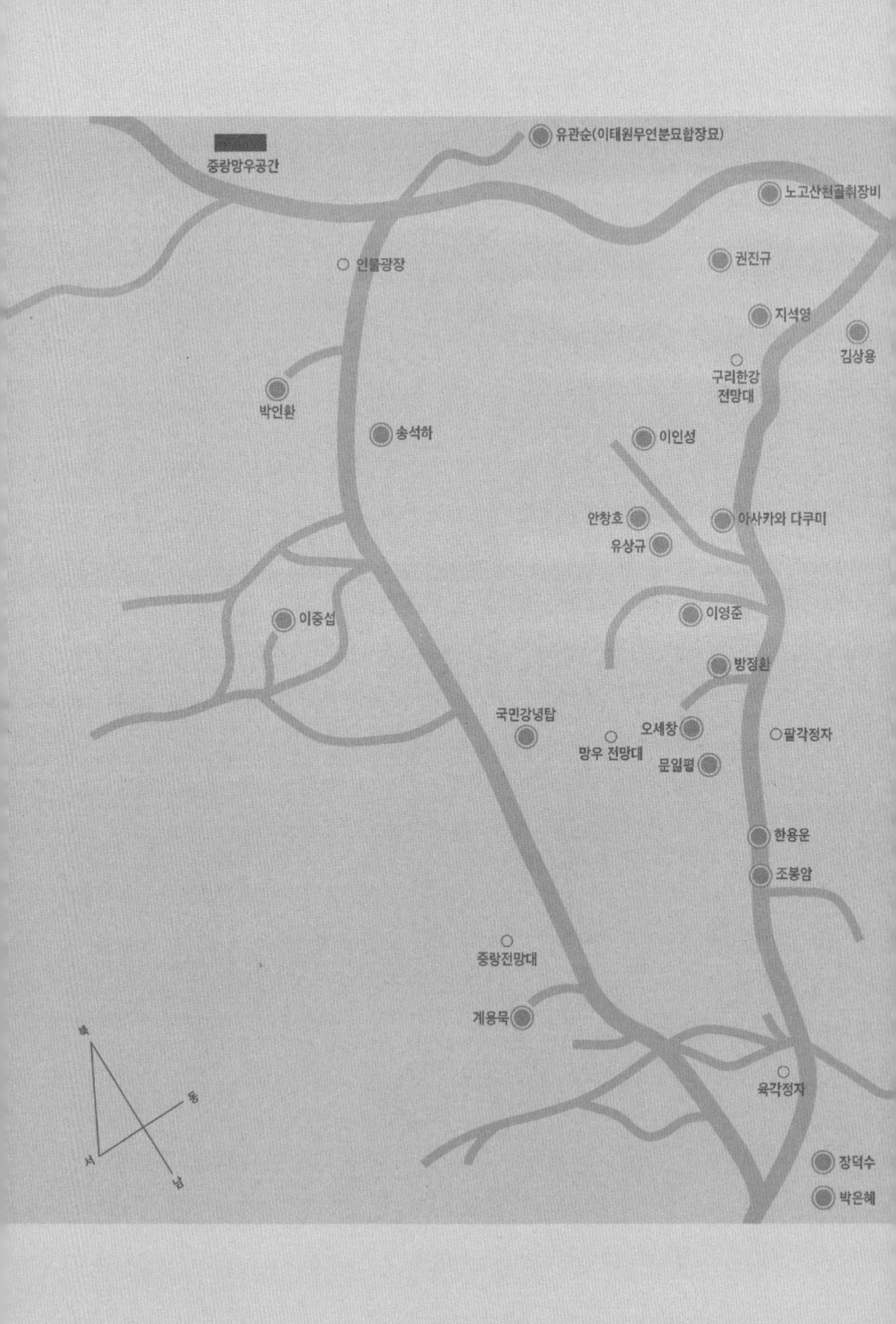

중랑망우공간
유관순(이태원무연분묘합장묘)
노고산천골취장비
인물광장
권진규
지석영
김상용
구리한강
전망대
박인환
송석하
이인성
안창호
아사카와 다쿠미
유상규
이중섭
이영준
방정환
국민강녕탑
오세창
팔각정자
망우 전망대
문일평
한용운
조봉암
중랑전망대
계용묵
육각정자
장덕수
박은혜
북
동
서
남

공동묘지에서 역사문화공원으로

망우리 공동묘지 / 망우리 공동묘지 조성 과정 /
반 고흐 무덤과 위창 오세창 무덤 / 공동묘지에서 망우리공원으로 /
중랑망우공간 / 이태원 공동묘지 무연분묘와 유관순 /
시인 박인환의 묘 / 이중섭의 무덤 / 국민강령탑과 중랑전망대 /
설산 장덕수와 난석 박은혜의 무덤 / 죽산 조봉암의 무덤 /
아차산 보루

망우리 공동묘지

망우리 공동묘지라고 하면 사람들은 으레 오래전부터 있었겠거니 생각한다. 그러나 망우리 공동묘지는 일제강점기인 1933년부터 시작되어 1973년까지 40년간 조성된 것이다.

조선왕조의 법전인 『경국대전』에는 "도성에서 10리 이내(성저십리)에는 매장하지 못한다"라는 엄격한 금지 규정이 있다. 그 때문에 조선시대 서울 인근의 공동묘지는 북쪽으로 미아리·수유리, 남쪽으로 이태원, 동쪽으로는 금호동, 서쪽으로 아현동·노고산·신사동(은평구) 등에 퍼져 있었다. 이 중 은평구 신사동(新寺洞)의 공동묘지는 '고택골'이라고 불렸는데, '고택골로 보낸다'는 말은 '죽인다'는 뜻으로도 쓰였다.

공동묘지가 되기 전 망우리는 높이 282미터의 야산이었다. 옛 경기도

| 1958년의 망우리 공동묘지 | 망우리 공동묘지는 일제강점기인 1933년부터 시작되어 1973년까지 40년간 조성되어 이처럼 황량한 모습을 하고 있었다.

고양군, 오늘날 서울 중랑구 망우동과 구리시 교문동 경계에 있는 이 산이 망우산(忘憂山)이라는 이름을 얻게 된 것은 태조 이성계가 자신의 묫자리(동구릉의 건원릉)를 잡고 돌아오는 길에 언덕에 올라 이제 나는 '근심을 잊게 됐다'라고 말한 것에서 유래한다고 전한다.

그러나 이에 대한 전거를 보면 비슷하지만 상황 설명이 약간 다르다. 『조선왕조실록』 숙종 9년(1683) 3월 25일 기사에 태조의 존호를 올리는 대신들의 논의 중 다음과 같은 말이 나온다.

태조께서는 자손들이 뒤따라 장사 지낼 곳이 20개소에 이를 정도로 많게 된다면 내가 이제부터 근심을 잊겠다고 하였습니다. 그러므로 그곳(동구릉)의 가장 서쪽 한 가닥의 산봉우리를 이름하여 망우리(忘憂里)라 하였습니다.

| 1969년 성묘객으로 붐비는 망우리 공동묘지 | 추석 때마다 조상의 묘소를 찾는 성묘객들로 주변의 도로가 정체되곤 했다.

그러던 것이 1930년대에 서울의 인구가 급속히 팽창하면서 일제가 주택지를 확보하는 과정에서 근교에 있는 기존의 공동묘지들을 멀리 이장시키기 위해 마련한 곳이 망우리 공동묘지였다. 참고로 서울의 인구는 1905년 을사늑약 때만 해도 20만 명이 못 되었으나 1930년대에는 약 40만 명으로 급속히 증가하고 1940년대에는 약 100만 명에 이르렀다.

망우리 공동묘지 조성 과정

일제의 망우리 공동묘지 조성은 사실 재정 결핍 타개책의 하나로 마련한 택지개발 사업의 일환이었다. 이런 사실은 『매일신보』 1931년 5월 9일자의 다음과 같은 보도에서 알 수 있다.

| 망우역사문화공원 전경 | 2022년 4월 1일 중랑망우공간을 개관하고 공원의 이름도 '망우역사문화공원'으로 바꾸면서 망우리 공동묘지는 폐장 50년만에 역사문화공원으로 재탄생했다.

재정 결핍이 절정에 달한 오늘에 있어서 이에 타개책으로는 오직 국유 임야를 불하하여 돈벌이를 하는 것이 다만 하나의 첩경로(지름길)라고 생각한 경성부(서울시) 당국자들은 이에 전력을 기울이게 되어 1차로 주택지 계획을 세워가지고 불하운동에 착수하였던 남산 뒤 대국유 임야 불하도 성공하게 되었다. 그리하여 제2단계로 불하운동에 착수한 경춘가도 망우리에 있는 도유림(경기도 소유 삼림) 75만여 평의 불하운동도 이미 당국의 양해가 성립되어 한 평에 약 8전씩 6만 원가량에 불하하기로 되었다. (…) 미아리 공동묘지도 불과 수년이면 이 역시 만원이 될 것이다. 그와 함께 이것도 공동묘지로 사용하기로 하는

동시에 일방으로 구 공동묘지이던 시외의 이태원 약 10만 5천 평, 아현리 약 4만 평의 분묘를 철폐하고 이 역시 주택지를 건설하여 재정 완화에 이바지하기로 되었다.

이 계획은 곧 시행에 옮겨져 1933년 5월 27일부터 망우리 공동묘지에 분묘가 조성되기 시작했다. 이러한 사실은 『경성휘보』 1933년 9월호에 '공동묘지의 신설'이라는 제목하에 실린 다음과 같은 기사에서도 확인할 수 있다.

고양군에 있는 재래의 경성부 공동묘지, 이태원, 신사리, 미아리, 제

1수철리(금호동), 제2수철리의 각 묘지는 어느 것도 이미 매장의 여지가 협소를 고하고 있어서 새로이 공동묘지 (…) 신설에 착수하였다. 위치는 고양군 뚝도면 면목리, 양주군 구리면 망우리와 교문리로 총면적 51만 9,060평이다.

이렇게 개장된 망우리 공동묘지를 경성부에서는 보통묘지, 가족묘지, 단체묘지 3종으로 나누고, 이를 또 1등지에서 5등지, 그리고 등외지까지 분류하여 불하 가격에 차등을 두었다. 보통묘지의 경우 1등지는 1평에 10원, 5등지는 1원, 등외지는 50전에 불하한다는 세칙까지 마련했다. 그리고 1933년 9월 8일자 '경성부 고시 제118호'에는 다음과 같은 내용을 고시했다.

양주군 구리면 망우리와 교문리, 그리고 고양군 뚝도면 면목리 소재 공동묘지를 망우리묘지라 칭함.

이렇게 시작된 망우리 공동묘지는 40년 동안 47,700여 기가 들어서면서 묘역이 가득 차게 되었다. 이에 1973년 3월에 폐장시킴으로써 매장이 종료되었다. 이후 망우리 공동묘지는 신규 분묘 조성이 금지되었고 이장과 폐묘만 허용되면서 현재 약 7,000기의 무덤이 남아 있다. 이것이 오늘날 망우리 공동묘지이다.

매장 문화의 유래

전통적으로 우리의 장례 문화에는 화장과 매장 두 가지 풍습이 있었다. 이는 우리의 역사가 불교국가와 유교국가를 거친 결과다. 불교에서는 삶과 죽음, 있음과 없음이 따로 있는 것이 아니라는 불이(不二)의 사상이 깔려 있어 한 줌의 재가 되는 화장 문화를 낳았다. 이에 반해 유교에서는 인간은 죽으면 혼과 백으로 분리되어 혼은 하늘로 올라가고 백은 땅으로 돌아간다고 생각하여 혼은 사당에 모시고 백은 무덤으로 정성스럽게 조성했던 것이다.

봉분을 조성하는 문화는 산지가 70퍼센트를 차지하는 우리나라 산천의 자연환경에 어울리는 장례 풍습으로 자리 잡았다. 그러나 조선왕조는 신분에 따라 주택 크기에 제한을 두고 호화주택을 금지했듯이 분묘에도 엄격한 제한 규정을 두었다. 조선왕조 국가 운영의 기본 틀로 제정된『경국대전』에서는 양반 사대부 무덤의 규모를 다음과 같이 제한했다.

> 종친 1품은 사방 100보로 하고 이하 10보씩 줄여 문무관 1품은 사방 90보, 문무관 2품은 사방 80보, 문무관 3품은 사방 70보, 문무관 4품은 사방 60보, 문무관 5품은 사방 50보, 문무관 6품 이하 및 생원 · 진사는 사방 40보.

분묘의 조성에서도 봉분 아래를 석재로 보호하는 호석(護石)이나 봉분 주위를 에워싸는 사대석(莎臺石)을 금했다. 묘비, 묘표, 장명등에 대해서도 한정을 두었다. 이에 따라 일반 서민들의 분묘는 우리가 늘 보아온 것처럼 야산에 오직 상석 하나만 설치하며 소박하게 조성되었다. 이것이 전통적인 우리의 분묘 문화이다.

그러나 송곳 하나 꽂을 땅조차 없는 가난한 서민들은 공동묘지에 매장할 수밖에 없었다. 그래서 공동묘지는 죽음의 달동네 같은 가난한 형식이 되었고 초라하고 을씨년스럽기까지 하여 좀처럼 가까이 하기 싫은 장소가 되었다. 유럽의 공동묘지들이 마을 안에 조성되어 삶의 공간과

| 반 고흐 무덤 | 반 고흐의 무덤은 오베르쉬르우아즈라는 마을 공동묘지의 가장 안쪽에 동생 테오의 무덤과 나란히 조성되어 있다. 전혀 치장한 바가 없지만 깊은 감명을 준다.

어울리는 것에 비해 우리의 공동묘지는 혐오시설에 가까운 기피 공간으로 치부되어온 것이 사실이다.

반 고흐 무덤과 위창 오세창 무덤

대부분의 서울 사람들과 마찬가지로 나 역시 망우리 공동묘지는 외면하고 싶은 장소였다. 사실 1976년 내가 결혼하고 1년 뒤 휘경동 부모님 집을 떠나 첫 살림을 차린 곳이 망우리 버스 종점 가까이의 단독주택 문간 전셋방이었다. 그때 내가 이쪽으로 이사한 이유는 우선 부모님 집과 가까웠기 때문이고, 또 하나는 서소문에 있는 직장까지 가는 131번 버스의 종점 부근이어서 앉아서 출근할 수 있었기 때문이었다.

그후 잠실 시영아파트로 전세를 옮긴 때가 1979년이었으니까 3년간

| 뒤늦게 찾아간 위창 선생 묘 | 그간 나에게 망우리 공동묘지는 외면하고 싶은 장소였다. 그러나 자칭 미술사가라면서 위창 선생의 묘소를 다녀오지 않은 것이 마음에 부끄러워 뒤늦게 찾아갔다.

망우리에 산 셈인데 나는 단 한번도 망우리 공동묘지에 가본 적이 없었다. 아니 그쪽을 바라보는 것조차 싫어했고, 누가 어디 사냐고 물으면 망우리라고 대답하지 않고 면목동 근처에 산다고 대답하곤 했다.

그런 망우리 공동묘지를 내가 처음 가보게 된 것은 20여 년 전(2000년 무렵)에 위창 오세창 선생의 묘소를 찾아갔을 때였다. 근대적인 학문체계로서 한국미술사의 아버지는 우현 고유섭 선생이라 하겠지만 위창 선생은 구학문에서 신학문으로 넘어가는 과정에서 우리나라 회화사를 집대성하신 한국회화사의 할아버지다. 특히 회화사가 전공인 나로서는 위창 선생의 연구에 힘입은 바가 너무도 커서 늘 감사하고 존경하는 마음을 간직해왔다. 그런 내가 위창 선생의 묘소를 뒤늦게나마 찾아가게 된 계기가 있다. 빈센트 반 고흐(Vincent van Gogh)의 무덤을 다녀오고 나서다.

반 고흐의 무덤은 파리에서 북쪽으로 약 30킬로미터 떨어진 오베르쉬르우아즈(Auvers-sur-Oise)라는 자그마한 시골 동네의 공동묘지에 있다. 1890년 37세에 타계한 반 고흐가 생을 마감할 때까지 약 70일 동안 살았던 이 마을은 지금도 옛 모습이 크게 변하지 않아 그의 〈별이 빛나는 밤〉 〈까마귀가 있는 밀밭〉의 풍광을 거의 그대로 볼 수 있다. 반 고흐의 무덤은 이 마을 공동묘지 가장 안쪽에 동생 테오의 무덤과 나란히 조성되어 있다. 무덤을 치장한 바가 전혀 없고, 반 고흐를 마치 귀환한 패잔병처럼 형상화한 조각가 오시프 자드킨의 등신대 동상을 허름한 받침대에 올려서 입구에 놓아둔 것이 전부였다. 그것을 보고 나는 깊은 감명을 받았다.

그리고 귀국 후 서양의 화가 반 고흐 무덤은 일부러 찾아갔으면서 자칭 미술사가라면서 위창 선생의 묘소는 한번도 다녀오지 않은 것이 마음에 부끄러워 그분의 묘소를 찾아갔던 것이다.

공동묘지에서 망우리공원으로

내가 찾아간 2000년 무렵 망우리 공동묘지 입구에는 '망우리공원'이라는 큰 글씨가 쓰여 있었다. 망우리 공동묘지는 1973년에 폐장된 이후 4년 뒤인 1977년에 '망우묘지공원'으로 명칭이 변경되었다. 그리고 1990년대 들어와서 이곳에 묻힌 역사문화 위인들을 기리자는 움직임이 일어나기 시작하여 1997년에는 독립운동가와 문화예술인 15인의 무덤 가까이에 '어록·연보비'가 세워졌다. 그 비의 듬직한 화강암 앞면에는 연보, 뒷면에는 어록을 새겼다. 그리고 1998년에는 이름을 '망우리공원'으로 바꾸었다. 혐오감을 주는 공동묘지라는 이름 대신 공원으로 개명한 것이었다.

망우리공원에 이르니 묘역 전체를 한 바퀴 돌아볼 수 있는 도로가 제법 넓게 정비되어 있었고 처처에 15인의 어록·연보비가 각각 세워져 있어 어려움 없이 역사문화 인물들의 묘역을 둘러볼 수 있었다. 초입에서 맨 먼저 만난 것은 「목마와 숙녀」의 시인 박인환의 묘였다. 그다음엔 화가 이중섭의 묘가 있었다.

망우리공원을 일주하는 순환도로는 타원형으로 총 길이가 약 5.3킬로미터에 달하는데 머리핀처럼 휘어 돌아가는 길목에는 해방공간에서 암살당한 설산 장덕수, 비운의 정치인 죽산 조봉암 등의 무덤이 있고, 거기서 곧장 더 나아가니 한강이 내려다보이는 산자락에 만해 한용운의 묘가 나오고 이내 호암 문일평 묘소 곁에 위창 오세창의 무덤이 있었다. 그리고 소파 방정환과 일본인 민예학자 아사카와 다쿠미의 묘도 있었다.

그때 나는 위창 선생의 묘소에 드리워진 소나무 그늘에 한참을 앉아 망우리공원이 갖고 있는 문화사적 무게를 느꼈다. 어느덧 공동묘지에 대한 통념이 완전히 사라지고 이곳이 우리 근대문화유산이라는 생각이 들었다. 일찍이 당나라 시인 유우석은 누추한 서재를 읊은 「누실명(陋室銘)」에서 이렇게 노래하지 않았던가.

산은 높지 않아도 신선이 있으면 명산이요	山不在高 有仙則名
물은 깊지 않더라도 용이 살면 신령스럽다	水不在深 有龍則靈

망우리공원에서 망우역사문화공원으로

그러고 몇 해 지난 2004년, 문화재청장으로 부임하게 되니 망우리공원을 어떻게 근대문화유산으로 지정하여 정비할 수 있을까를 행정가 입장에서 고민하게 되었다. 이에 문화재위원회 근대분과 위원장인 이만열 선생과 이 문제를 상의했다. 이 선생은 내 뜻에 크게 공감하며 적극 추진하자고 하셨다.

그리하여 2006년 3월 8일, 문화재위원회 근대분과 위원 7명과 망우리 공원 현장조사를 나갔다. 그때 참석한 위원은 이만열(역사학) 위원장 이외에 권영민(국문학), 박현수(인류학), 서중석(현대사), 이재(군사학), 이중희(근대미술사), 김용수(조경학) 등이었다. 위원들은 모두 망우리 공동묘지에 이렇게 많은 인사들이 모여 있다는 사실에 놀라며 이곳을 근대문화유산으로 지정할 가치가 있다는 데에 의견의 일치를 보았다.

그러나 행정상 당장 문화재로 지정할 수는 없는 일이었다. 문화재로 등재하려면 100년의 연륜이 있어야 하고 등록문화재로 지정하려고 해도 50년이 넘어야 한다. 역사인물의 묘소는 대개 8·15해방 전후이므로 등록문화재로는 기간이 충족되지만 인물 선정의 기준 또한 명확해야 했다. 묘역 전체를 문화재로 지정하려면 2023년 이후에나 가능한데 이 경우도 개인 묘의 주인들에게 일일이 다 동의를 받아야 한다. 무엇보다도 공동묘지 전체에 대한 문화재 조사가 선행되어야 했다.

대한민국 등록문화재 제619호

당시 망우리공원의 관리는 서울시설공단에서 맡고 있었는데 묘역 안에 있는 역사인물 묘소를 따로 실태조사한 바가 없었다. 그러나 우리나라는 언제나 관(官)보다 민(民)이 앞서가고 있다. 다행히 작가이자 번역가인 김영식이 몇 십 년 동안 개인적으로 조사해온 것이 있었다. 문화유산의 현장에 가보면 거기에는 거의 반드시 그 유물·유적과 인생을 같이 해온 인물이 한 분은 있는데 김영식 작가가 그런 분이었다. 그는 사명감을 갖고 지금 이 순간까지도 조사를 계속하고 있다. 그가 2009년에 펴

| 학생들과 함께한 망우리 답사 | 2010년 학생들과 함께 야외수업으로 망우리공원을 찾았다. 열정 넘치는 학생들과 함께 자장면을 배달해 먹으며 역사문화 인물 묘역을 모두 답사한 추억이 있다.

낸 『그와 나 사이를 걷다』(골든에이지)에는 43개소의 묘소가 밝혀져 있고, 2018년의 개정판(호메로스)은 58개소나 소개하고 있다. 이 책이 출간될 때 나는 기꺼이 '귀중한 문화유산'이라는 제목으로 추천사를 써주었다.

그리고 2008년 문화재청장에서 물러나 다시 명지대학교로 돌아와 강의를 시작하게 되었을 때 나는 대학원 수업으로 개설한 한국근현대미술사 강좌 수강생들과 함께 야외 수업으로 망우리공원을 다시 찾았다. 계획대로라면 이중섭 묘와 위창 오세창 묘만 답사하는 일정이었는데 학생들이 역사문화 인물 묘역을 모두 답사하자고 했다. 뜻은 좋으나 문제는 점심식사였다. 답사를 다 마치면 족히 오후 2시는 될 텐데.

학생들은 그래도 좋다며 즐거이 답사를 진행했다. 그리고 우리가 위창 묘역에 이르렀을 때는 이미 12시가 훌쩍 넘었다. 호기 있게 나설 때와 달리 학생들 모두 허기지어 지친 기색이 역력했다. 그때 기민한 한

학생이 휴대전화로 자장면을 배달시켰다. 그래서 우리는 위창 선생 묘소를 바라보며 함께 둘러앉아 점심을 먹고 망우리공원 전체 답사를 무사히 마쳤다(지금은 음식 배달이 금지되어 있다).

그러는 사이 망우리공원을 문화재로 지정하려는 노력도 결실을 맺기 시작했다. 2012년에 모든 조건이 충족된 만해 한용운(1879~1944) 묘소가 제일 먼저 대한민국 국가지정등록문화재 제519호로 지정되었다.

이후 망우리공원에 대한 사회적 관심이 높아지면서 2012년 한국내셔널트러스트가 주최한 시민공모전에서 '꼭 지켜야 할 자연문화유산'으로 선정됐고, 2015년에는 '서울시 미래유산'으로 선정됐다. 2013년에 서울시는 시민의 역사 체험과 사색을 위한 인문학길 '망우리 사잇길' 두 곳을 조성했다. 그리고 2017년에 마침내 아래의 독립유공자 여덟 분의 묘가 국가지정등록문화재 제691호(1호~8호)로 지정됐다.

오세창((吳世昌, 1864~1953), 문일평(文一平, 1888~1939), 방정환(方定煥, 1899~1931), 유상규(劉相奎, 1897~1936), 오기만(吳基萬, 1905~37), 서광조(徐光朝, 1897~1972), 서동일(徐東日, 1893~1966), 오재영(吳哉泳, 1897~1948)

문화재 지정 조사가 착수된 지 10년 만에 결실을 맺은 것이다. 사실 제대로 기리자면 이분들 말고 문화예술인들도 포함해야 마땅하다. 하지만 행정상으로는 항시 형평성과 기준이 확실해야 하므로 일단 대한민국 훈장을 받으신 분으로 국한해 지정한 것이다.

이를 계기로 2021년 공원 관리 주체가 서울시설공단 추모시설운영처에서 서울시 중랑구로 옮겨져 구청에 망우리공원과가 신설되었다. 이후 중랑구는 망우리공원의 대대적인 정비사업을 추진하여 기존의 주차장 자리에 망우리공원의 전시·교육·홍보를 위한 안내 건물로 '중랑망우공간'을 금년(2022) 4월 1일 개관했다. 공원의 이름도 '망우역사문화공원'으로 바꾸었다. 망우리 공동묘지가 폐장된 지 50년 만에 역사문화공원으로 다시 태어난 것이었다.

중랑망우공간

망우리공원이 새 단장을 했다는 소식을 접하고 나는 기쁜 마음이었다. 명지대 제자이자 한국미술사연구소 연구원인 홍성후와 지난 4월 15일 아침 10시에 현장에서 만나기로 했다. 그는 처음 가보는 곳이기도 하고 선배들이 야외 수업으로 가서 자장면 먹었다는 얘기를 많이 들었다며 꼭 동행하고 싶다고 했다.

자동차를 몰고 주차장에 다다르니 운 좋게 딱 한 자리가 있었다. 차에서 내리니 맞은편 나무 계단으로 성후가 숨을 헐떡이며 달려왔다. 지하철 경의중앙선을 타고 양원역에서 내려 걸어오기까지 족히 15분은 걸리더라는 것이다.

새로 개관한 중랑망우공간은 한눈에 봐도 쾌적하고 멋진 건물이었다. 건물 이름을 공간이라고 한 것부터 신선했다(중랑을 앞에 붙인 것이 좀 어색했지만). 지상 2층의 단순한 콘크리트 건물인데 경사면을 이용하여 낮고 길게 뻗어 있고 공간 분할이 시원했다. 여느 지자체의 '공무원표' 건물과는 격이 달랐다.

건축가 이름을 알고 싶었지만 안내서에도 건물에도 아무런 기록이 없다. 참으로 딱한 일이다. 미술작품에는 반드시 작가 이름이 붙는다. 그러나 유독 건축물에는 건축가 이름을 내세우지 않는다. 이러한 경향이 나타나는 까닭은 '창작으로서 건축물'이라는 개념은 부재한 채 '토목기술의 산물로서 건물'만을 생각하는 우리 사회의 낙후된 관념 때문이다.

| **중랑망우공간** | 2022년 개관한 중랑망우공간은 망우역사문화공원의 방문자 센터로 기획전시실과 카페, 미디어홀 등을 갖추고 있다.

납사가 끝난 뒤 중랑구청 망우리공원과에 문의하니 경희대 건축학과 정재헌 교수의 모노건축사사무소가 설계한 것으로, 설계 공모 당선작이었다고 한다.

중랑망우공간 1층에는 망우카페와 미디어홀이 있고, 2층에는 기획 전시실과 다목적실, 넓은 전망데크가 있다. 그리고 옥외에 꽃과 나무와 연못으로 이루어진 '수(水)공간'이 있다. 건물 이름을 '공간'이라고 한 건축 의도가 그대로 살아 있다.

중랑망우공간은 개관과 동시에 '망우4색: 근대 위인을 만나다'라는 특별전을 마련했다. 그러면서 이곳에 묻힌 역사인물을 네 가지 주제로 나누었다.

| 인물광장으로 가는 길 | 망우역사문화공원에는 묘역 전체를 한 바퀴 돌아볼 수 있는 도로가 제법 넓게 정비되어 있어 편안히 산책할 수 있다.

1. 불굴의 애국지사 묘역: 한용운·오세창·방정환 등
2. 찬란한 문학 위인 묘역: 계용묵·김말봉·박인환 등
3. 생생한 역사 위인 묘역: 장덕수·조봉암·지석영 등
4. 감동의 예술 위인 묘역: 이중섭·이인성·권진규·차중락 등

우리는 망우카페에서 커피를 가지고 나와 수공간에서 마시며 숨을 고른 뒤 본격적으로 답사에 들어갔다. 입구부터 큰길가에는 '망우4색' 특별전을 알리는 배너들이 바람에 나부끼고 있었다. 비탈길을 따라 안내표지대로 걸음을 옮기니 이내 이곳에 묻힌 역사인물들을 소개한 인물광장이 나온다. 광장에는 나무 데크를 널찍이 설치하고 정면에 '망우

| 인물광장 | 비탈길을 따라 걷다보면 이곳에 묻힌 역사인물들을 소개한 인물광장이 나온다. 나무 데크를 널찍이 설치하고 역사인물 50여 명의 사진과 약력을 2단으로 길게 펼쳐놓았다.

4색'의 역사인물 50여 명의 사진과 약력을 2단으로 길게 펼쳐놓아 입구부터 공동묘지가 아니라 역사문화공원이라는 분위기를 자아낸다.

이태원 공동묘지 무연분묘와 유관순

망우리 공동묘지 전체를 크게 한 바퀴 도는 순환도로는 길이 5.3킬로미터의 불규칙한 타원형으로, 한강과 나란히 수평으로 뻗어 있는 위쪽 언덕마룻길 양지바른 곳에 역사인물들의 묘소가 집중적으로 분포되어 있다. 인물광장의 왼쪽은 산비탈이 가파른 야산으로 그대로 남아 있고 묘소들은 오른쪽 큰길 아래위에 퍼져 있다. 그래서 망우역사공원의 답사는 오른쪽으로 돌아 산등성이로 난 길을 지나 왼쪽으로 내려오는 코스가 정석이라고 할 수 있다.

| 이태원묘지 무연분묘 합장비 | 연고가 없어 제대로 위로받지 못하는 2만 8천 혼백들이 이렇게 작은 봉분 속에 묻혀 있다. 유관순 열사도 그중 한 사람이다.

그러나 이번에 성후와 갔을 때 나는 왼쪽 초입에 동떨어져 있는 '이태원묘지 무연분묘 합장비(利泰院墓地 無緣墳墓 合葬碑)'부터 찾아갔다. 여기는 본래 묘지로 쓰기에는 부적절한 '등외지'인데 1935년 이태원 공동묘지에 있던 무연고 묘 2만 8천 기를 화장하여 합장하고 작은 위령비를 세워놓았다. 자연석으로 쌓은 축대에 세워놓은 비석 앞면에는 '이태원묘지 무연분묘 합장비'라고 쓰여 있고 뒷면에는 설립 날짜와 함께 시행처로 '소화 11년(1936) 12월 경성부(昭和十一年十二月京城府)'라고 쓰여 있다.

연고가 없어 제대로 위로받지 못하는 2만 8천 혼백들이 이렇게 작은 봉분 속에 묻혔다는 사실에 처연한 마음이 일어난다. 그 합동묘에는 다른 분도 아닌 유관순(柳寬順, 1902~20) 열사도 있다는 사실에 더욱 가슴이 아려온다.

유관순 열사는 이화여고 1학년 때인 1919년 3·1만세운동에 참여한다. 그러다 휴교령이 내려지자 고향인 천안으로 내려와 있다가 4월 1일 아우내장터 만세시위를 주동한 혐의로 체포되었다. 당시 아우내장터에서는 19명이 사망했다. 유관순은 5월 9일 공주법원에서 5년 형을 선고받고, 6월 30일 경성복심(고등)법원에서 3년 형을 받자 상고를 포기한다. 이후 복역 중에 고문 후유증으로 1920년 9월 28일 서대문형무소에서 순국했다.

| 유관순 열사 |

10월 12일 이화학당은 유관순의 시신을 인수해 정동교회에서 장례식을 치르고 14일 이태원 공동묘지에 안장했다. 그런데 1935년에 이태원 공동묘지 전체가 망우리로 이장할 때 무연고 묘로 분류되면서 여기에 합장된 것이다. 유관순의 아버지와 어머니 모두 아우내장터 만세시위 때 순국했고 유관순 열사의 후손이 있을 수 없어 무연고 묘가 되었던 것이다. 유관순 열사의 넋을 우리가 이렇게밖에 기릴 수 없게 되었다니 참으로 가슴 아픈 일이다.

그나마 위안이 되는 사실은 1962년에 유관순 열사에게 건국훈장 독립장이 추서되었고, 2019년에는 1등 서훈인 대한민국장으로 승격 추서되었으며 중랑구에서 매년 기일인 9월 28일에 추모식을 열고 있다는 것이다.

시인 박인환의 묘

유관순 열사의 영혼에 참배를 드리고 나서 나는 다시 인물광장으로 나와 순환도로 오른쪽으로 발길을 옮기며 답사를 시작했다. 공동묘지였다고 하지만 길은 새로 정비되어 넓고 편안하다. 길 아래위로는 어느 야산과 마찬가지로 도토리나무·소나무·아까시나무가 자라고 산벚나무·진달래가 무리 지어 피어난다. 나뭇가지 사이로는 저 멀리 산 아랫동네에 아파트가 빼곡히 펼쳐져 있는 풍경이 힐끗힐끗 보인다. '전신주 4번'에 이르니 가장 먼저 길 아래쪽에 시인 박인환의 묘소가 있다는 표지판이 나타났다.

「목마와 숙녀」라는 시로 널리 알려진 박인환(朴寅煥)은 1926년 강원도 인제에서 태어나 서울로 올라와 덕수공립소학교를 우수한 성적으로 졸업하고 경기공립중학교에 입학했으나 영화관 출입 문제로 중퇴하고 명신중학교를 졸업한 뒤 평양의학전문학교에 들어갔다. 여기서도 그는 의학보다 문학에 심취했다. 8·15광복을 맞이하자 그는 서울로 올라와 '마리서사'라는 서점을 열고 문단과 교류를 시작했다. 그가 「미라보 다리」의 시인 아폴리네르의 애인인 화가 마리 로랑생을 좋아하여 그런 이름을 지은 것이다.

한국전쟁 때는 종군기자로 복무하고 휴전 협정 후인 1955년 첫 시집인 『선시집』을 출간하며 모더니즘 시인으로 각광을 받기 시작했으나 술과 담배를 그렇게 좋아하더니 1956년 3월 20일 갑자기 심장마비로 세상을 떠났다. 박인환은 소설가 이상을 롤모델로 삼으면서도 서구 모더니즘과 그 분위기를 매우 동경해 '명동백작'이라 불렸는데, 그의 절친 소설가 이봉구를 비롯하여 명동시대를 연 동료 문인들이 그가 좋아했던 조니워커 한 병과 카멜 담배 한 갑을 부장품으로 넣어주었다고 한다. 이

| 박인환과 묘소 아래 나무 데크 | 박인환 묘소는 순환도로 아래쪽에 있는데 가까이 나무 데크가 놓여 있어 작은 음악회가 열리기도 한다.

봉구의 소설 「선소리」는 박인환 1주기에 홀로 망우리 무덤을 찾아왔을 때 만난 어느 선소리꾼의 인생을 달관한 듯한 모습으로 그린 작품이다.

박인환은 짧은 인생에 몇 편의 시만 남겼고, 김수영 시인 같은 분에게서 낭만적 센티멘털리즘이라고 호된 비판을 받았지만 그의 마지막 작품인 「세월이 가면」이 가요로 크게 히트하면서 오늘날까지 대중에게 사랑받는 시인 중 한 사람이 되었다. 이봉구의 『그리운 이름 따라: 명동 20년』에는 이 곡이 나오기까지의 과정이 실려 있다.

1956년 어느 날 명동의 경상도집이라는 막걸리집에서 박인환·나애심(가수)·조병화(시인)·이진섭(극작가) 등이 술을 마시다가 그 자리에서 박인환이 이 시를 쓰자 전문 작곡가가 아닌 이진섭이 작곡하고 나애심이 즉석에서 악보를 보고 불렀다고 한다. 이것이 전설적인 1950년대 명동의 한 풍경이다.

| **박인환 묘** | '명동백작'으로 이름을 떨친 박인환이 갑자기 세상을 떠나자 동료 문인들은 술과 담배를 좋아하던 그를 위해 양주 한 병과 담배 한 갑을 부장품으로 넣어주었다고 한다.

「세월이 가면」은 나애심 이후 박인희·최백호·이동원 등 많은 가수들이 저마다 개성을 살려 분위기 있게 불렀다. 특히 연극배우 박정자가 부른 버전이 감동적이어서 1990년대 답사 때 이동하는 버스에서 많이 들었다. 박정자의 앨범 테이프 '아직은 마흔네 살'(1989)에 들어 있는 이 곡을 들으면 마치 40대 중년 여인의 고독이 살점째 뚝뚝 떨어지는 듯한 울림이 있다.

박인환의 묘비 뒷면에는 가족 이름이 새겨져 있다. 그중 큰아들 세형은 나와 고등학교 동창으로 비록 소식이 끊어진 지 오래되었지만 한동네에서 친하게 지냈던 어린 시절의 동무인지라 한참 거기에 눈길이 머물렀다.

| 이중섭 묘 | 이중섭의 무덤에는 아담한 묘비가 있고 구상 시인이 장례 때 심은 소나무가 굳세게 자라 이 불우했던 천재 화가의 넋을 기리고 있다.

| 이중섭 묘비 | 조각가 차근호가 세운 이중섭의 묘비에는 두 아이가 꼭 부둥켜안고 있는 이중섭의 은지화(오른쪽)가 새겨져 있다.

이중섭의 무덤

박인환의 무덤에서 올라와 다시 순환로를 따라가니 위쪽으로는 민속학자 송석하(宋錫夏)의 무덤을 가리키는 표지가 있다. 석남 송석하(1904~48)는 손진태와 함께 불모지나 다름없던 민속학을 개척한 국학자로 국립민속박물관의 전신인 국립민족박물관의 초대 관장을 지냈다. 그가 열정적으로 조사한 민속자료들은 국립민속박물관에 소장되었고 그가 남긴 민속사진들을 담은 『민속사진특별전도록: 석남민속유고』가 1975년 국립민속박물관에서 출판되었으며 1996년에는 정부가 그의 업적을 기려 금관문화훈장을 추서했다.

'전신주 11번' 근처의 푯말은 아래쪽에 독립운동가 오재영과 서동일의 묘가 있음을 알려준다. 다시 발걸음을 재촉하여 '전신주 21번'에 이르니 이중섭(李仲燮, 1916~56)의 무덤을 알려주는 표지판이 나온다. 이중섭

| 이중섭의 〈검은 눈망울의 황소〉 | 이중섭은 '그리움의 화가'였다. 이 〈검은 눈망울의 황소〉를 비롯해 그가 남긴 작품들에는 그리움의 감정이 절절히 녹아 있다.

무덤은 큰길에서 한참 아래쪽 용마천 약수터까지 내려가야 있다.

평범한 둥근 무덤이지만 무덤 곁에는 이중섭을 무한히 존경했던 조각가 차근호가 세운 아담한 묘비가 있다. 묘비에는 두 아이가 꼭 부둥켜 안고 있는 애잔한 모습을 담은 이중섭의 그림이 새겨져 있다. 그리고 무덤 곁에는 구상 시인이 장례 때 심은 소나무가 굳세게 자라 이 불우했던 천재 화가의 넋을 기리고 있다. 그때 3년생을 심었다면 이제 수령 60년이 넘는 노송이다.

'황소의 화가' 이중섭은 국민화가라 일컬어 조금도 부족함이 없을 정도로 그의 예술은 위대하지만 삶은 불행했다. 41세로 생을 마친 그의 마지막은 너무도 슬프다. 함흥 철수 때 남하하여 부산, 통영, 제주도를 전전하며 살았다. 사랑하는 아내와 두 아들을 일본 처갓집으로 보내고 헤어진 가족에 대한 그리움을 이기지 못한 그는 폭음을 하며 몸부림치다 마침내 육신은 병들고 정신은 방향을 잃어갔다.

1955년 그림자 같은 벗인 시인 구상과 「와사등」의 시인 김광균을 비롯한 친구들의 도움으로 서울 미도파 화랑에서 개인전을 연 것이 마지막이었다. 그 전시는 그의 예술을 꽃피운 향연이자 행복이었다. 전시회에 성공하면 가족을 만나러 갈 수 있다는 희망에 부풀어 있었으나 그림 판매는 여지없이 실패했고 그 좌절 속에 몸과 정신은 점점 더 피폐해졌다. 이따금 그는 발작을 일으켰다.

우울증과 영양실조, 거기에 거식증과 간염까지 겹쳤다. 친구들은 그를 정신병원에 입원시켰다. 정신병원에서 그가 그린 정신병 환자 특유의 그림을 보면 더욱 안타까움이 느껴진다. 그는 몇 차례의 탈출 소동으로 여러 병원을 옮겨다니다 결국 1956년 9월 6일에 서대문 적십자병원에서 숨을 거두었다. 그의 시신은 화장되어 반은 이곳 망우리 공동묘지에 묻히고, 반은 일본으로 보내졌다. 죽어서야 혼백의 일부가 그리워하던 아내와 아이들 곁으로 돌아간 것이다.

나에게 이중섭을 한마디로 소개하라면 '그리움의 화가'라고 하겠다. 인간 누구나 품고 있는 그리움의 감정을 이중섭처럼 가슴 저미게 형상화한 화가는 드물다. 이중섭의 〈황소〉〈달과 까마귀〉〈매화꽃〉 그리고 수많은 은지화(銀紙畵) 모두 그리움의 감정으로 읽으면 그의 예술이 더욱 절절히 다가올 것이다. 시에 소월이 있다면 그림에 이중섭이 있다.

국민강녕탑과 중랑전망대

이중섭 무덤에서 올라와 다시 발길을 옮기면 길 위쪽으로 '국민강녕탑'이 나타난다. 아무렇게나 생긴 막돌을 모아 수미탑 형태로 쌓았다. 이 탑은 망우산 지킴이로 수십 년간 산속의 쓰레기를 주워온 최고학(1927~)

| 국민강녕탑 | 이 탑은 망우산 지킴이로 수십 년간 산속의 쓰레기를 주워온 최고학 할아버지가 막돌을 모아 수미탑 형태로 쌓은 것이다.

할아버지가 국민의 안녕을 기리며 홀로 10여 년에 걸쳐 쌓은 것이다. 이 탑을 보면서 나는 모든 유적지에는 거기에 혼을 싣고 사는 인생이 있음을 다시금 확인한다.

다시 비탈길을 따라 발길을 옮기어 '전신주 27번'에 이르면 오른쪽으로 '중랑전망대'라는 나무 데크가 나온다. 여기에 올라서면 면목동·망우동 일대의 아파트숲 너머로 불암산, 수락산, 도봉산, 삼각산, 보현봉까지 백두대간의 북한산 줄기가 한눈에 펼쳐진다. 가까이로는 망우역 옆의 제법 웅장한 건물이 눈에 띄어 지리를 가늠해볼 수 있는데, 그 너머로는 봉화산이 짙푸른 빛으로 볼록 솟아 있다.

중랑전망대에서 시원한 조망으로 가슴을 열고 다시 발길을 옮기면 길 아래쪽에 「백치 아다다」로 유명한 소설가 계용묵(1904~61)의 묘소를 가리키는 표시가 나온다. 그리고 또 한참을 걸으면 이번에는 「낙엽 따라

| 중랑전망대에서 바라본 풍경 | 여기에 올라서면 면목동 · 망우동 일대의 아파트숲 너머로 불암산, 수락산, 도봉산, 삼각산, 보현봉까지 백두대간의 북한산 줄기가 한눈에 펼쳐진다.

가버린 사랑」의 가수 차중락(1942~68)의 묘소를 알려주는 표시가 나온다. 말없이 따라오던 성후에게 차중락을 아느냐고 물어보았다.

"알기만 해요. 목소리가 매력적이잖아요. 우리 가요사에서 '오빠부대'를 본격적으로 끌고 다닌 사람은 조용필이지만 차중락이 효시라고 해요."

여기서 조금 더 올라가니 길은 좌우로 갈라지며 삼거리가 된다. 이 삼거리에서 오른쪽으로 가면 용마산이 나오고 왼쪽으로 돌아서면 망우산 능선 따라 우리가 찾아갈 역사인물들의 묘가 나온다.

| 공원의 아름다운 비탈길 | 순환도로 길 아래위로는 어느 야산과 마찬가지로 도토리나무·소나무·아까시나무가 자라고 산벚나무·진달래가 무리 지어 피어난다.

설산 장덕수와 난석 박은혜의 무덤

삼거리에서 왼쪽으로 방향을 바꾸면 이내 길 위쪽에 설산(雪山) 장덕수(張德秀, 1894~1947)와 난석(蘭石) 박은혜(朴恩惠, 1904~63) 부부의 무덤이 나온다. 해방정국에서 좌우 이념이 날카롭게 대립해 있을 때 중도(또는 좌익)에서 백범 김구와 몽양 여운형, 우익에서 고하 송진우와 설산 장덕수가 암살된 것은 민족의 인적 자산이 한꺼번에 괴멸한 것이나 다름없었다.

설산 장덕수는 황해도 재령 출신으로 일본 와세다대학을 졸업하고 상해로 건너가 1918년 몽양 여운형과 신한청년당을 결성했다. 1919년에는 동경 유학생의 2·8선언에 참여하여 일본경찰에 체포되기도 했다.

1920년 『동아일보』 창간 때 초대 주필로 동아일보의 3대 사시(社是) "조선 민족의 표현기관으로 자임하노라/민주주의를 지지하노라/문화

| 설산 장덕수와 난석 박은혜 부부의 묘 | 설산과 난석의 묘역은 망우리 묘지 중 예외적으로 아주 넓고 묘비와 망주석, 장명등은 물론 문인석까지 갖췄다.

주의를 제창하노라"를 기초했다. 1923년에 미국으로 유학을 떠나 컬럼비아대학에서 박사학위를 받고 귀국 후 보성전문학교(현 고려대학교) 교수를 지냈다. 그리고 해방 후 한국민주당 창당의 주역으로 활약하던 중 1947년에 암살되었다.

난석 박은혜는 평안남도 평원 출신으로 1930년 이화여전 문과를 졸업하고 미국으로 건너가 종교학 석사를 받았다. 그리고 장덕수와 약혼한 뒤 1936년에 귀국하여 이듬해에 결혼했다. 설산과 난석의 결혼은 인텔리 선남선녀 부부의 탄생으로 칭송과 부러움을 샀다. 박은혜는 이화여전에서 종교학 강의를 맡다가 1946년에 경기여고 교장으로 부임하여 15년간 일했고 퇴임 후에는 은석초등학교를 개교한 교육자였다.

설산과 난석의 묘역은 망우리 묘지 중 예외적으로 아주 넓고 묘비와 망주석, 장명등은 물론 문인석까지 갖췄다. 그런데 문인석에는 근래에

| 장덕수와 박은혜 | 장덕수는 미국에서 공부하고 돌아와 해방 후 한국민주당 창당의 주역으로 활동하던 중 안타깝게 암살당했고, 박은혜는 경기여고 교장으로 헌신하며 평생을 교육자로 살았다.

의도적으로 파괴한 듯한 망치 자국이 남아 있어 안타까움을 느끼게 하는데, 다행히 대리석 묘비는 상처를 입지 않았다. 묘비를 읽어보니 설산의 비문은 유광열이 짓고, 난석의 비문은 김활란이 지었으며 글씨는 모두 원곡 김기승이 썼다.

뒤에서 묘비를 따라 읽던 성후는 갑자기 무언가를 알게 되었다는 듯 내게 큰 소리로 말했다.

"선생님, 수화 김환기가 책 표지를 장정한 『난석소품』의 난석이 박은혜였나봅니다."

"맞어, 나도 한 권 구해서 갖고 있는데, 난석이 15년간 경기여고 교장을 지내면서 연설한 글들을 모은 책이야. 책 표지가 정말 예쁘지."

| 설산 장덕수 묘비와 박은혜의 『난석소품』 | 설산의 비문은 유광렬이 짓고 난석의 비문은 김활란이 지었다. 난석 박은혜가 경기여고 교장을 지내면서 연설한 글들을 모은 책인 『난석소품』은 김환기 장정의 표지가 아름답다.

죽산 조봉암의 무덤

설산의 무덤에서 조금 더 올라가면 오른쪽으로는 동락정이라는 육각정자가 있고 조금 더 가면 왼쪽 산자락에 죽산(竹山) 조봉암(曺奉岩, 1899~1959)의 무덤이 나온다. 죽산을 생각하면 누구나 가슴이 먹먹해질 것이다. 묘소 입구에는 그를 기리는 죽산 당신의 어록 하나가 다음과 같이 새겨져 있다.

> 우리가 독립운동을 할 때 돈이 준비되어서 한 것도 아니고 가능성이 있어서 한 것도 아니다. 옳은 일이기에 또 아니 하고서는 안 될 일이기에 목숨을 걸고 싸웠지 아니하냐.

조봉암은 강화도에서 농민의 아들로 태어나 3·1운동에 참여하여 옥

| 죽산 조봉암 묘 | 조봉암의 묘역은 복권 이후 자연석과 회양목으로 돌 축대를 반듯하게 쌓고 장명등과 망주석을 세워 이 비운의 정치인을 기리는 품격있는 무덤으로 정비되었다.

고를 치른 뒤 독립운동에 투신했다. 국내외에서 활동하다가 신의주 감옥에서 7년간 복역했다. 일제강점기에 조선공산당 주요 지도자 중 한 사람이었지만 해방 후에는 조선공산당과 결별하고 중도파의 길을 걷기 시작하여 1948년 인천에서 제헌국회의원에 당선되었고 초대 농림부장관과 국회부의장을 지냈다.

1956년에는 진보당을 창당하고 제2대, 제3대 대통령 선거에서 연이어 2위를 차지하여 이승만의 장기집권을 위협하는 존재로 떠올랐다. 그런 죽산이 갑자기 체포되어 '북한과 내통해 평화통일을 주장했다'는 이유로 결국 1959년 7월 31일 사형에 처해졌다.

이후 죽산 조봉암을 언급하는 것은 금기시됐다. 그리하여 조봉암의 묘비는 이름 외에 아무런 글이 새겨져 있지 않은 무자비(無字碑)로 세워져 있다. 아무 글씨가 없는 이 백비(白碑)야말로 어떤 장문의 비문보다도

| 사형 선고를 받는 조봉암과 그의 묘비 | 조봉암 사형 이후 그를 언급하는 것은 세상이 민주화되기 전까지 금기였다. 그의 묘비는 앞면의 이름 석자 이외에 아무런 글이 새겨져 있지 않은 백비다.

많은 말을 담고 있다.

세상이 민주화되어 죽산 사후 40년 뒤인 1999년에서야 그의 명예회복을 위한 범민족 추진 준비위원회가 발족했고 2007년 9월 '진실·화해를위한과거사정리위원회'는 조봉암에 대한 사과와 그의 명예회복을 국가에 권고했으며, 2011년 1월 20일 대법원은 대법관 13명 전원 일치 판결로 무죄를 선고했다.

이후 조봉암의 묘역은 자연석과 회양목으로 돌 축대를 반듯하게 쌓고 장명등과 망주석을 세워 품격있는 무덤으로 정비했으며, 주변의 잡목도 제거하여 묘소에 아주 밝은 기상이 감돈다. 그렇게 해서 죽산은 복권되었지만 영혼이 온전히 신원(伸寃)된 것은 아니었다. 그간에 받아온 '빨간 딱지'는 지금까지도 좀처럼 지워지지 않아 2009년에 열린 서거 50주기 행사에는 진보적인 정치인 몇몇과 그의 고향 인천의 후배 정

| 육각지붕 정자 동락정 | 순환도로의 쉼터인 이 정자 아래쪽 샛길을 따라가면 고구려시대의 아차산 보루군이 나온다.

치인 몇몇만이 모였다. 그날 아침 갑자기 비가 쏟아져 흰 천막을 쳤는데 추모식이 시작되자 언제 그랬냐는 듯이 비가 그쳐 맑은 하늘 아래 식을 치르며 모두들 죽산의 혼이 모처럼 밝은 모습으로 나타난 것이라고들 여겼다고 한다.

아차산 보루

죽산의 무덤에서 내려와 우리는 길 건너 있는 육각정자에서 쉬어가기로 했다. 벌써 1시간 반을 걸었다. 정자에 오르니 시야가 갑자기 넓게 트이면서 오른쪽 잡목들 사이사이로 유유히 흐르는 한강이 보였다. 정자 아래쪽으로는 샛길이 나 있는데 이 길을 따라가면 고구려시대의 아차산 보루(堡壘)들이 나온다.

| 아차산 보루에서 바라본 풍경 | 보루란 적의 침입과 동태를 살피기 위해 쌓은 작은 요새다. 시야가 넓게 트여 한강 유역을 조망할 수 있다.

내가 문화재청장으로 있을 때, 국립문화재연구소가 신희권(현 서울시립대 교수)을 발굴단장으로 하여 이 유적지를 직접 발굴하고 있었다. 많은 연구원들이 땡볕에 고생하는 현장에 내가 위로차 방문한 적이 있다. 이 발굴로 출토된 유물 덕분에 지금 우리는 한강 유역을 두고 고구려와 백제가 팽팽히 대립했던 5세기 한반도의 정세를 확인할 수 있다.

보루란 적의 침입과 동태를 살피기 위해 쌓은 작은 요새로, 여기 있는 보루들은 고구려 장수왕이 백제를 공략할 때 강 건너 백제의 몽촌토성, 풍납토성과 대치하며 축조한 것으로 추정된다. 아차산 일대에는 둘레 100~300미터 되는 보루들이 10여 곳에 설치되어 있다. 보루와 보루 사이의 거리는 400~500미터인데 이 아차산 보루는 용마산 보루, 시루봉 보루, 수락산 보루, 망우산 보루 등으로 이어져 있다.

결국 백제 개로왕은 위례성이 함락될 때 도망가다 붙잡혀 이 아차산

| 아차산 보루 발굴 현장 | 이 발굴로 출토된 유물 덕분에 한강 유역을 두고 고구려와 백제가 팽팽히 대립하던 5세기 한반도의 정세를 확인할 수 있었다.

성으로 끌려와 죽임을 당했다. 이에 백제가 475년 9월 급히 남하하여 금강 건너 웅진(공주)으로 천도한 사실을 말해주는 역사 유적이 이곳이다.

이 아차산 보루는 551년 고구려가 신라와 백제 연합군에 의해 물러날 때까지 활용됐을 것이다. 이 보루군은 남한 지역에 있는 몇 안 되는 고구려 유적이어서 2004년에 '아차산 일대 보루군' 17기가 국가 사적 제455호로 지정됐다.

나는 육각정자에 올라 성후에게 이 아차산 보루를 발굴할 때 이야기를 해주었다. 덧붙여 개로왕 동생이 임신한 형수(개로왕 부인)와 함께 일본으로 원군을 청하러 갔는데 갑자기 해산기가 있어 급히 규슈 가카라시마(加唐島)에 배를 대고 아들을 낳았고, 그가 나중에 백제 제25대 왕인 무령왕이 되었다는 이야기를 해주었다. 한강을 바라보며 잠시 휴식을 취하는 시간이었다.

| 아차산 보루 | 이 보루군은 남한 지역에 있는 몇 안 되는 고구려 유적이어서 2004년에 '아차산 일대 보루군' 17기가 국가 사적 제455호로 지정됐다.

정자에서 내려와 다시 답사를 시작하니 순환도로가 멀리까지 뻗어 있는 것이 보인다. 이제부터는 사뭇 산등성을 따라가는 편안한 산책길이다. 망우역사문화공원이 당당히 '인문학의 길'이라는 이름을 내걸 만큼 이 길에는 역사문화 인물들의 묘소가 집중적으로 모여 있다.

만해 한용운에서 호암 문일평, 위창 오세창, 아사카와 다쿠미, 소파 방정환, 유상규 의사와 도산 안창호 선생 가묘(假墓), 화가 이인성, 조각가 권진규, 종두법의 지석영, 시인 김상용 등의 무덤으로 이어진다. 우리는 그 길을 따라 심기일전의 발걸음으로 다시 답사를 이어갔다.

역사문화 인물들의 넋을 찾아가는 길

장례 풍습 / 만해 한용운의 무덤 / 호암 문일평의 무덤 / 위창 오세창의 무덤 / 소파 방정환의 무덤 / 방정환과 어린이날 / 국회부의장 이영준 묘 / 아사카와 다쿠미의 무덤 / 민예의 선구자, 아사카와 형제 / 도산 안창호와 유상규의 무덤 / 화가 이인성과 조각가 권진규의 무덤 / 송촌 지석영의 무덤 / 지석영 선생의 집념 / 시인 김상용의 묘 / 삼학병의 묘 / 노고산 천골 취장비 / 다시 중랑망우공간에서

장례 풍습

망우리 공동묘지를 답사하면서 나는 우리나라 장례 문화에 대해 이런 생각을 해보았다. 죽음이란 결국 자연 생물계의 공통된 숙명인데 지구상의 동물 중에서 오직 인간만이 장례를 치른다. 그러나 그 시신을 어떻게 자연으로 돌아가게 하는가는 민족마다 종교마다 다르다. 티베트의 유목민들은 시신을 새의 먹이로 바치는 조장(鳥葬)을 치르고, 어느 섬의 원주민들은 바다에서 수장(水葬)을 한다고 한다.

우리나라는 청동기시대 이래로 매장(埋葬) 문화를 갖고 있다. 지하에 안치하는 방식에 따라 토광묘·옹관묘·목관묘·적석묘·석실묘 등이 있고 지배층의 무덤은 지석묘(고인돌), 적석목곽묘(돌무지덧널무덤), 전축분(벽돌무덤), 석실봉토분(돌방흙무덤) 등 시대마다 나라마다 다르게 나타났다.

장례 풍습은 인간의 생활방식 중에서 가장 보수적이어서 좀처럼 바뀌지 않는다. 장례 풍습이 바뀌었다는 것은 세상이 다 바뀌었음을 의미한다.

불교가 들어오면서 화장한 유골을 모시는 납골묘가 새롭게 등장했다는 사실이 이를 증명한다. 그러나 전통적인 매장 문화의 풍습은 좀처럼 바뀌지 않았다. 특히 조선왕조가 이데올로기로 삼은 유교에는 사람이 죽으면 혼백이 분리되어 혼은 하늘로 올라가 사당에 모시고 백은 땅에 묻고 무덤을 만드는 장례 풍습이 있어서 매장 문화는 계속 이어졌다.

그런데 오늘날 우리의 장례 풍습이 알게 모르게 많이 바뀌고 있다. 전통적으로 우리의 장례는 집에서 치러졌다. 20여 년 전, 금세기 초만 해도 상갓집으로 문상을 가는 것이 상례였다. 그때만 해도 아파트로 문상 가는 것이 하나도 이상하지 않았다. 당시 병원의 영안실은 거의 혐오시설에 가까웠다.

그러다가 1994년 삼성의료원에 장례식장이 문을 연 것을 시작으로 영안실은 장례식장으로 이름이 바뀌었고 결혼예식장처럼 그 이용이 일반화되었다. 요즘은 궁벽한 농촌에서도 집에서 장례를 치르는 일이 거의 없다. 이와 동시에 매장보다 화장이 더 선호되고 있고 개인 분묘가 아니라 납골당에 안치하는 문화가 일반화되었다. 이로 인해 요즘 새로 조성되는 공동묘지는 공원묘원이라는 이름으로 종래의 어두운 이미지를 벗어버리고 있다.

망우리 공동묘지가 망우역사문화공원으로 이름을 바꾸며 '공동묘지'에서 벗어나 '공원' 이미지를 갖게 된 것은 우리 장례 문화의 이런 변화와 궤를 같이한다. 국가유공자를 따로 모시는 현충원은 처음부터 공원으로 조성되었지만, 경기도 남양주 마석의 모란공원묘지에 민주열사 묘역이 따로 조성된 것은 우리 시대 사회상을 반영한 결과이다.

| 빈 중앙묘지와 이응노 묘 | 오스트리아 빈의 중앙묘지에는 유명한 음악가들의 무덤과 기념비가 있고, 파리의 페르라셰즈 묘지는 발자크, 쇠라 등 문화예술인들이 묻혀 있는 명소다. 페르라셰즈에 있는 이응노의 무덤에서 부인 박인경 여사가 작은 꽃을 헌화하고 있다.

오스트리아 빈의 중앙묘지(Wiener Zentralfriedhof)에는 베토벤, 슈베르트, 브람스, 심지어 주검을 찾지 못한 모차르트의 기념비까지 있다. 고암 이응노의 무덤이 있는 파리의 페르라셰즈 묘지는 소설가 발자크, 화가 쇠라, 대중 가수 피아프 등이 묻혀 있는 명소다. 무덤에 있는 조각이나 비석이 아름다워서가 아니라 거기 그분들이 있기 때문에 찾아가는 것이다.

망우역사문화공원에는 현재까지 조사된 것만 살펴봐도 역사문화 인물 50여 분의 묘소가 있다. 서양의 공동묘지처럼 요란한 돌 치장을 하는 대신 양지바른 산자락에서 나무들의 호위를 받는다. 이 묘소들은 돌아가신 분들이 풀에 덮여 흙으로 돌아갈 수 있도록 조성되었다는 점도 특색이다.

특히 망우역사문화공원의 묘소를 오르는 길은 편안한 산책길이면서 서울 시내와 한강이 보이는 전망을 품고 있다. 점차 공동묘지에 대한 기

| 순환도로 | 망우역사문화공원의 산등성 길은 넓고 편안한 산책길이다.

존의 인식이 전환된다면 이제 망우역사문화공원은 역사인물을 만나는 공원이 될 것이다. 그렇게 된다면 '망우(忘憂)'는 단순히 '근심을 잊는다'는 뜻에 머물지 않고 논어에 나오는 '낙이망우(樂而忘憂)', 즉 '(깨달음을 얻어) 즐거이 근심을 잊는다'는 의미로 한층 깊어질 수 있을 것이다.

만해 한용운의 무덤

설산 장덕수와 죽산 조봉암의 묘소를 답사하고 육각정자에서 한강을 바라보며 느긋이 휴식을 취하다 다시 답삿길로 나선다. 넓은 순환도로가 산등성을 따라 길게 뻗어 있다. 그 길로 얼마간 가다보면 길 위쪽에 만해 한용운(1879~1944)의 묘소가 있다는 표지판이 나온다.

만해의 무덤은 망우리에서는 보기 드문 부부 합장묘이자 쌍분으로

| 만해 한용운 묘 | 만해 한용운의 무덤은 망우리에서는 보기 드문 쌍분이다.

만해의 오른쪽에 부인 유씨가 묻혀 있다고 묘비에 쓰여 있다. 혹자는 만해가 승려인데 어찌 아내가 있느냐고 물을지 모르지만 만해는 '조선불교유신론'을 외치며 "절은 산에서 내려와야 하고 민족은 장래를 위해 1억의 인구를 가져야 한다"며 대처승을 주장하고 스스로 실천했다. 슬하에 딸도 두었다.

문화재위원회 근대분과 위원들과 현장 조사를 나왔을 때 위원들은 묘소에 들를 때마다 전공 따라, 인연 따라 큰절을 올리기도 하고 덤덤히 살펴보기만 하기도 했다. 그런데 만해 묘소에서 권영민 교수가 "우리 다 같이 절을 올리지요"라고 제안했을 때 한 명도 빠짐없이 재배를 올렸다. 독립운동가이자 사상가이고 시인인 만해에 대한 존경이 그렇게 나타났다. 만해의 묘소에는 「님의 침묵」에 나오는 구절들이 떠도는 것만 같다.

| 한용운 묘비와 한용운 | 한용운은 시인이자 일제가 경계한 요주의 독립운동가였다. 오른쪽은 일제의 감시대상카드에 등록된 52세의 한용운 사진이다.

님은 갔습니다 아아 사랑하는 나의 님은 갔습니다.

푸른 산빛을 깨치고 단풍나무숲을 향하여 난 작은 길을 걸어서 차마 떨치고 갔습니다.

(…)

아아 님은 갔지마는 나는 님을 보내지 아니하였습니다.

제 곡조를 못 이기는 사랑의 노래는 님의 침묵을 휩싸고 돕니다.

1970년대 말 만해추모사업회가 발족해 선생의 유골을 국립묘지로 이장하려는 움직임이 있었고, 2001년에는 고향인 충남 홍성군으로 이장이 추진되기도 했으나 그는 여전히 망우리를 떠나지 않았다.

| 호암 문일평 묘 | 호암 문일평의 무덤 한쪽에는 위당 정인보의 비문이 세겨진 자그마한 비석이 있고 다른 한쪽에는 새로 새운 키 큰 대리석 비가 있다.

호암 문일평의 무덤

만해 한용운 무덤에서 큰길로 내려오면 바로 호암 문일평과 위창 오세창의 무덤을 알려주는 연보비가 나란히 서 있다.

호암(湖巖) 문일평(1888~1939) 선생은 일제강점기 대표적인 국학자로 조선학을 주창한 역사학자이자 언론인이다. 1911년 와세다대학에서 정치학·역사학·문학을 공부하고 1912년 중국으로 건너가 한 신문사에 입사했으나 병으로 그만둔 뒤 박은식·신규식·신채호와 박달학원을 세워 교육사업에 힘썼다. 귀국 후 1933년 『조선일보』의 편집고문이 되면서 언론을 통해 민족의식을 고취시키는 국학운동을 전개하며 역사의 대중화와 민중계몽에 힘썼다. 『조선일보』 『동아일보』 『개벽』 『삼천리』 등에 기고한 150여 편의 글은 『호암전집』(전4권)에 실려 있다.

『조선일보』의 문일평 칼럼을 이어받은 것이 훗날의 '이규태 칼럼'이

| 호암 문일평과 정인보의 비문이 새겨진 비석 | 호암 문일평의 논저에 일관하는 것은 '조선심'이었다. 호암은 조선의 '마음'을 살리기 위하여 『화하만필』을 비롯해 무수한 논문과 평론을 발표했다.

다. 이규태가 쓴 선생의 비문을 보면, 벽초 홍명희가 당신의 연배에서 조선사를 논하고 쓸 만한 사람이 꼭 두 사람 있는데 "천분이 탁월한 신채호와 연구가 독실한 문일평이다"라고 했다는 말이 쓰여 있다.

호암 문일평의 논저에 일관하는 것은 '조선심(朝鮮心)'이었다. 벽초는 조선의 '정조(情調)'를 담아내기 위하여 『임꺽정』을 썼다고 했는데 이를 빌리자면 호암은 조선의 '마음'을 살리기 위하여 무수한 논문과 평론을 발표한 셈이다. 나는 호암 선생의 많은 저작 중 『화하만필(花下漫筆)』에서 다른 데서 들을 수 없는 지식을 많이 얻었다.

호암 문일평의 무덤 한쪽에는 위당 정인보의 비문이 쓰여 있는 낮고 자그마한 비석이 있어 과연 '조선심'을 말하던 당신의 묘소답다는 깊은 인상을 주었다. 그런데 1997년에 세운 키 큰 대리석 비가 들어서면서 조신한 아름다움을 보여주던 분위기가 많이 지워졌다. 이 비석에는 이규

| 문일평 어록비 | 문일평은 일제강점기 대표적인 국학자였을 뿐만 아니라 민족의식 고취에 힘쓴 독립운동가였다.

태의 비문이 있고 왼쪽 측면에 아주 예외적으로 후손들의 이름이 가득 쓰여 있다. 아들·딸·사위는 물론 자부·손자·손녀, 그리고 외손·외손부·외손서까지 실려 있는데 외손서 명단에 『조선일보』 사장을 역임했던 방우영이 있어 호암 선생과 『조선일보』와의 깊은 인연을 다시 한번 상기하게 된다.

위창 오세창의 무덤

위창(葦滄) 오세창(1864~1953) 선생은 서예가이자 국학자였으며 개화기에 언론인으로서 민족 계몽과 독립에 헌신하신 3·1운동 민족대표 33인 중 한 분이다. 육당 최남선이 기미독립선언문을 기초하여 위창에게 보여드렸을 때 "생존권이 박탈됨이 무릇 기하뇨"라고 쓴 것을 보면서

| 위창 오세창 묘 | 위창의 묘소에는 제자인 소전 손재형의 글씨로 세운 묘비와 상석만 있다. 무덤 뒤에는 늠름한 소나무가 문기있는 분위기를 자아내며 가까이로는 호암 문일평의 묘가 있어 외로워 보이지 않는다.

'박탈(剝奪)'은 빼앗아간 것을 말하는 것이고 빼앗긴 입장에서는 박상(剝喪)이라고 해야 한다며 글을 수정한 다음 "요새 애들은 한문을 몰라서 큰일이다"라고 한 유명한 일화가 있다.

위창은 아버지인 역매 오경석의 뒤를 이어 20세에 중국어 역관이 되면서 김옥균·윤치호 등 개화파 인사들과 가까이 지냈다. 23세인 1886년 박문국(博文局) 주사로 있으면서 우리나라 최초의 신문인 『한성순보』 기자로 일했고, 국민 계몽을 목적으로 『만세보』를 창간했다.

1902년 개화당 사건으로 일본으로 망명했을 때 손병희를 만나면서 천도교에 입교했고, 1909년 유길준과 융희학교(隆熙學校)를 설립하고 『대한민보』를 발간하여 친일파의 일진회(一進會)에 대항했다. 1945년 8·15해방 뒤 미군정청이 일제에게서 인수한 대한제국 국새를 우리에게 돌려주려 할 때 아직 우리 정부가 수립되지 않았기에 미군 사령관 하지

| 오세창과 그의 저서들 | 위창은 당대의 금석학자이자 명필의 서예가였다. 또한 한국서화사 연구에 전념해 삼국시대부터 근대에 이르기까지 서화가들에 관한 기록을 총정리하여 편술한 『근역서화징』 등 다수의 저술을 남겼다.

중장은 민족의 어른인 위창 선생에게 국새를 전달했다. 또한 선생은 백범 김구 선생의 장례위원장을 맡기도 했다. 1962년 선생에게 건국훈장 대통령장이 추서되었다.

위창은 당대의 금석학자이자 명필의 서예가였다. 특히 전서에 뛰어나 많은 비문 글씨를 써서 망우리에도 소파 방정환 묘 등에 그 필적이 여럿 남아 있다. 또한 서화 감식에 뛰어나 『근역서휘(槿域書彙)』『근역화휘(槿域畵彙)』『근묵(槿墨)』 등 여러 화첩과 서첩을 편찬했으며 한국서화사 연구에 전념하여 삼국시대부터 근대에 이르기까지 서화가들에 관한 기록을 총정리하여 편술한 『근역서화징(槿域書畵徵)』, 조선시대 서화가의 인장을 집성한 『근역인수(槿域印藪)』 등 기념비적 업적을 남겼다. 이런 분이기에 조선시대 회화사가 전공인 나로서는 학문적 조상으로 모시는 마음이 각별할 수밖에 없다.

| 팔각정자 | 위창 오세창과 호암 문일평의 무덤 앞 길은 제법 넓어 한쪽에는 한강을 내다볼 수 있는 팔각정자가 번듯하게 서 있다.

위창의 묘소에는 돌아가신 지 3년 뒤인 1956년에 제자인 소전 손재형의 글씨로 세운 묘비와 상석만 있을 뿐이다. 무덤 뒤에는 늠름한 소나무가 문기있는 분위기를 자아내며 사방이 넓게 트여 있고 가까이 호암 문일평의 묘가 있어 외로워 보이지 않는다. 공손히 재배를 올리고 선생의 영혼과 대화라도 나누고 싶은 마음에 소나무 그늘에 오래 앉아 있자니 성후가 곁으로 다가와 말을 건넨다.

"선생님, 여기가 우리 미술사학과에 전설로 남아 있는 자장면 먹던 곳인가요?"

"그땐 아무 준비 없이 와서 정말 배가 고팠는데 매사에서 민첩한 자네 선배가 순발력을 발휘했던 것이지. 지금은 아마 안 될걸."

"근데 위창 선생은 왜 저서 제목을 조선이나 한국이라 하지 않고 모두 근역이라고 했나요?"

나도 한때는 이것이 이해되지 않았고 불만이기도 했다. 그러나 나중에 가만히 생각해보니 '근역', 즉 '무궁화 땅'이라는 이름에는 나라를 잃은 아픔이 서려 있었다. 위창 선생께서 저서를 펴낸 1930년대와 1940년대는 앞에 붙일 국호가 없었다. 조선도 아니고 대한민국도 아닌 시절이었다. 그래서 무궁화동산이라는 의미로 근역이라고 한 것이다. 우리 국사학회의 처음 이름이 진단학회(震檀學會)인 것도 마찬가지다.

소파 방정환의 무덤

위창 오세창과 호암 문일평의 무덤 앞은 제법 넓어 길 한쪽에는 한강을 내다볼 수 있는 팔각정자가 번듯하게 서 있고 길이 훤하게 열려 있다. 우리는 큰길로 내려와 발길을 소파(小波) 방정환(方定煥, 1899~1931) 묘소로 옮겼다. 소파 방정환은 32세의 짧은 나이로 세상을 떠났지만 '어린이의 벗'으로 영원히 우리 마음속에 살아 있는 분이다.

소파 방정환의 무덤은 고인돌 형식을 빌린 현대식 조형이어서 신선한 인상을 준다. 흙으로 덮인 통상의 봉분이 아니라 메줏덩이처럼 생긴 듬직한 화강암이 갈색 막돌 위에 얹혀 봉분과 묘비를 대신하고 있는데 앞면에는 위창 오세창이 쓴 '동심여선'(童心如仙, 어린이 마음은 신선과 같다)이라는 글씨가 쓰여 있다. 그리고 뒷면에는 '이들무동'이라고 쓰여 있어 무슨 뜻인가 한참 생각했더니 '동무들이'를 오른쪽에서 왼쪽으로 쓴 것이었다. 묘소를 만든 이들을 거두절미하고 주어만 쓴 것이 오히려 강렬하게 다가온다.

방정환은 1899년, 서울 야주개(당주동)의 상인 집안에서 태어났다. 증

| 소파 방정환 묘 | 소파 방정환의 무덤은 고인돌 형식을 빌린 현대식 조형이어서 신선한 인상을 준다. 흙으로 덮인 통상의 봉분이 아니라 메줏덩이처럼 생긴 듬직한 화강암이 갈색 막돌 위에 얹혀 봉분과 묘비를 대신하고 있다.

조부·조부·고모·삼촌 등 4대가 함께 사는 대가족으로 어려서 어머니를 잃고 계모 밑에서 자라며 6세 때부터 조부에게 천자문을 배우고 1905년에 두 살 위의 삼촌이 다니던 보성소학교 유치반에 가장 어린 학생으로 입학했다.

그러나 1907년 아버지가 사업에 실패하면서 집안이 경제적으로 큰 어려움을 겪게 되었다. 그는 1909년 집 가까이 있는 사직동 매동보통학교에 입학했으나 이듬해 서대문에 있는 고모 집에 살게 되면서 미동보통학교로 전학하여 어렵사리 졸업했다. 1913년 아버지의 뜻에 따라 선린상업학교에 입학했으나 가정 형편으로 중퇴하고 1916년 생계를 돕기 위해 조선총독부 토지조사국에 취직하여 서기 업무를 맡았다.

그러다 1917년 천도교의 교주였던 손병희의 셋째 딸 손용화와 결혼하면서 인생의 전환기를 맞았다. 그는 장인의 도움으로 1918년 보성전

| '동심여선'과 '이들무동' | 방정환 묘비 앞면에는 위창 오세창이 쓴 '동심여선'이라는 글씨가, 뒷면에는 '이들무동'이라는 글씨가 쓰였다. '이들무동'은 묘소를 만든 이들을 통틀어 '동무들이'라고 오른쪽에서 왼쪽으로 쓴 것이다.

문학교 법과에 입학하여 공부를 계속할 수 있게 되었으며, 유광렬 등과 '청년구락부'를 조직해 이듬해부터 기관지 『신청년』을 펴내며 청년운동을 전개했다.

1919년 3·1운동이 일어나자 청년·학생들은 비밀리에 재동에 있는 방정환의 골방에서 등사판으로 「독립선언문」을 인쇄해서 배포하다가 3주 만에 발각되어 가택 수색을 당했다. 그러나 등사기를 우물 속에 집어던져 증거를 없앴고, 체포되어 강도 높게 조사받았으나 끝끝내 자백을 거부하여 일주일 뒤 풀려났다.

방정환과 어린이날

방정환은 1920년 일본 유학을 떠나 야나기 무네요시가 교수로 재직하고 있던 도요(東洋)대학에 입학하여 아동문학과 아동심리학을 공부했다. 이때 방정환은 『개벽』 1920년 8월호에 번역 동시 「어린이 노래: 불

| 방정환과 『어린이』 | 아동문학과 아동심리학을 공부한 방정환은 천도교 소년회를 중심으로 소년운동을 전개하고 5월 1일을 '어린이날'로 선포했다. 1923년에는 아동잡지 『어린이』를 창간했다.

커는 이」를 발표하면서 '어린이'라는 명칭을 처음으로 사용했다. 그때까지 '아이' '애' 등 마치 어른의 소유물처럼 불리던 아동을 '젊은이' '늙은이'와 대등하게 어린이라고 부름으로써 그 존엄성과 지위를 향상시키기 위한 것이었다.

1921년 방정환은 대학을 중퇴하고 귀국하여 '천도교 소년회'를 조직해 "씩씩하고 참된 소년이 됩시다. 그리고 늘 사랑하며 도와갑시다."라는 표어 아래 본격적인 소년운동을 전개했다. 그리고 1922년에는 천도교 소년회를 중심으로 5월 1일을 '어린이날'로 선포했다.

1923년 3월, 방정환은 아동잡지 『어린이』를 창간했고 5월에는 도쿄에서 손진태, 윤극영 등과 어린이 문제를 연구하는 단체로 '색동회'를 조직했다. 이후 어린이 운동은 색동회를 중심으로 전개되었다. 그해 7월 23일 천도교 대강당에서 색동회 주최로 아동문제 강연회 및 아동예술

강습회를 개최했고, 1924년 어린이날에는 가극공연·강연회·동화회·동요회·민속공연 등 다채로운 행사를 가졌다. 1928년에는 색동회와 어린이사의 공동 주최로 세계 아동예술 전람회를 개최하는 등 해마다 여러 행사를 열었다.

이야기 솜씨가 탁월한 방정환은 강연 때마다 인파가 구름같이 몰려들었다고 한다. 그는 어린이들에게 재미있는 이야기를 들려줌으로써 감성의 해방을 추구했던 것이다. 매년 70회가 넘는 동화 구연(口演)과 강연을 위해 전국을 돌아다녀야 했는데, 이로 인해서 건강에 문제가 발생했다. 원래 비만인데다가 고혈압이 있었는데, 1931년부터 과로가 겹치고 줄담배의 영향으로 지병인 고혈압이 악화되어 1931년 7월 23일 33세의 젊은 나이에 세상을 떠났다.

그는 강연, 구연, 번역에 열중하여 창작에는 전념하지 못했지만 마해송 등이 1940년에 펴낸 『소파전집』에는 「눈」이라는 아련한 시가 실려 있다.

> 겨울밤에 오는 눈은 어머님 소식
> 혼자 누운 들창이 바삭 바삭
> 잘 자느냐 잘 크느냐 묻는 소리에
> 잠 못 자고 내다보면 눈물 납니다

어린이날은 1922년 이후 매년 5월 1일에 열리다가 날짜가 노동절과 겹쳤기 때문에 1927년부터는 5월 첫째 일요일에 행사를 열었다. 어린이날 행사의 규모가 매년 커지자 일제는 1937년 이 행사도 금지했다. 8·15광복 이듬해인 1946년 『어린이』가 다시 발행됐으며 어린이날 역시 부활했다. 해방 이후 첫 기념식은 1946년 5월 첫째 주 일요일인 5월

5일 열렸는데, 이후 5월 5일이 어린이날로 고정됐다. 이것이 어린이날의 유래다.

올해(2022)가 어린이날 제정 100주년이 되니 그의 묘소에 서는 마음이 더욱 각별하다. 망우역사문화공원의 건너편 딸기원에는 아동문학가 강소천의 무덤도 있으니 이곳은 아동문학의 성지라 할 만하다.

국회부의장 이영준 묘

방정환 묘에서 길모퉁이를 하나 돌아가는 곳에는 국회부의장을 지낸 이영준(李榮俊, 1896~1968)의 묘가 있다. 이영준은 세브란스의전 3대 교장을 지낸 피부과 의사였는데 정계에 투신하여 4선 국회의원을 지냈고 원만한 성격과 지도력으로 국회부의장을 두 번이나 역임했다.

그의 묘비를 보니 해위 윤보선의 글로 되어 있다. 그러나 여기에 와보니 '인생은 짧고 예술은 길다'는 말 못지않게 '문화는 길고 정치는 짧다'는 생각이 든다. 나는 개인적으로 그의 손자 부웅이가 초등학교 동창이어서 그 화려한 정치 경력을 알고 있지만 안내판이 없으면 누구인지 알지 못할 정도로 사람들에게 그 성함이 잊혀졌다.

아사카와 다쿠미의 무덤

소파 방정환 무덤에서 다시 큰길로 내려가면 이내 동락천 약수터가 나온다. 그리고 큰길 저편에 아담하게 생긴 팔각탑이 오롯이 서 있는 무덤이 한눈에 들어온다. 여기는 '조선의 흙이 된 일본인' 아사카와 다쿠미(淺川巧, 1891~1931)의 무덤이다. 다쿠미의 묘비에는 이렇게 쓰여 있다.

| 아사카와 다쿠미 묘 | '조선의 흙으로 된 일본인' 아사카와 다쿠미의 묘에는 조선시대 팔각 항아리를 닮은 아담한 팔각탑이 오롯이 서 있다.

한국의 산과 민예를 사랑하고 한국인의 마음속에 살다 간 일본인, 여기 한국의 흙이 되다.

무덤 앞의 화강암 팔각탑은 '조선 도자기의 신'이라고 불리는 그의 형인 아사카와 노리타카(淺川伯敎, 1884~1964)가 자신이 애장하던 조선시대 〈청화백자 추초문(秋草紋) 팔각 항아리〉를 모티브로 세운 것이다. 형 노리타카 역시 조선의 아름다움에 심취한 민예학자이자 조각가였다.

아사카와 다쿠미의 일생은 일본의 역사학자이자 평론가인 다카사키 소지의 『아사카와 다쿠미 평전』으로 널리 알려졌고, 에미야 다카유키의 소설 『백자의 사람』과 이를 영화로 만든 「백자의 사람: 조선의 흙이 되다」(道: 白磁の人, 2012)가 있다. 그의 형인 노리타카에 대한 자료로는 정

| 아사카와 형제 | 형 아사카와 노리타카(왼쪽)는 조선도자의 아름다움에 심취해 스스로 도자기를 연구했고 동생 아사카와 다쿠미(오른쪽)는 형의 영향으로 조선의 민예에 심취하여 조선의 소반과 도자기 등을 연구했다. 두 형제는 민예학자 야나기 무네요시에게 지대한 영향을 주었다.

병호·엄인경 공저 『조선의 미를 찾다: 아사카와 노리타카의 재조명』(아연출판부 2018)이 있다.

민예의 선구자, 아사카와 형제

아사카와 형제는 일본 야마나시현 호쿠토시에서 태어났다. 형 노리타카는 1906년 야마나시 사범학교를 졸업하고 조선으로 건너와 경성의 남산심상소학교에 미술교사로 재직했다. '심상(尋常)소학교'란 처음에는 조선에 있는 일본인 초등교육 기관을 뜻하다가 1938년엔 조선인 초등교육 기관에까지 통칭된 말이다. 그후 일제는 1941년부터 이를 '황국신민의 학교'라는 뜻의 '국민학교'로 바꾸었다.

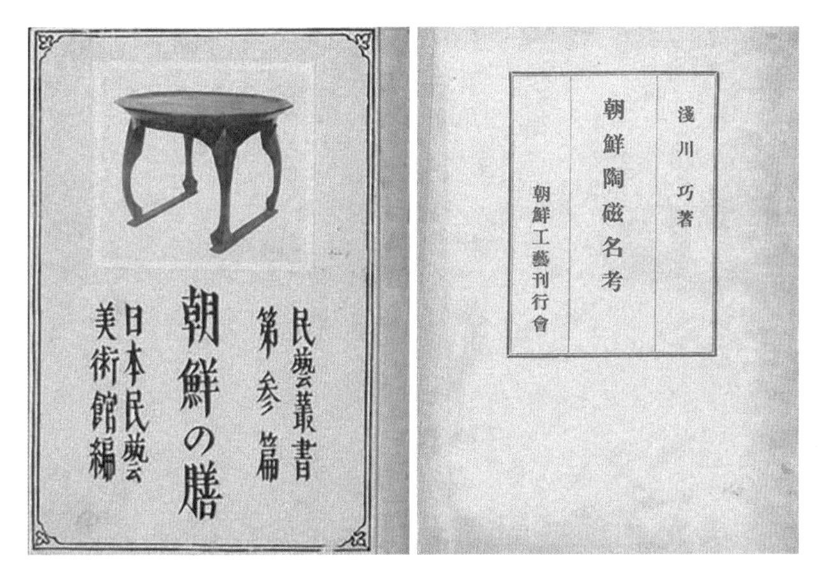

| 아사카와 다쿠미의 『조선의 소반』(왼쪽)과 『조선도자명고』(오른쪽) | 『조선의 소반』(1929)은 조선의 온돌과 밥상을 소개하는 책이고 『조선도자명고』(1931)는 조선 도자기의 명칭과 형태의 기원을 조사해 정리한 책이다.

노리타카는 조선도자의 아름다움에 심취했다. 그는 전국의 도요지를 조사하며 민예의 이론적 토대를 쌓아 민예학자 야나기 무네요시(柳宗悅, 1889~1961)에게 지대한 영향을 주었다.

특히 그는 조선도자기를 스케치한 작품을 많이 남겼으며 1924년 경복궁 집경당 내 조선민족미술관 설립을 주도했다. 1946년에 일본으로 귀국하면서는 자신이 수집한 도자기와 공예품 3,500여 점을 국립중앙박물관에 기증했다.

동생 다쿠미는 고향에서 소학교와 농림학교를 졸업한 뒤 아키타현의 영림서에서 근무하다 형 노리타카의 권유로 1914년 조선으로 건너와 조선총독부 산림과의 임업기사가 되었다. 그는 산림녹화에 힘쓰며 조선의 민둥산을 푸르게 하는 것이 소명이라 믿었다. 그래서 전국을 다니며 토양에 맞는 수종을 고르고 식목을 거듭하여 자연 상태 그대로 흙의 힘을

| 아사카와 노리타카의 그림 | 조선도자기사 연구에 일생을 바친 아사카와 노리타카는 도자기를 그린 삽화를 여럿 남겼다.

이용하는 '노천매장법'으로 조선오엽송 종자를 싹 틔우는 방법도 개발했다고 한다.

다쿠미는 형의 영향으로 조선의 민예와 도자기의 아름다움에 심취하여 조선의 온돌과 밥상을 소개한 『조선의 소반(朝鮮の膳)』(1929)과 조선도자기의 명칭과 형태의 기원을 조사해 정리한 『조선도자명고(朝鮮陶磁名考)』(1931)를 펴냈다. 이 두 권의 책은 심우성 선생의 번역으로 1996년에 학고재에서 출간됐다.

아사카와 형제의 조선미에 대한 연구는 야나기 무네요시가 민예사상 이론을 전개하는 데 결정적 기여를 했다. 다쿠미는 조선민족미술관 건립을 위하여 야나기 무네요시의 아내이자 성악가인 가네코의 음악회를 1920년 5월 4일 『동아일보』 주최로 여는 것을 주선했고 광화문 철거를 반대하는 야나기 무네요시의 글 「장차 잃게 된 조선의 한 건축을 위하

| 유상규 묘 | 유상규는 외과의사로 일하며 국민 계몽운동과 독립운동에 힘썼다. 유상규가 치료하던 환자에게 감염되어 40세의 나이에 안타깝게 세상을 떠났을 때 도산 안창호 선생이 그의 장례를 직접 주관했다.

여」를 『동아일보』 장덕수 주필에게 소개하기도 했다.

다쿠미는 조선의 임업과 민예의 아름다움에 대한 전국 순회강연을 개최하기도 했고, 사진 전시회도 열었다. 그렇게 열정적으로 살아온 그는 1931년 4월 2일 식목일 행사를 준비하던 중 과로로 세상을 떠났다. 그의 나이 겨우 40세였다.

그의 고향인 야마나시현 호쿠토시에는 노리타카·다쿠미 형제를 기리는 기념관이 있다. 호쿠토시에서는 만화로 된 아사카와 형제의 평전을 올해(2022)부터 지역 소학교(초등학교)의 부교재로 쓰고 있다고 한다.

도산 안창호와 유상규의 무덤

우리는 다시 동락천 약수터로 가서 산등성이로 난 길을 올라 유상규

| 유상규와 안창호 | 유상규는 임시정부에서 도산 안창호 선생 수행비서를 지내며 도산과 부자지간처럼 지냈다. 도산 선생이 세상을 떠나면서 유상규 의사 옆에 자신을 묻어달라고 유언할 정도였다.

(劉相奎, 1897~1936) 의사의 묘와 도산(島山) 안창호(1878~1938) 선생의 가묘를 찾아갔다. 유상규는 1916년 경성의전 재학 중 3·1운동에 적극 참여한 뒤 제포를 피해 상해로 망명하여 임시정부의 도산 안창호 선생 수행비서를 지내며 도산과 부자지간처럼 지냈다. 그러다 도산 선생이 고국으로 돌아가 학업을 마치라고 권고하여 1927년에 경성의전을 졸업했고 외과의사로 일하며 1930년 조선의사협회 창설을 주도했다. 그리고 신문과 잡지에 많은 글을 실으며 국민 계몽운동에도 열성을 다했다. 그러다 1936년 환자를 치료하던 중 감염되어 40세의 나이에 세상을 떠났다.

유상규 의사의 장례는 도산 안창호 선생이 직접 주관했는데, 2년 뒤인 1938년 도산 선생은 세상을 떠나면서 유상규 의사 옆에 자신을 묻어달라고 유언했다. 그래서 두 사람의 무덤은 한동안 나란히 있었다. 그런데 1973년 서울 강남에 도산공원이 조성되면서 도산 선생의 묘가 그곳

| 도산 안창호 가묘 | 도산 안창호의 무덤이 서울 강남의 도산공원으로 이장된 뒤 그 자리에는 가묘와 비석을 남겨두었다. 이렇게 도산은 유상규 열사와의 깊은 인연을 여전히 이어가고 있다.

으로 이장되어 유상규의 묘만 홀로 남게 되었다. 다만 도산의 유언을 받들어 가묘를 남겨두었다.

본래 이곳 도산 선생의 묘소에는 1955년 도산안창호기념사업회에서 춘원 이광수가 지은 비문에 소전 손재형과 원곡 김기승의 글씨로 만든 비석이 있었는데, 묘와 함께 도산공원으로 옮겨져 그 빈자리가 더욱 쓸쓸해 보였다. 그런데 2005년 도산공원에 새 비석이 세워지면서 원래의 그 비석이 2016년에 이곳으로 다시 옮겨오게 되었다. 지금은 유상규 의사의 묘 옆에 도산의 비석이 놓여 있어 두 분의 깊은 인연을 엿볼 수 있다.

화가 이인성과 조각가 권진규의 무덤

유상규 의사 묘소에서 산자락을 타고 더 오르면 화가 이인성(李仁星,

| 이인성과 그의 묘 | 이인성은 당대에 천재 화가로 이름을 날렸고 조선미술전람회에서 심사위원까지 맡은 일제강점기의 대표적인 화가였다. 안타깝게도 한국전쟁 중 경찰의 총에 맞아 38세에 세상을 떠났다.

1912~50)의 무덤이 나오고 거기서 더 올라가면 조각가 권진규(權鎭圭, 1922~73)의 무덤도 나온다. 답사를 시작한 지 벌써 3시간째다. 걷고 또 걸어 많이 지쳤지만 미술사를 전공하는 입장에서는 무덤 가는 길이 힘들고 멀다고 발길을 멈출 수는 없는 일이다.

이인성으로 말할 것 같으면 당대에 천재 화가로 이름을 날리고 조선미술전람회에서 심사위원까지 맡은 일제강점기의 대표적인 화가로, 그의 〈가을 어느 날〉과 〈경주의 산곡에서〉는 우리 근대미술의 대표적인 명작으로 꼽힌다. 권진규로 말할 것 같으면 우리 근현대 조각가 중에서 가장 높이 평가되는 조각가로 그의 〈지원의 얼굴〉 〈자소상(自塑像)〉 같은 인물 조각은 우리 조각사의 기념비적인 작품이다.

그런데 이인성은 한국전쟁 중 경찰의 총에 맞아 38세에 세상을 떠났고, 권진규는 자살로 생을 마감해 두 예술가의 결말에는 안타까움이 따른다. 이 때문에 이분들의 묘 앞에 서면 그들의 삶보다 비극적인 죽음이

| 권진규와 그의 묘 | 우리 근현대 조각가 중에서 가장 높이 평가되는 인물로 〈지원의 얼굴〉 등 기념비적인 조각을 남겼으나 자살로 생을 마감해 안타까움을 남긴다.

먼저 떠올라 무덤 앞의 쓸쓸함이 더욱 커진다.

그런 무거운 마음으로 묘소 참배를 마칠 수밖에 없는데 이인성의 무덤 가까이에 '구리한강전망대'가 있어 데크에 올라 멀리 한강을 바라보며 마음을 달랜다. 여기에 오르면 한강과 나란히 뻗어 있어 금암산, 무갑산, 검단산, 예봉산, 백봉산으로 이어지는 긴 산줄기가 한눈에 들어오고 강동대교, 암사대교가 선명히 다가온다.

안내문을 읽어보니 여기서의 일출은 일제가 만든 공동묘지의 어둠을 벗어나 아름다운 경관 속에 선진 한국의 새벽을 여는 '역사 전망대'의 의미가 있다고, 해돋이 맞이를 오라고 강권하고 있다. 그러나 한나절 망우역사문화공원을 산책 나온 일반 답사객에게 여기까지 찾아오라는 것은 시간상 무리일 것 같다.

| 구리한강전망대 | 역사 전망대의 의미가 있는 이곳에 오르면 한강과 나란히 뻗어 있어 금암산, 무갑산, 검단산, 예봉산, 백봉산으로 이어지는 긴 산줄기가 한눈에 들어오고 강동대교, 암사대교가 선명히 다가온다.

송촌 지석영의 무덤

권진규 무덤에서 다시 큰길로 내려오는데 우리나라에서 최초로 종두법을 시행한 송촌(松村) 지석영(池錫永, 1855~1935) 선생의 무덤이 우리 앞에 나타났다. 지석영 선생의 묘소는 가족 묘역으로 터를 넓게 잡아 역시 의사였던 아드님의 묘와 나란히 있어 어느 묘소보다 분위기가 밝다.

지석영 선생은 종두법을 시행했다고만 널리 알려져 있다. 하지만 우리는 모름지기 지석영 선생이 세상을 위해 애쓴 것에 대해 깊이 감사하는 마음을 가져야 한다. 그는 과거에 급제하여 형조참의·우부승지·대구판관·동래부사·중추원 2등의관 등을 지낸 조선 말기의 문신이었고, 독립협회에 가담한 개화사상가이며, 한글로 한자를 풀이한 『자전석요(字典釋要)』를 펴낸 한글학자였다. 한마디로 개화기의 실천적 지식인이었다.

| 지석영 묘 | 지석영 선생의 묘소는 가족 묘역으로 넓은 터를 잡았고 역시 의사였던 아드님의 묘와 나란히 있어 어느 묘소보다 분위기가 밝다.

지석영은 유길준과 함께 개화사상가인 강위 밑에서 공부했는데, 한의사인 아버지의 영향으로 의학에 관심이 많아 중국의 서양의학 번역서들을 많이 읽었다. 특히 제너가 발견한 우두접종법(牛痘接種法, 천연두예방법)에 큰 관심을 가졌다. 그는 스승인 한의사 박영선에게서 일본어로 된 『종두귀감(種痘龜鑑)』이라는 책을 받아 보았다.

1879년 천연두가 만연하여 많은 어린이들이 목숨을 잃자, 그해 10월 부산으로 내려가 일본 해군이 운영하는 제생의원(濟生醫院)의 원장과 군의관에게 종두법을 배우고 12월 하순 천연두 예방 백신인 두묘(痘苗)와 주삿바늘인 종두침(種痘針)을 얻었다.

그러나 이를 누구에게 시술해볼 것인가는 큰 문제가 아닐 수 없었다. 1953년에 소아마비 백신을 처음 발견한 조너스 소크(Jonas E. Salk) 박사는 자신이 개발한 백신을 남이 아닌 자신의 아들에게 테스트한 뒤

1955년에 이 백신의 안전을 공표하고 보급하기 시작했다. 그러나 지석영에게는 종두를 시험해볼 어린아이가 없었다. 이에 서울로 돌아오던 길에 처가의 고향인 충주 덕산면에 들러 두 살 된 처남에게 먼저 종두를 실시해보았다. 이것이 성공하자 그 마을 어린이 40여 명에게 백신을 접종했다. 그러나 이후 이를 본격적으로 시행하는 과정은 순탄치 않았다.

| 지석영 | 우리나라 최초로 종두법을 시행한 의사이기도 하지만 한글을 연구하고 독립협회에 가담한 개화기의 실천적 지식인이었다.

지석영 선생의 집념

1880년 지석영은 제2차 수신사 김홍십의 수행원으로 일본에 건너갔을 때 백신의 제조와 저장법, 백신용 송아지를 기르고 백신을 채집하는 법 등을 배우고 백신도 얻어 귀국했다. 그런데 1882년 임오군란이 일어났을 때 일본인에게 의술을 배웠다는 죄로 체포령이 내려져 피신했고 그가 지은 백신 제조소는 난민들에 의해 파괴되었다. 어처구니없는 일이었지만 그때 상황은 그랬다.

1883년 3월 지석영은 문과에 급제하여 성균관전적·사헌부지평을 지냈다. 그해 여름, 전라도 암행어사로 내려갔던 박영교의 요청으로 전주에 우두국(천연두 백신 접종소)을 설치하고 종두를 실시하면서 종두법을 가르쳤으며, 충청우도 암행어사 이용호의 요청으로 공주에도 우두국을 설

| **지석영의『자전석요』와『우두신설』** | 지석영은 한글학자로서 한자를 한글로 풀이한『자전석요』를 펴냈고 종두법의 보급을 위해『우두신설』을 저술했다.

치했다. 그리고 1885년에는 그동안 축적한 경험을 토대로 우리나라 최초의 우두 관련 서적이자 서양의학서인『우두신설(牛痘新說)』을 저술했다.

그러나 1887년 개화당 인사들과 가까웠다는 이유로 이번에는 전라남도 신지도로 유배되었다. 선생은 유배생활 5년 동안『중맥설(重麥說)』과『신학신설(身學新說)』을 저술했다.

1892년 유배에서 풀려 서울로 올라와 이듬해 우두보영당(牛痘保嬰堂)을 설립하고 접종을 실시했으며 1894년에는 갑오개혁으로 내무아문 내에 위생국이 설치되어 종두를 관장하게 되었다. 이러한 지석영의 행적이 곧 우리나라에서 천연두라는 역병을 물리치게 된 과정이다.

1897년 선생은 중추원 2등의관에 임명되었으나 이번에는 독립협회에 적극 가담했다는 이유로 이듬해 황해도 풍천으로 유배되었다. 그리고 2년 뒤 풀려나 1899년 의학교가 설치되자 초대 교장으로 임명되었다.

선생은 한글에도 관심과 조예가 깊어 의학교 학생 모집 때도 국문을 시험 과목으로 채택했다. 1905년 「신정국문(新訂國文)」 6개조를 상소하여 학부 안에 국문연구소를 설치하게 하고 그 연구위원이 되었으며, 1909년에는 한글로 한자를 해석한 『자전석요』를 간행했다.

지석영 선생을 비롯하여 의사 중에는 언중을 위해 업적을 남긴 분들이 많다. 만국공용어 에스페란토(Esperanto, '희망하는 사람'이라는 뜻)를 만든 자멘호프(L. Zamenhof)는 폴란드의 내과·안과 의사였고, 영어에서 아래위를 나란히 쓰던 알파벳을 4선지로 바꾼 것도 한 안과의사였다. 한글 타자기를 대량으로 보급한 것도 안과의사 공병우 박사이고, 서울의대 김두종 교수는 『한국고인쇄기술사』(1974)를 펴냈으며, 국립중앙의료원장을 지낸 박재갑 박사는 국민대 김민 교수와 함께 한글 서체 '재민체'를 개발하고 누구든 사용할 수 있게 저작권을 포기했다.

고종은 지석영의 사회적 공헌을 인정하여 태극장(太極章)과 팔괘장(八卦章)을 수여했다. 그러나 1910년 강제 한일합병이 되자 지석영은 모든 공직에서 물러나 독서로 여생을 보내다 1935년 81세로 세상을 떠났다. 이 집안은 5대째 의사가 이어지고 있다.

시인 김상용의 묘

지석영 묘에서 내려와 다시 순환도로로 들어서면 길은 내리막길로 뻗어 있고 큰길 위쪽으로는 울창한 숲이 있어 무덤이 보이지 않는다. 그런데 공원 안내서를 보니 오른쪽 산비탈 아래로 '위치번호 436번'에 아차산 쪽 '형제약수터' 가는 길로 내려가면 시인 김상용(金尙鎔, 1902~51)의 묘가 있다고 한다.

남(南)으로 창(窓)을 내겠소.
밭이 한참 갈이

괭이로 파고
호미론 풀을 매지요.

구름이 꼬인다 갈 리 있소.

새 노래는 공으로 들으랴오.
강냉이가 익걸랑
함께 와 자셔도 좋소.

왜 사냐건
웃지요.

고등학생 시절 대학입시를 준비할 때 배운 이 시가 유독 머리에 남아 있다. 하지만 4시간이 넘는 답사에 몸은 지치고 발이 무거워 발길을 좀처럼 그쪽으로 옮기지 못했다. 『그와 나 사이를 걷다』의 김영식 작가도 김상용의 무덤을 우연히 알게 되었는데, 무덤엔 기념비가 없고 '월파김상용지묘(月坡金尙鎔之墓)'라는 작은 비석 하나만 있을 뿐 초라하기 그지없었다고 한다. 나는 안내서에 쓰여 있는 김상용의 약전을 읽어보는 것으로 답사를 대신했다.

경기도 연천 출생. 1917년 경성고보에 입학했으나 3·1운동 가담으로 제적당하고 보성고보에 들어가 1921년 졸업 후 일본 릿쿄(立敎)대

| 삼학병의 장례식 | 해방된 나라를 위해 학병동맹을 조직했으나 1946년 1월 19일 좌우의 이념 대립이 격화되면서 벌어진 학병동맹사건에서 경찰의 총격에 피살당한 세 학병의 장례식 장면이다.

학에서 영문학을 전공했다. 귀국 후 이화여전 교수를 지냈고 1949년 보스턴대 유학 후 이화여대 교수와 학무처장을 맡았다. 1950년 공보처 고문과 국영 『코리아타임스』 사장을 지냈고 1951년 부산 피란 중 식중독으로 사망했다. 우수와 동양적 체험(체념?)이 깃든 관조적 경향의 서정시를 주로 쓰면서 시집 『망향』(1939), 수필집 『무하(無何) 선생 방랑기』(1950)를 출간했다. 비석 후면에 「향수」가 새겨져 있다.

삼학병의 묘

또한 안내서는 김상용의 묘에서 조금 더 내려가면 '삼학병(三學兵)의 묘'라는 기묘한 이름의 무덤이 있다고 했다. 삼학병은 일제강점기에 강

左右翼은悔改하라

亂局에悲憤 非政治人士蹶然

聲明書

委員은二四名

非常國民會議에

人民黨不參聲明

| 좌우익은 회개하라 | 삼학병의 장례식은 1946년 1월 31일 거행됐다. 1946년 2월 1일 자 『조선일보』는 장례식을 보도하며 '좌우익은 회개하라'라는 제목의 기사를 실었다.

제로 끌려간 세 사람의 학병을 말한다. 그런데 그냥 학병이 아니었다. 역사와 인생에는 영광도 있고 아픔도 있고 기쁨도 있고 슬픔도 있고 안타까움도 있고 허망도 있는데 이들의 죽음은 어이없음이었다.

일제에 끌려간 학병들은 8·15해방이 되면서 자유의 몸이 되어 돌아왔다. 역사의 고난을 몸으로 앓아야 했던 이 혈기왕성한 젊은이들은 해방된 나라를 위하여 다시 몸을 던져 학병동맹을 조직했다. 그러나 불행하게도 해방정국은 좌우로 나뉘어 모스크바 삼상회의의 신탁통치안을 두고 찬탁과 반탁이 격렬히 대립했다. 이때 학병동맹은 찬탁이었다.

1946년 1월 18일, 학병동맹과 반탁전국학생연맹 간에 충돌이 일어나 양쪽에서 40여 명이 부상하는 사건이 발생했다. 경찰은 학병동맹이 총기를 소지하고 있다는 정보를 입수하고 이튿날 새벽에 삼청동 학병동맹의 본부로 출동하여 총격전을 벌였다. 결국 학병동맹원 3명이 피살되었다. 1월 30일 치러진 세 학병의 장례식을 이튿날 『조선일보』는 '천일(天日)조차 무색하다. 삼학병 연합장의 성대'라는 제목으로 다음과 같이 보도했다.

> 봄날같이 조용하게 밝은 1월 30일 하나님도 슬퍼하심인지 우리 세 학병이 무참하게도 쓰러져 열열한 영혼이 영원히 잠자는 이날 아침은 서울 장안에는 안개가 자욱하고 흐린 날씨도 눈물 먹어 우는 것 같다. 잘 가거라 우리의 박진동·김성익·리달삼(본명 김명근) 세 영혼이여. (…) 11시 지나 세 영구차는 수백의 동지들에 에워싸여서 안국정 동대문을 거쳐서 망우리 장지로 향하였는데 거리거리에는 일반 시민이 도열하여 세 영혼을 애도하였다. 오후 2시경 장지에 이른 영구는 잠시 안치되었다가 3시경에 무한한 슬픔 속에 안장되었다.

삼학병의 무덤은 나란히 세워졌고, 출생연도나 본관도 없이 이름 몇 자만 쓰여 있는 비석 뒷면에는 똑같이 "1946년 1월 19일 조국을 위하여 죽다"라고 적혀 있다고 한다. 역사의 어이없음이 그렇게 새겨져 있는 셈이다.

노고산 천골 취장비

이렇게 망우역사문화공원의 답사를 끝내고 순환도로를 따라 망우산 북쪽 산자락을 타고 내려오니 산비탈이 가파르고 큰길 좌우로는 숲이 울창하다. 간간이 산비탈을 헤집고 조성된 무덤들이 어깨를 맞대고 아래위로 빼곡히 들어차 있다. 이것이 우리가 오랫동안 간직하고 있던 망

| 공동묘지의 산자락 | 울창한 숲 사이로 간간이 비탈을 헤집고 조성된 망우리 공동묘지의 무덤들이 옛 모습 그대로 빼곡하게 들어차 있다.

우리 공동묘지의 이미지다. 나 어릴 때 한식이나 추석 때면 신문에 소복을 차려 입은 성묘객들로 붐비는 망우리 공동묘지 사진이 실리곤 했다. 나는 단편적이나마 이 모습 또한 우리의 옛날을 말해주는 유형문화재라고 생각하며 그대로 관리되기를 바라는 마음을 갖고 있다.

산길을 돌아 순환도로가 거의 끝나가는 곳 산자락 위쪽에 '경서 노고산 천골 취장비(京西老姑山遷骨聚葬碑)'라는 비가 올려다보인다. 풀이하여 '서울 서쪽 노고산의 유골을 모아 장례한 비'라는 뜻이다. 1933년 망우리 공동묘지를 개설할 때 마포 서강대의 뒷산인 노고산의 공동묘지를

| 경서 노고산 천골 취장비 | 1933년 망우리 공동묘지를 개설할 때 마포 서강대의 뒷산인 노고산의 공동묘지를 없애면서 무연고 무덤을 화장하여 합장한 뒤 세운 비석이다.

없애면서 무연고 무덤을 화장한 뒤 합장한 것이다. 비석의 글씨가 위창 오세창 선생의 단정한 예서체로 쓰여 있어 당시로서는 정성스런 예를 갖춘 듯한 인상을 준다.

그리고 다시 발걸음을 옮기니 이내 우리가 첫 번째 답사처로 삼았던 유관순 열사의 넋이 서린 이태원 무연분묘 합장묘가 나왔다.

이리하여 순환도로 5.3킬로미터를 한 바퀴 다 순례한 것이다. 때는 오후 2시, 장장 4시간에 이르는 긴 여로였다.

다시 중랑망우공간에서

나는 성후와 함께 다시 중랑망우공간에 들러 시원한 차를 주문해 들고 밖으로 나와 수(水)공간에서 한숨 돌리며 이야기를 나누었다. 나는 답사의 말미엔 항시 함께한 사람의 답사 소감을 듣는다.

"망우역사문화공원에 온 소감이 어떠냐?"

"아, 환상적인 답사였습니다. 저는 나중에 다시 한번 와야겠어요. 제가 관심 있게 읽었던 송석하 선생의 묘소도 참배하고 우리가 그냥 지나친 독립투사의 묘소도 찾아가서 그분들이 일제강점기에 어떤 활약을 하셨는지도 알아봐야겠어요. 사실 유상규 의사의 묘소를 참배했기 때문에 도산 선생과의 관계도 알 수 있었거든요."

"어느 무덤이 아름답다고 생각되디?"

"소파 방정환 무덤이 묵직한 돌덩이로 되어 있고 '동무들이'라고만 새긴 것이 인상적이었어요. 그리고 아사카와 다쿠미의 묘 옆에 있는 사리탑은 진짜 조선시대 금사리 백자의 이미지가 살아 있어서 좋았어요."

"특히 어느 분 무덤이 감동적이든?"

"죽산 조봉암 묘소의 백비에 숙연해지데요. 사실 거기에 무슨 말을 쓰겠어요."

성후는 지석영 선생이 귀양살이를 겪으면서도 끝내 종두법을 시행한 사실도 처음 알았다며 책으로만 읽는 것과 달리 묘소에 오니 그분들의 일생이 생생히 복원되는 듯했다고 말했다. 그리고 요담에 파리에 가게 되면 페르라셰즈 공동묘지도 꼭 가보고 싶다고 했다. 그러고는 내게 물어왔다.

"선생님, 배고프지 않으세요? 선생님은 본래 배고픈 것을 못 참아 식사 때를 거르지 않으시잖아요."

"아까 육각정자에서 과자 먹은 걸로 버텼지. 내가 왜 배고픈 것을 못 참는가 알아봤더니 어려서 젖이 부족하게 자라면 그렇게 된다고 하더군. 한국전쟁 때 난 돌배기였는데 우리 어머니가 항시 내게 말씀하시길 피란살이 때 먹을 것이 귀해서 내게 빈 젖을 빨린 것이 살면서 가장 괴로웠다고 하셨어. 암튼 식사하러 가자. 근데 무얼 먹지? 시원한 게 좋을 거 같은데."

"선생님. 그러실 줄 알고 제가 스마트폰으로 미리 찾아뒀어요. 선생님 회냉면 좋아하시잖아요. 망우역 가까이에 '코다리 회냉면' 잘하는 집이 있다고 하네요."

"좋다. 그리로 가자."

지난번엔 영민한 제자가 자장면을 시켜주더니, 이번에 성후는 내가 좋아하는 별식을 찾아주었다. 그래서 나는 이렇게 젊은 제자들과 답사하는 것을 좋아한다.

우리는 홍어 대신 코다리(명태)회를 무친 비빔냉면을 맛있게 먹으면서 계속 망우역사문화공원에서 받은 감동을 되새김하듯 답사 이야기를 끊임없이 이어갔다.

사진 제공

겸재정선미술관	257면
경향신문	112면
공유마당	243, 251, 252, 253, 262, 264, 268, 310면
국가기록원	340면
국립문화재연구소	170, 172면
국립중앙박물관	61, 195, 210, 214, 251, 273, 355(2점)면
권진규기념사업회	351면
눌와	31, 85, 173, 226면
대한민국역사박물관	149면
문화재청	33(아래, 위), 34, 39, 130, 152, 154, 157, 161, 181, 187, 218면
방정환재단	340면
봉은사	200, 206, 216, 222, 234면
서울관광아카이브	248면
서울역사박물관	23, 146면
서울특별시	15, 286면
성기점	55면
성북문화원	15(위에서 첫번째, 두번째), 16, 17, 20, 22, 24, 32, 35, 37, 42, 55, 65, 78(2점), 80, 109, 110, 112, 113, 114, 115, 116, 134(2점), 148면
아이옥션	346면
연합뉴스	287면
윤이상평화재단	127면
이인성기념사업회	350면
전통문화포털	127면
조선일보	359면
중랑구청 망우리공원과	288~89, 300, 336면
중앙포토	148면
케이옥션	205면
한국사데이터베이스	143(2점), 332, 335면
허준박물관	270, 273, 278, 282면
홍성후	55, 73, 139, 165(아래, 위), 166, 200, 202, 217, 265, 271, 272, 309, 339(오른쪽)면
환기재단 · 환기미술관	103, 104, 106, 108면
alamy	292, 327면

유물 소장처

간송미술문화재단	226, 243, 253, 258, 260, 261, 262, 264면
겸재정선미술관	255면
고베시립박물관	189면
국립중앙박물관	61, 211(왼쪽), 251면
규장각한국학연구원	240면
도쿠가와미술관	210면
리움	22, 244, 252면
밀알미술관	86면
삼성출판박물관	67면(오른쪽)
성균관대학교박물관	67면(왼쪽)
성기점	55면
성북구립미술관	100면
수원화성박물관	28면
신민규	28면
영남대학교박물관	70면
전남도립미술관	103면
진주교대 교육박물관	355면(왼쪽)
한독의약박물관	355면(오른쪽)
환기재단 · 환기미술관	103면

본문 지도 / 한승민

* 위 출처 외의 사진은 저자 유홍준이 촬영한 것이다.

나의 문화유산답사기 12

서울편 4 강북과 강남

한양도성 밖 역사의 체취

초판 1쇄 발행 2022년 10월 25일

지은이 / 유홍준
펴낸이 / 강일우
책임편집 / 박주용 김새롬 홍지연
디자인 / 디자인 비따 김지선 노혜지
펴낸곳 / (주)창비
등록 / 1986년 8월 5일 제85호
주소 / 10881 경기도 파주시 회동길 184
전화 / 031-955-3333
팩시밀리 / 영업 031-955-3399 편집 031-955-3400
홈페이지 / www.changbi.com
전자우편 / human@changbi.com

ISBN 978-89-364-7920-6 03810